www.blue-panther-books.de

Trinity Taylor

Ich will dich ganz

Erotische Geschichten

www.blue-panther-books.de

BLUE PANTHER BOOKS TASCHENBUCH
BAND 2152

1. AUFLAGE: MÄRZ 2008
2. AUFLAGE: FEBRUAR 2009
3. AUFLAGE: AUGUST 2010

VOLLSTÄNDIGE TASCHENBUCHAUSGABE

ORIGINALAUSGABE

COVER: NEIL SULLIVAN@ISTOCK.COM
UMSCHLAGGESTALTUNG: WWW.HEUBACH-MEDIA.DE
GESETZT IN DER TRAJAN PRO UND ADOBE GARAMOND PRO

PRINTED IN GERMANY
ISBN 978-3-940505-02-6

WWW.BLUE-PANTHER-BOOKS.DE

INHALT

Mit dem Gutschein-Code
TT3TBTQW
erhalten Sie auf der WebSite
www.blue-panther-books.de
diese exklusive Zusatzgeschichte als PDF.
Registrieren Sie sich einfach!

Liebeshunger

Die Shopping-Mall, das Einkaufscenter, war voller Leute. Nervös blickte Grace sich um und spielte an ihrem Armband. Wie sollte sie hier den richtigen Mann finden? Das war schier unmöglich! Aber sie musste es versuchen – schließlich war es ein Versprechen.

Vorsichtig öffnete sie den Deckel ihres ›Coffee to go‹ und schritt eilig und entschlossen durch die Menschen, wobei sie die Augen nach ihm offen hielt.

Als Grace die Mall einmal durchlaufen hatte, war sie einer Panik nahe. Warum sollte sie ihn ausgerechnet *hier* treffen? Grace nahm einen großen Schluck vom Kaffee, was ihrer Nervosität nicht gerade zuträglich war. Zwei Möglichkeiten boten sich ihr: Zu ihrer Freundin Melanie gehen und berichten, dass sie Tyler nicht begegnet war oder dem Schicksal eine Chance geben und die Mall erneut durchsuchen. Sie entschied sich für die Chance des Schicksals.

Etwa auf Hälfte der Strecke, nachdem Grace gerade ihre Suche aufgeben wollte, entdeckte sie Tyler. Er stand mit einem Mann zusammen und unterhielt sich. Geradewegs steuerte sie auf ihn zu.

»Okay, wir sehen uns. Bye!«, rief Tyler.

Das war Graces Chance! Prompt stieß sie mit ihm zusammen und schaffte es, fast den gesamten Becher ›Coffee to go‹ über ihre Bluse zu kippen.

»Oh, nein! Können Sie nicht aufpassen?«, schimpfte Grace als sie das Desaster auf ihrem Oberteil sah. »Wo haben Sie ihre Augen, guter Mann! Das ist mein bestes Stück!«

»Wenn mir jemand mein bestes Stück mit Kaffee bekleckern würde, wäre ich auch sauer.«

Wütend blickte Grace hoch. »Soll das etwa komisch sein?«

Er konnte sich ein Grinsen nicht verkneifen, zwang sich aber zur Ernsthaftigkeit: »Tut mir leid, Ma'am! Wirklich! Ich habe Sie nicht gesehen. Wie kann ich das wieder gut machen?«

»Gar nicht.«

Sein Gesicht verfinsterte sich und Grace bemerkte, dass sie einen Schritt zu weit gegangen war. Im Stillen betete sie, er würde sich nicht abwenden und gehen. Denn das war nicht das, was sie vorhatte.

»Vielleicht bekomme ich die Flecken ja wieder raus«, lenkte sie ein.

»Kann ich Sie auf einen neuen Kaffe einladen?«, versuchte er es und sie war dankbar für sein Angebot.

»Leider habe ich keine Zeit.«

»Muss nicht heute sein. Vielleicht morgen. Ach, morgen geht nicht.« Er überlegte. »Wie wäre es mit übermorgen? Hier in der Mall, bei ›Marcys Coffee Shop‹?«

»Sie wollen mir also den verschütteten Kaffee wieder zurückgeben?« Sie lächelte ihn das erste Mal an und legte den Kopf leicht schief.

Er nickte langsam, schien ihr Gesicht zu studieren.

»Warum nicht …«, willigte Grace ein.

Von dichtem sah er noch besser aus, als auf dem Foto. Ihr Herz klopfte. Aber das konnte auch die Aufregung der Situation sein, sich mit ihm zu verabreden.

»Gut. Wie wäre es mit sieben Uhr abends?«, schlug er vor.

»Passt mir.«

»Dann möchte ich aber gerne noch eine Frage beantwortet haben.«

Grace stockte der Atem. *Er hat etwas bemerkt, er riecht den Braten,* dachte sie. »Und, das wäre?«

»Wie ist Ihr Name?«

Erleichtert sagte sie: »Grace.«

»Schön.« Er lächelte und schien zu warten. Schließlich sagte er: »Ich heiße Tyler.«

›*Ich weiß*‹, wollte ihr gerade über die Lippen kommen, doch sie besann sich rechtzeitig. »Ah, okay.«

»Dann bis übermorgen, Grace. Aber versetzen Sie mich nicht.«

»Bestimmt nicht«, beteuerte sie wahrheitsgetreu, zog die Sakkojacke über der Bluse zu, drehte sich um und ging. Sie spürte seinen Blick im Nacken und bekam eine Gänsehaut. Sie hätte Melanie gar nicht so einen attraktiven, gut gebauten und auch noch charmanten Mann zugetraut. Ein Anflug von Eifersucht überkam sie.

***

»Aha, er hat angebissen!« Melanie lehnte sich in ihrem Stuhl zurück und verschränkte die Arme. »Das ist ein Anfang. Ein Anfang, den ich nicht gut finde, aber etwas Licht ins Dunkel bringt.«

Grace schob ihren ausgestreckten Arm über den Tisch und legte die Handfläche vor Melanie ab. »Mel, Tyler hat noch nichts gemacht. Er ist der Meinung, einer Frau die Bluse ruiniert zu haben, und dafür entschuldigt er sich mit einem Kaffee. Das würde jeder anständige Mann tun.«

»Und schon fängst du an, ihn zu verteidigen. Nicht, dass

du ihn mir wegschnappst.«

»Mel, ich *soll* ihn dir doch wegschnappen, oder?!«

»Nein. Du sollst ihn testen, ob er vertrauenswürdig ist. Mehr nicht. Ich muss wissen, ob es sich lohnt, Ethan seinetwegen zu verlassen.«

Grace schüttelte den Kopf. »Ich finde diese Idee immer noch total blöd. Ethan ist ein liebevoller Ehemann, der dich auf Händen trägt. Warum willst du dich überhaupt von so einem Mann trennen?«

»Ach, Grace, das habe ich dir schon so oft erzählt. Nach nur zwei Jahren sind wir so eingefahren und leben nebeneinander her, als wären wir gefühlte tausend Jahre verheiratet.« Melanie stand auf, ging zum Fenster und blickte hinaus. Es regnete.

Grace blieb beim Thema: »Aber was kann Tyler dir bieten? Ein neues, spannendes Leben bis ihr zwei Jahre zusammen seid, und es dann für dich wieder langweilig wird?«

Melanie blickte schweigend in den Regen.

»Mel! Was kann er dir bieten?«, wiederholte Grace ihre Frage.

Melanie drehte sich um und sagte: »Geilen Sex!«

»Du willst deine Ehe für eine Bettgeschichte beenden?«

»Warum kommst du mir jetzt mit diesem Moralkram? Und wieso bist du so kontraproduktiv?«

Weil ich Tyler gesehen habe, ihn gut finde und nicht möchte, dass wir ihn hintergehen, nur weil du deinen Mann hintergehst, dachte Grace und schwieg. Sie spielte an ihrem Silberarmband.

Melanie verschränkte die Arme und presste die Lippen zusammen. »Wir hatten eine Abmachung. Willst du mir jetzt helfen oder nicht?«

Grace seufzte. »Na, schön. Wie weit soll ich gehen?«

Melanie überlegte. »Du könntest mit ihm im Bett landen.«

»*Wie bitte?* Ich soll mit ihm schlafen?!«

»Deine Aufgabe ist es, ihn zu verführen. Dazu gehört auch, mit ihm ins Bett zu gehen!«

»So hatten wir das aber nicht abgemacht!«, protestierte Grace.

»Bitte, Grace ...«

»Ich sollte Tyler testen, ob er mit mir flirtet. Ich sollte ihm nicht meine nackte Muschi präsentieren mit den Worten: ›Hey, Schätzchen, ich weiß, du vögelst gerade eine andere, aber bitte fick mich auch!‹«

Melanie kaute an ihrer Unterlippe und schwieg.

Grace sprang auf. »Du spinnst ja!«, rief sie.

»Grace, beruhige dich! Ich gehe davon aus, dass Tyler mich liebt und auch nur mich will. Von daher wird es nie soweit kommen, wie du es gerade ausmalst.«

»Und wenn doch?«

»Unsinn! Glaub mir Liebes. Wirst du es für mich tun? Bitte! Er wird dich nicht anfassen, das schwöre ich! Aber ein bisschen verführen musst du ihn schon!«

***

Nervös betrat Grace ›Marcys Coffee Shop‹ und blickte sich um. Tyler war nicht zu sehen. Ihre Hände waren kalt und verschwitzt. Es kam ihr vor, wie beim ersten Date.

Tyler saß in einer Ecke. Als er sie erblickte, stand er auf und lächelte. Mit klopfendem Herzen ging Grace auf ihn zu.

»Hallo, Grace.« Tyler begrüßte sie mit einem Kuss auf die Wange.

»Hallo«, schaffte sie zu sagen und setzte sich mit rotem Kopf. Ihr Herz raste. Kein Wunder, dass dieser Mann es Melanie angetan hatte. »Schöner Coffee Shop.«

Er lächelte. Graces Herz machte einen Hüpfer.

»Ja, ich liebe dieses Ambiente. Hier hat man seine Ruhe

und kann sich wohl fühlen«, sagte Tyler.

»Ich wusste nicht, dass es diesen Coffee Shop in der Mall gibt.«

»Es wird bestimmt noch das eine oder andere geben, was Sie nicht kennen«, sagte er und zwinkerte ihr zu.

Jetzt oder nie, dachte Grace und zwang sich, diesen Satz zu sagen: »Wollen Sie mir denn das eine oder andere mal zeigen?«

Er stutzte und blickte sie überrascht an.

»Ich meine, nur, um mein Allgemeinwissen ein bisschen zu erweitern.«

Der Kellner erschien am Tisch. »Was darf es sein?«

Tyler blickte Grace noch immer an, nahm dann langsam den Blick von ihrem Gesicht und widmete sich dem Mann in Schwarz. »Einen Kaffee und einen Espresso, bitte.«

Grace hatte das Gefühl, das Ganze ein bisschen niveauvoller gestalten zu müssen und fragte: »Was machen Sie beruflich?«

Er zog die Stirn in Falten und kniff die Augen skeptisch zu Schlitzen zusammen. »Ich bin Fotograf.«

»Sind Sie bei einer Zeitschrift angestellt?«

»Nein, ich bin selbständig. Und, was machen Sie?«

»Ich bin Redakteurin bei einer Zeitschrift.«

»Oh, dann sind wir uns ja vielleicht schon mal über den Weg gelaufen. Wie heißt die Zeitschrift?«

»Es ist ein Reisemagazin mit dem Namen ›Travel and Joy‹. Kennen Sie das?«

»Ja, es ist zwar schon zwei Jahre her, aber ich habe auf einer Reisemesse für ›Travel and Joy‹ gearbeitet. Ich sollte Fotos machen und festhalten, wie besucht die Messe ist und wie interessiert die Leute an den Ständen und bei den Vorträgen sind.«

»Ich erinnere mich. Das war …«

Je länger Grace sich mit Tyler unterhielt, desto mehr machte sich ein Gefühl von Nähe und Geborgenheit in ihr breit. Vielleicht lag es daran, dass sie seit vier Jahren Single war und nun endlich einen Mann traf, mit dem sie sich unterhalten konnte. Der Kaffee war viel zu schnell ausgetrunken. Grace hatte das Gefühl, erst jetzt richtig in Fahrt zu kommen und wollte auf gar keinen Fall versuchen, ihn ins Bett zu kriegen, denn das hätte ihren sanften Beginn von Nähe zerstört. Aber ihr Auftrag lautete, ihn zu locken, ihn zu reizen und keine stundenlangen Gespräche zu führen, um danach festzustellen, dass er ihr den Kopf verdreht hatte.

Grace musste sich zwingen, ihn zu testen.

Gerade sagte er: »Ich muss sagen, ich habe mich schon lange nicht mehr so nett unterhalten.« Er lächelte und Grace erkannte, dass sie gleiche Gedanken hegte. Auf einmal nahm er ihre Hand und sagte leise: »Sie sind eine sehr interessante Frau.«

Er hatte den ersten Schritt in die richtige Richtung getan. Grace hasste sich dafür, als sie sagte: »Danke. Und Sie sind ein attraktiver Mann, der bestimmt viele Fantasien hat, um sie mit der richtigen Frau auszuleben, oder?«

Er stutzte. »Oh, so habe ich das jetzt gar nicht gemeint. Verzeihen Sie, Grace. Ich dachte eher an …«

Sie schob ihre Gefühle für ihn zur Seite und zwang sich mit allergrößter Mühe, ihn zu unterbrechen und zu sagen: »Das ist doch egal, was du dachtest. Fühl dich frei und genieße den Augenblick.« Damit nahm sie seine Hand von der ihren und küsste sie.

Vorsichtig entzog er sie ihr. »Tut mir leid, Grace. Ich wollte keinen falschen …«

Sie legte den Finger auf die Lippen und flüsterte: »Denk nicht so viel, sei einfach nur du selbst.« Damit griff sie über den Tisch, nahm seine Hand wieder zurück und schob sie sich unter ihren Busen, den sie auf den Tisch gedrückt hatte. Unter seiner Berührung wurden die Brustwarzen sofort hart und verlangten nach mehr.

»Grace, das ist keine gute Idee.«

»Warum denn nicht?« Grace kämpfte, anscheinend war er Melanie treu. War das der Beweis? Konnte sie nun gehen? Diese Art von Job behagte ihr ganz und gar nicht. Doch wenn sie Melanie erzählte, sie hätte Tyler angemacht und er hätte sich dagegen etwas gesträubt, so war das noch lange kein Beweis. Also musste sie weiter machen, um Gewissheit zu haben. »Na komm schon, Tyler. Man muss im Leben offen für Neues sein, und ein paar kleine Abenteuer versüßen das Leben.«

Zu ihrem Entsetzen zog er die Hand weg und schüttelte den Kopf. »Ich muss gestehen, dass mir das alles ein bisschen zu schnell geht.«

»Bist du nun ein Mann oder nicht?«

»Was hat das damit zu tun? Ist es denn männlich, gleich nach den ersten beiden Stunden über die Frau herzufallen?«

»Wenn du ein gutes Gewissen hast?«

»Wie bitte?« Sein Gesichtsausdruck veränderte sich.

Grace fuhr sich nun selber mit den Händen über ihre Brüste und zwirbelte an den schon steif hervorstehenden Warzen durch die Bluse. Sein Blick ruhte auf ihren geschickten Händen. Als sie den Mund leicht öffnete, den Kopf in den Nacken legte und ein sanftes Stöhnen über ihre Lippen kam, flüsterte Tyler: »Grace, bitte.«

Sie streichelte ihre Brüste, suchte wieder die Brustwarzen und presste sie fest zusammen, während Grace sagte: »Was ist denn Tyler? Gefällt es dir nicht?«

Er schluckte. »Es ist nicht der richtige Ort. Wenn dich jemand sieht …«

»Verstehe, du magst das lieber, wenn es im Verborgenen bleibt? Kein Problem.« Grace lehnte sich im Stuhl zurück, streifte sich den Schuh ab und fuhr mit ihrem Fuß zwischen seine Beine. Er sog scharf die Luft ein. Sie spürte, wie hart sein Schwanz gegen die Hose drängte. Sachte fuhr sie auf ihm hin und her, presste ihre Lippen aufeinander und befeuchtete sie mit der Zunge. Er schloss die Augen und atmete schwer.

Sie reagierte auf ihn. Eine Welle der Lust durchströmte ihren Körper und machte sie verlangend. Tyler so zu sehen, wie er sich gegen ihren Fuß, der ihn zwischen den Beinen so geil machte, nicht wehren konnte, machte sie unglaublich scharf. Mit Schrecken sah sie den Kellner ankommen. »Tyler!«, rief sie kurz und leise.

Sofort waren seine Augen auf und sein Pokerface da. Der Kellner fragte, ob er noch etwas bringen dürfte. Tyler verneinte und bat um die Rechnung. Währenddessen hörte Grace nicht auf, Tylers Schwanz zu massieren. Da sie in einer Ecke saßen, Tyler mit dem Rücken zum Coffee Shop, glitt Grace, kurz einen Blick auf die wenigen Gäste werfend, unter den Tisch.

»Grace, was hast du vor? Grace …«, zischte Tyler leise, doch weiter kam er nicht.

Sie hatte bereits seine Hose geöffnet, durch seine Boxershorts gegriffen und sich seinen steifen Schwanz genommen. Langsam bewegte sie ihn mit der Hand auf und ab und hörte, wie Tyler seufzte. Grace hätte nie für möglich gehalten, dass es ihr einerseits Spaß machen könnte und sie andererseits so scharf machen würde.

Mutig beugte sie sich vor, nahm die rote, steife Rute in den Mund und bewegte den Kopf vor und zurück. Sie vernahm ein unterdrücktes Aufstöhnen vom Tisch und machte weiter. Mit einer Hand hielt sie seinen harten Schwanz fest und schlang die Zunge darum. Dann wieder saugte sie an ihm und schob sich selber vor und zurück. Sie bemerkte, wie sich seine Hand in ihre Haare krallte und versuchte, sie wegzuschieben, doch Grace verfolgte ihr Ziel hartnäckig weiter. Schließlich spürte sie, wie er nachgab und sie wieder und wieder zu sich heranzog. An seinem Bauch erkannte sie, wie schwer Tyler atmete.

Plötzlich ließ seine Hand locker und sie verschwand aus ihren Haaren. Für den Bruchteil einer Sekunde fragte Grace sich, ob sie zu weit gegangen war, ob sie etwas falsch gemacht hatte, ob er sich nun der Tatsache bewusst geworden war, dass irgendeine wildfremde Frau in einem Coffee Shop zwischen seinen Beinen hockte und ihm einen blies.

Doch es war nur der Kellner, der ihn in die Realität zurückholte. Allerdings gab es für Grace keinen Grund, von seinem Schwanz abzulassen. Im Gegenteil! Sie gab sich nun richtig viel Mühe, ihn zu verwöhnen und geil zu machen.

Seine gepressten Worte drangen an ihr Ohr und sagten Grace, dass ihr Plan aufging und sie ihn voll im Griff hatte. Tyler konnte sich kaum beherrschen. Das stachelte Grace an. Leicht betupfte sie die kleine Stelle in der Mitte seines Schwanzes mit der Zunge und übte leichten Druck darauf aus, so dass er anfing zu keuchen.

Doch bevor sie ihn so kommen lassen konnte, trat er den Tisch nach hinten und riss sie an den Schultern zu sich nach oben. Keuchend starrte er sie an, während sich ihre Nasen fast berührten. Grace erkannte den lustvollen Glanz in seinen Augen, der sich nach mehr sehnte. In ihrem Körper breitete sich das unbändige Verlangen aus, ihn zu küssen, sich die Klamotten vom Leib zu reißen und heftig von ihm auf dem Tisch genommen zu werden. Hemmungslos und wild! Sie war so ausgehungert nach Sex und Liebe.

»Lass uns gehen«, sagte Tyler und schob sie zur Seite.

Schnell waren sie draußen und die frische, klare Luft schlug ihnen entgegen. Er packte sie am Oberarm. »Komm«, sagte er schlicht.

»Was hast du vor?«, wagte Grace zu fragen.

Doch er antwortete nicht, sondern zog sie einfach weiter bis zum nächsten Hotel. Schnell buchte er ein Zimmer und fuhr mit ihr nach oben.

Kaum hatte er die Zimmertür geschlossen, blickte er sie durchdringend an und ließ ihre Hand los. Etwas Bedrohliches strahlte von ihm aus. Unwillkürlich ging sie einen Schritt rückwärts. Er folgte ihr, so dass sie immer mehr vor ihm zurückwich. Was hatte er vor? Wollte er ihr vielleicht etwas antun, oder war es die reine Lust, die ihn durchflutete?

»Zieh die Bluse aus«, befahl er plötzlich.

Ihr Herz fing laut an zu pochen. Egal, was passieren würde, diese Situation machte sie ungemein an. Sie hätte nur zur Tür laufen und hinausrennen brauchen. Doch sie gehorchte und öffnete den ersten Knopf. Die Wand hinter ihr war erreicht und Grace prallte gegen sie, während ihre Finger zitternd versuchten, die Knöpfe zu finden. Tyler machte noch einen Schritt und stand direkt vor ihr. Sie roch sein Parfüm. Süß und herb – eine Mischung, die zu ihm passte. Nervös öffnete sie einen weiteren Knopf. Anscheinend dauerte es ihm zu lange, denn er packte die Enden der Bluse und riss sie mit einem Ruck auf. Daraufhin betrachtete er mit einer Mischung aus Erstaunen und gieriger Lust das, was er soeben freigelegt hatte. Grace trug keinen BH. Ohne Umschweife griff er an ihre Brüste.

Scharf zog sie die Luft ein. Die Brustwarzen verrieten Graces Verlangen. Sie waren steif und hart, drängten sich seinen Fingern entgegen, die sie voll im Griff hatten. Er zwirbelte an den Warzen, biss sanft hinein und saugte schließlich an ihnen. Grace seufzte.

Tyler erhob sich, ging einen halben Schritt zurück, betrachtete sie, blickte ihr dann in die Augen und sagte: »Zieh den Rock aus.«

Grace konnte ihn nicht richtig einschätzen, was sie verunsicherte und fragen ließ: »Und wenn ich das nicht tue?«

»Dann mache ich es!«

Grace rührte sich nicht.

Er kam auf sie zu und biss ihr in den Hals. Grace erschrak, aber sein Biss war sanft. »Los«, raunte er, »zieh schon dieses verdammte Ding aus, Baby.«

Die Situation hatte Grace bis in die Fingerspitzen sensibilisiert, so dass seine Berührung am Hals mit dem verbundenen Hauchen in ihr Ohr, einen Blitz durch ihren Körper jagte.

Mit einem Ruck zog Tyler den Rock aus. Graces Innerstes fing an zu flattern. Seine Nähe, ihre Nacktheit, die Situation. Sie keuchte und krallte sich in seinen Nacken. Er verstand und presste sich an sie.

»Oh Gott, Tyler …«

Dann küsste er sie. Seine Lippen waren gierig und verlangend. Er presste sich enger an sie und knetete ihre Brüste. Stürmisch erwiderte sie seine Küsse und stöhnte, wenn er von ihr abließ. Sie wollte mehr, war verrückt nach ihm!

Tyler schien es ähnlich zu gehen. Er bedeckte ihren Hals mit Küssen, während sein Körper sie zum Bett drängte. Schnell zog er seine Sachen aus, während sie sich ihres Slips entledigte. Nackt stand er vor ihr und betrachtete sie. Sein Glied ragte stolz, hart und rot hervor. Seine leicht behaarte Brust war stark und muskulös. Sie hob und senkte sich. Sein Blick war glasig.

Grace Körper verlangte so sehr nach ihm, dass es beinahe

schmerzte. Noch nie hatte sie ein derartiges Gefühl verspürt.

»Komm zu mir«, flüsterte sie.

Augenblicklich war er bei ihr und legte sich mit seinem vollen Gewicht auf sie, nahm ihre Handgelenke und presste sie rechts und links von ihrem Kopf in die Kissen. Ihre Münder trafen sich. Seine Zunge schob sich in ihren Mund. Sie seufzte.

Geschickt schob er ein Bein zwischen ihre Schenkel und öffnete sie für sich.

»Oh, Tyler …«, seufztze Grace.

»Ich werde jetzt das zu Ende führen, was du unerlaubterweise vorhin begonnen hast«, hauchte er in ihr Ohr.

Sie spürte sein steifes Glied an ihrem Geschlecht. Hart drückte er gegen sie, wollte rein.

»Was hast du?«, fragte er, als er ihr Zögern bemerkte.

»Ich weiß nicht, ob es richtig ist.«

»Auf einmal?!«

Grace suchte nach Worten.

»Baby, ich will dich«, hauchte er an ihren Hals. »Du machst mich unglaublich scharf. Ich begehre dich und ich werde dich jetzt richtig vögeln!«

Grace atmete schneller. Sie wollte Tyler auch und spreizte die Beine für ihn. Sofort drang er in sie ein und es durchzuckte ihren Unterleib. Ihre nasse Spalte massierte ihn. Schwer atmend richtete er sich auf und schob seinen harten Schwanz noch tiefer in sie.

Grace stöhnte. Sie konnte sich vorstellen, wie er ihre weiche, willige Möse genoss, denn sein Blick versenkte sich in ihren Augen und er keuchte. Permanent schob er seinen harten Prügel immer wieder in sie hinein und reizte ihre Empfindungen aufs Sensibelste. Mit halb geschlossenen Augen sah er sie an, atmete schwer und lächelte leicht, bis sie es ihm gleich tat. Dann beugte er sich zu ihren Brüsten und umkreiste die steifen Nippel mit der Zunge, biss hinein und saugte schließlich an ihnen. Diese zusätzliche Stimulierung ließ eine heiße Woge durch ihren Körper schießen. Grace musste ihn anfassen. Vorsichtig löste sie sich aus seinem festen Griff, denn er hielt ihre Handgelenke noch immer umfangen, und umfasste seine Schultern. Die warme, nackte Haut, unter denen die Muskeln saßen, die am Arbeiten waren, führten ebenfalls dazu, dass Graces Körper sich mit Sinneslust füllte und sie den Orgasmus kommen spürte. Er bemerkte es wohl an ihrem schnelleren Atmen und zog augenblicklich das Tempo an.

Sein Schwanz stieß gnadenlos in sie rein und rieb ihre geile Möse, bis der Orgasmus angeschossen kam und sie ihre Lust herausschrie. Tyler hielt ihr sofort den Mund zu, stieß aber weiter ihn sie. Er unterdrückte seinen Aufschrei, versuchte, seine Empfindungen zu mäßigen, indem er auf ihr nach vorne sackte und neben ihrem Ohr ins Kissen keuchte.

***

»Na, wie war's? Wie war *er*?«, fragte Melanie.

»Wir waren im Bett«, platzte Grace heraus.

Melanies Miene verfinsterte sich. »Oh mein Gott!« Langsam ließ sie sich nach hinten ins Sofa fallen. »Wie ist es passiert?«

Grace zögerte. Sie war sich nicht sicher, ob sie wirklich die ganze Geschichte erzählen sollte. »Mel, ich finde, ich sollte dich mit Details verschonen. Es reicht doch, wenn du weißt, dass wir im Bett waren.«

»Nein!«, schrie sie schrill auf. »Das reicht nicht! Ich will wissen, wie er es mit dir getrieben hat. War er gut? Wie hast du ihn verführt? Wo habt ihr es getan? Ward ihr bei ihm? Nun erzähl doch endlich!« Melanie war den Tränen nahe.

»Mel, bitte«, sagte Grace. »Nun beruhige dich wieder. Du

wolltest die Gewissheit, nun hast du sie. Denk daran: Du hast es von mir verlangt!«

»Ich habe aber nicht von dir verlangt, dass du ihn mir wegschnappst.«

»Das habe ich nicht. Es war lediglich eine Prüfung.«

»Und, wie hast du ihn verführt?«

Grace suchte nach Worten. »Es ist doch nicht weiter wichtig, oder?!«

»Wenn du es mir nicht sagst, ist unsere Freundschaft beendet.«

Grace starrte sie fassungslos an. »Wie bitte? Du willst deswegen unsere Freundschaft aufgeben?«

»Los, sag schon!«

»Also schön! Ich habe ihm im Coffee Shop unter dem Tisch einen geblasen.«

»WAS?!« Melanie wurde erst aschfahl im Gesicht, dann lief sie puterrot an. »Hast du deinen Verstand verloren?!« Melanie fiel ins Sofa zurück. Sie sah aus, als wäre sie völlig fertig. Fertig mit sich und der Welt. »Ich bin fertig«, sagte sie. Nach einer Weile fragte Melanie tonlos: »Und, was habt ihr dann gemacht?«

»Wir fuhren in ein Hotel, wo wir es dann getrieben haben.«

»Mist!« Melanie rieb sich über die Augen. Sie schien sich gefangen zu haben als sie sagte: »Das hätte ich Tyler nicht zugetraut. Ich war so sicher!«

»Tut mir leid!«

»Nein, Grace. Du bist nicht Schuld. *Mir* tut es leid, dass ich dich eben so angefahren habe. Du hast praktisch nur deinen Job gemacht. Ich bin die blöde, blauäugige Kuh!«

»Mel, so etwas darfst du nicht sagen.« Grace hatte zwar Mitleid mit ihr, aber war andererseits froh, dass ihre Freundin hiermit Tyler frei gab.

»Ich werde ihm verzeihen«, sagte Melanie in die Stille hinein.

Grace starrte sie an. »*Was* willst du?«

»Es war wahrscheinlich nur ein Ausrutscher.«

»Was redest du da! Er hat dich betrogen. Darauf willst du eine neue Beziehung aufbauen?«

»Ich werde ja sehen, wie er auf mich reagiert, wenn wir uns sehen. Davon werde ich es abhängig machen.«

»Mel, überlege dir das.«

»Das hab ich schon. Ich danke dir. Wollen wir nicht einen Sekt trinken? Den bräuchte ich jetzt.«

***

Grace betrat das Hotel und ging zur Rezeption.

»Guten Abend. Wie kann ich Ihnen helfen, Madam?«, fragte der Portier.

»Guten Abend. Sagen Sie, ich vermisse mein Armband und wollte fragen, ob es hier vielleicht abgegeben wurde.«

»Da müsste ich mal nachsehen. Wie sieht es denn aus?«

»Es ist silber und hat fünf kleine Anhänger mit rosa Steinen.«

»Edelsteine?«

Verlegen trat Grace von einem Fuß auf den anderen. »Nein, nicht so richtig. Es ist Modeschmuck. Aber ich hänge sehr daran.«

»Ich gucke mal in unserer Fundkiste. Kleinen Moment.«

»Danke.«

Grace blickte durch die hübsche Lobby und griff zum Handgelenk, um mit ihrem Armband zu spielen. Sie besann sich und seufzte.

Der Portier kam mit leeren Händen zurück. »Tut mir leid, Madam. Wann waren sie denn hier?«

»Vor zwei Tagen. Zimmer 108.«

»Ich kann beim Personal noch mal nachfragen, aber normalerweise wird so ein Fund sofort an der Rezeption abgegeben und gelagert. Soll ich mir Ihre Telefon-Nummer notieren, dass wir Sie anrufen, sollte sich das Armband anfinden?«

»Oh ja, das wäre sehr nett.« Grace gab sie ihm, bedankte sich und ging Richtung Ausgang. Verwundert blieb sie stehen und blickte die Frau an, die ihr nervös entgegenkam.

Als die Frau Grace erblickte, blieb auch sie stehen und ein Ausdruck von Überraschung und Freude legte sich auf ihr Gesicht: »Grace! Was machst du denn hier?«

»Hallo, Mel! Ich wollte mich erkundigen, ob mein Armband gefunden wurde, denn ich vermute, dass ich es im Zimmer liegen gelassen habe. Und was machst du hier?

Melanie verschränkte die Arme: »Aha, hast es wohl bei deinem kleinen Stelldichein mit Tyler verloren, was? Und, wurde es gefunden?«

Grace überhörte den sarkastischen Unterton. Melanie hatte ihr anscheinend noch nicht verziehen. Mit Worten schon, im Kopf noch nicht.

Grace schob ihre Hände in die Hosentaschen: »Und jetzt kannst du mir meine Frage beantworten. Warum bist du hier?«

Melanie holte Luft zur Antwort, als sie plötzlich den Kopf einzog und loslief, während sie Grace mit sich riss. Sie kamen in einen großen Raum, der den Eindruck einer Lounge vermittelte.

Als sich beide hinter einem riesigen Blumenkübel, in dem eine beleuchtete Palme stand, geduckt hatten, linste Melanie über den Rand des Kübels.

»Mel, was soll das? Vor wem versteckst du dich?«

Melanie blickte konzentriert nach vorne und antwortete schlicht: »Meinem Mann.«

»Was? Hier? Wieso?«

»Das sind drei Fragen zu viel. Ich weiß es nicht!«

Verwirrt blickte Grace ihre Freundin an und zog sie am Ärmel:

»Es kann doch nicht sein, dass du mich hier zufällig triffst und deinen Mann auch!«

»Ist ja auch kein Zufall. Ich habe meinen lieben Ehemann, Ethan, beim Telefonieren belauscht und bekam die heutige Verabredung von ihm mit.«

»Und mit wem?«

»Mit wem wohl! Mit einer Frau natürlich!«

Grace legte erschrocken die Hand vor den Mund. »Mein Gott, er geht auch fremd!«

»Tja, sieht wohl so aus.« Melanie lachte kurz auf und ließ Ethan dabei nicht aus den Augen. Er hatte sich in einen der Sessel, die um ein Tischchen in der Lobby standen, gesetzt und blätterte in der Getränkekarte. Ein Kellner kam, doch er schickte ihn freundlich kopfschüttelnd wieder weg.

Grace legte ihrer Freundin die Hand auf den Rücken. »Mel, du solltest dir das Herz nicht so schwer machen …«

»Ich mache mir auf gar keinen Fall das Herz schwer. Ich möchte nur wissen, wie sie aussieht.«

»Okay, ich gehe dann schon mal.« Grace erhob sich.

»Nein«, zischte Melanie und riss Grace mit einem Ruck am Ärmel zu sich zurück. »Du bleibst hier!«

»Sag mal, spinnst du?!«

»Tut mir leid. Ich bitte dich, Grace. Lass mich jetzt nicht alleine. Ich könnte deinen Beistand sehr gut gebrauchen.«

Grace blickte auf die Uhr. Es war halb acht. Um acht war sie mit Tyler bei »Marcys Coffee Shop« verabredet. Das konnte knapp werden. Was Grace sich den ganzen Tag fragte, war, ob Tyler sich auch weiterhin mit Melanie traf. Vielleicht waren sie beide zwei von vielen anderen? Grace bekam eine Gänsehaut, als sie daran dachte, dass er mit allen Frauen so umging wie mit ihr im Hotelzimmer. Sie musste ihn heute unbedingt zur Rede stellen, ihn fragen, ob er noch eine andere Freundin hat, von der Grace ja wusste, dass es Melanie war. Wie er wohl darauf reagierte …

»Grace, ich glaube, da kommt sie«, flüsterte Melanie.

Ethan hatte die Getränkekarte auf das Tischchen zurückgelegt und war aufgestanden.

Beide Frauen blickten in die Richtung, in die er guckte.

»Oh, mein Gott, es ist ein Mann«, sagte Melanie, die ihn als erste erblickte.

Grace konnte ihn nicht sehen, als er an beiden in einiger Entfernung vorbeiging, da eine weitere Palme im Weg stand. Erst als er kurz vor Ethan ankam, sah sie sein Profil. Graces Herz fing an zu rasen.

»Es ist Tyler«, flüsterte Grace.

»Quatsch!«, donnerte Melanie.

Als sich beide Männer die Hand schüttelten und der Ankömmling sich noch mehr drehte, erkannte Melanie ihn auch. »Mein Gott, du hast Recht!«

Beide Frauen starrten auf die Männer.

»Was haben die sich bloß zu erzählen?«, wollte Melanie wissen.

»Vielleicht kommen ja noch zwei Frauen, mit denen sie ihren Spaß haben wollen.«

»Du spinnst ja!«

»Wieso, Tyler macht es doch mit uns genauso.«

Entsetzt blickte Melanie ihre Freundin an. »Hör auf, so etwas laut auszusprechen!«

Grace schwieg. Sie wollte Melanie nicht unbedingt auf die Nase binden, dass Tyler sich sofort für heute Abend mit ihr verabredet hatte und sie unbedingt sehen wollte. Aber, warum war er hier und das ausgerechnet mit Ethan? Und obendrein würde er zu spät zu seiner Verabredung kommen: zu ihr!

Melanie ging los.

»Mel, wo willst du hin?«

»Lass mich los, Grace. Ich will wissen, was die beiden zu besprechen haben.« Schon lief sie geduckt hinter den Palmen Richtung Tisch, wo die Männer inzwischen Platz genommen hatten und sich unterhielten.

Grace beobachtete, wie Tyler auf die Uhr blickte und einen entschuldigenden Blick aufsetzte. Dann folgte sie mit den Augen einem Kellner, der zu Melanie ging und sie ansprach. Melanie schüttelte den Kopf und legte den Finger auf die Lippen. Der Kellner, dem dieses Gebaren anscheinend sonderbar vorkam, blieb an ihr dran, weshalb Melanie anfing, auf ihn einzureden. Schließlich nahm sie mit Entsetzen wahr, dass Ethan auf sie aufmerksam wurde, sich erhob und zu ihr ging. Auch Tyler drückte sich aus dem Sessel. Grace blieb in Deckung.

Melanie und er redeten erst ruhig, dann wurde sie lauter und zeigte auf Tyler. Dieser blickte sie nur ausdruckslos an. Dann sahen beide zu Tyler und Ethan sagte etwas. Melanies Gesicht wirkte geschockt und sie schrie: »*Was bist du?*«

Grace trat nun doch aus ihrem Versteck und kam in Tylers Blickfeld. Auch wenn er es sich nicht anmerken lassen wollte, er wirkte sichtlich erschrocken.

»Was geht denn hier vor?«, fragte Grace an Ethan gewandt.

»Ach, ihr kennt euch?«, fragte Tyler erstaunlich ruhig.

»Ja«, antwortete Ethan. »Das ist Grace, die Freundin meiner Frau.«

»Verstehe«, sagte Tyler kurz.

Graces Atem ging schnell, ihr Herz klopfte laut. Sie bemerkte, dass sie einen Fehler gemacht hatte. Wäre sie in ihrem Versteck geblieben, hätte Tyler sie nicht mit Melanie in Verbindung gebracht. So konnte er sich vielleicht denken, was vor sich ging.

»Ich möchte es von dir selbst hören, Tyler! Bist du wirklich ein Callboy?« Melanies Stimme klang hysterisch.

Tyler blickte erst sie, dann Grace und dann wieder Melanie an. Schließlich nickte er kaum merklich.

Grace dachte, ihr würde der Boden unter den Füßen weggezogen werden. *Er wurde bezahlt, mich zu vögeln,* schrie es in ihrem Kopf. Sie spürte, wie ihr die Tränen in die Augen schossen. Doch sie wollte auf gar keinen Fall, dass Tyler das sah. Während Melanie noch wüste Beschimpfungen gegen ihn und ihren Mann ausstieß, drehte sich Grace um und ging.

Tyler war mit einem Satz bei ihr und zog sie am Arm zu sich herum: »Grace …«

»Lass mich los, Tyler. Oder heißt du gar nicht Tyler, ist das vielleicht dein Callboy-Name? Oder heißt du Mr. Fotograf?«

»Grace, das ist ein großes Missverständnis.«

»Für mich nicht. Es ist doch eigentlich recht eindeutig.« Grace kämpfte mit den Tränen.

»Ich möchte dir etwas dazu sagen.«

»Nein danke, ich habe für heute genug gehört.« Grace drehte sich zu Melanie. »Mel, ich ruf dich an. Bis morgen.«

»Grace, warte doch mal.«

Doch Grace war schon zum Ausgang geflüchtet. Sie rannte auf die Ocean Avenue zu ihrem Auto. Sie hatte den schönen Sonnenuntergang verpasst und sah noch am Horizont die letzten Rotfärbungen des Himmels. An ihrem Auto prangte ein Strafzettel. Niedergeschlagen ließ sie ihren Tränen freien Lauf.

***

»Ich kann dir nicht beschreiben, woran es jetzt genau gelegen hat, aber ich verstehe mich mit Ethan besser als je zuvor«, sagte Melanie gut gelaunt.

»Das freut mich für euch, Mel. Das ist wirklich klasse!«, entgegnete Grace matt.

»Danke. Ich hätte es auch nicht erwartet. Und schon gar nicht nach dem riesigen Zoff, den wir anfänglich hatten. Das fing ja bereits im Hotel an. Auf dem Nachhauseweg haben wir, wie du ja weißt, dagesessen wie die Ölgötzen und geschwiegen. Kaum waren wir zu Hause, kam dann dieser Monsterzoff. Mannomann, haben wir uns Sachen an den Kopf geworfen ... Deswegen kann ich es noch immer nicht glauben, wie harmonisch es jetzt bei uns zugeht. Sogar im Bett läuft es klasse!« Sie machte eine Pause, die zu kurz war, als dass Grace etwas hätte sagen können. »Kannst du dir vorstellen, dass Ethan genau wissen will, wie Tyler und ich es getrieben haben?« Melanie lachte auf. »Und dann ist er schärfer und wilder auf mich als je zuvor. Dann vögeln wir richtig heftig! Ethan will mich sogar lecken. Das hat er bisher nie getan. Es ist einfach fantastisch!« Melanie seufzte und lehnte sich mit einem Lächeln auf den Lippen zurück.

»Das klingt gut. Wirklich gut.«

»Ja, es ist überraschend wunderbar!«

»Hast du mal wieder etwas von Tyler gehört?«, wagte Grace zu fragen.

»Dem Betrüger? Nein. Definitiv nicht. Als ich hörte, dass ich sein Job war, habe ich ihn augenblicklich vergessen.«

»Na ja, du warst aber auch nicht ganz unschuldig an der Sache«, meinte Grace.

Melanie kam auf ihrem Stuhl wieder nach vorne. »Was sagst du da? Der Typ ist ein bezahlter Callboy.«

»Du hast es mit ihm getrieben und wolltest Ethan für ihn verlassen.«

»Danke für die Info! Ich weiß. Aber es ist sein Job, Frauen zu verführen. Wenn ich ihn so auf der Straße getroffen hätte, wäre das nicht passiert. Er hätte sich nicht für mich interessiert und ich mich nicht für ihn.«

»Wirklich nicht?«

»Nein.«

»Hat Ethan es dir nicht übelgenommen, dass du dich von ihm wegen Tyler trennen wolltest?«

»Nein.«

»Oh!« Grace war überrascht.

»Das liegt wahrscheinlich daran, dass Ethan das nicht weiß.« Melanie lachte.

Grace schwieg und dachte an den ersten und einzigen Abend mit Tyler, dabei füllte ihr Unterleib sich mit Wärme. Wenn sie die Augen schloss, konnte sie sein Gesicht mit dem aparten Lachen vor sich sehen. Seinen Blick, wie er den ihren gefangen hielt, wie er lüstern nach ihr gierte. Grace musste an etwas anderes denken, sonst würden ihr wieder die Tränen kommen.

»Du weißt nicht zufällig, wie die Agentur heißt, wo Tyler arbeitet«, rutschte es Grace heraus. Sie wollte das nicht fragen, aber ihre Gedanken ließen keinen anderen Weg zu, an Tyler zu kommen.

»Nein. Das will ich auch gar nicht!« Und nach einer kurzen Pause fragte sie: »Wieso willst *du* das denn wissen?«

»Nur so, ich dachte, ich kenne die Agentur.«

»DU kennst eine Callboy-Agentur?«

»Hätte ja sein können … Rein beruflich, verstehst du.«

»Nein, nein, nein, meine Liebe. Ich glaube, da ist mehr. Tyler hat's dir wohl doch angetan, oder?«

»Nein. Ach, hör schon auf. Lass uns das Thema wechseln, es war eine doofe Frage.«

Melanie sah ihre Freundin lange an und nickte dann.

***

»Hallo?«

»Hallo, Ethan, hier spricht Grace.«

»Grace! Hi, wie geht's dir?«

»Gut, danke.«

»Du willst bestimmt Melanie haben. Sie ist nicht da. Ist bei irgend so einer Vernisage mit …«

»Nein, ich wollte dich sprechen. Ich weiß, dass sie in San Diego ist. Eigentlich möchte ich dich fragen, ob … also, wenn es okay ist, dass ich das frage, dass … aber wenn ich gerade ungelegen anrufe, dann …«

»Grace, bitte, was ist denn? Willst du mir einen Heiratsantrag machen, oder was?«

»Nein«, sie lachte unsicher. »Dafür bin ich wohl nicht die Richtige. Eigentlich wollte ich dich nach der Telefonnummer der Callboy-Agentur fragen.«

»Aha, verstehe. Entweder willst du Tyler eine reinhauen oder *ihm* den Heiratsantrag machen.«

»Zum Glück gibt es ja noch etwas dazwischen.« Grace musste gegen ihren Willen lächeln. Ethan war witzig und sie mochte ihn. Kaum zu glauben, dass Melanie ihn beinahe abserviert hätte.

Er nannte Grace den Namen und die Telefonnummer der Agentur und wünschte ihr viel Glück.

***

»Respectable Escort, mein Name ist Sandy Miller, was kann ich für Sie tun?«

»Hallo Sandy, hier spricht Grace Miller. Ich suche, also …

ich brauche einen Mann, das heißt … eigentlich nur seine Nummer oder seinen Namen.«

»Ja«, fragte sie höflich. »Und wessen Namen?«

»Von einem Mann, der bei Ihnen arbeitet.«

»Okay. Und wie sieht er aus?«

»Ach, so. Ich habe natürlich seinen Vornamen. Er heißt Tyler.«

»Wir dürfen die Nummern nicht rausgeben, aber wir können Sie mit ihm in Kontakt bringen, dass er Sie zurückruft. Kleinen Moment, ich sehe mal schnell in der Liste nach.«

»Danke.« Grace wartete ungeduldig.

»Ich sehe hier keinen Tyler.«

»Oh, vielleicht ist es ja nicht sein richtiger Name. Nur ein Pseudonym?«

»Nein, die sind hier auch aufgelistet. Das hätte ich gesehen. Es sei denn, er benutzt bei den Kunden ein Pseudonym, was er uns nicht angegeben hat. Tut mir leid, Ma'am.«

Grace schluckte. »Das heißt, ich kann gar nicht herausfinden …« *Natürlich heißt es das,* schalt sie sich im Stillen. Ihr wurde erst jetzt klar, was das bedeutete: Tyler war nicht mehr für sie erreichbar. »Vielleicht kennt einer ihrer Mitarbeiter ihn. Damit meine ich, dass der Mitarbeiter eventuell sein Pseudonym kennt, unter dem er arbeitet.«

»Das ist schon möglich, aber wir haben so viele Mitarbeiter, da wird es schwierig, jeden einzelnen zu fragen.«

Grace ließ den Kopf sinken und legte die flache Hand auf die Stirn. »Und wenn Sie jedem eine E-Mail schicken würden.«

Sandy Miller war noch sehr freundlich, aber nun wurde sie bestimmt: »Tut mir leid, Ma'am. Das kann ich nicht tun. Viele haben gar keine E-Mail-Adresse hinterlegt. Und vielleicht hat sich der Mann, nach dem Sie suchen etwas dabei gedacht, anonym zu bleiben.«

»Das kann ich mir nicht vorstellen.«

Sandy Miller schwieg.

»Oh, bitte, können Sie mir nicht in irgendeiner Form helfen?«

»Ich fürchte nein, Ma'am.«

Grace war den Tränen nahe. Diese Agentur war ihre einzige Chance. Doch anscheinend hatte sie wirklich keine. Grace musste sich damit abfinden, Tyler nicht mehr wiederzusehen. »Gut, dann trotzdem vielen Dank für Ihre Mithilfe.«

»Gern geschehen. Schönen Tag noch, Ma'am.«

»Danke, Wiederhören.«

Grace konnte nicht glauben, dass sie sich in einer Sackgasse befand. Sie dachte an sein Gesicht, an seine Worte, seine Hände, wie sie mit ihrem Körper spielten, seine stürmischen Küsse. War das alles nur gespielt? Sie war einem Callboy auf den Leim gegangen und rannte ihm nun hinterher, weil sie fasziniert von seiner Art und seinem Sex war? *Das ist sein Job,* mahnte sie sich in Gedanken. *Dafür wird dieser Mann bezahlt!*

***

Am nächsten Tag rief Grace Melanie an und erzählte ihr von Tyler. Grace wusste keinen anderen Ausweg. Sie musste loswerden, dass sie von Tyler nicht loskam. Melanie war wie vom Donner gerührt, als sie das hörte. Sie versprach, vorbeizukommen.

Eine Stunde später stand sie vor Graces Wohnungstür und beide fielen sich in die Arme. Grace ließ ihren Tränen freien Lauf und sie sagte, dass es ihr leid täte, Melanie so hintergangen zu haben und sich nun auch noch in Tyler verliebt zu haben. Melanie winkte ab. Sie war sehr froh, wie alles gekommen war. Mit Ethan lief alles nach wie vor bestens und das nur, dank Tyler. Sie war also weder sauer auf ihn, noch auf Grace, die viel Mut bewiesen hatte, sich auf das Abendteuer einzulassen.

Grace erzählte ihr, dass sie noch zwei Mal in der Agentur

angerufen hatte, in der Hoffnung, die Empfangsdame könnte ihr doch noch helfen. Aber vergeblich. Grace kam sich schlecht vor, konnte nicht mehr in den Spiegel gucken, weil sie Tyler so hinterherlief.

Melanie beruhigte sie und spendete Trost, indem sie ihr versprach, Ethan zu fragen, wie er an Tyler gekommen sei. Vielleicht gab es ein Detail, das er Grace gegenüber nicht erwähnt hatte. Grace war erleichtert über diesen Hoffnungsschimmer.

Schließlich musste Melanie gehen, wünschte ihrer Freundin, stark zu sein und winkte ihr zum Abschied.

Kurz darauf klingelte es an der Wohnungstür. Es war Melanie, die ihre Sonnenbrille vergessen hatte. Grace lachte. Das war so typisch für ihre Freundin. Ständig musste sie noch mal klingeln oder zu Partys zurücklaufen, weil sie wichtige Dinge vergessen hatte. Sie kam auch gerne ein zweites oder drittes Mal zurück. Als Melanie mit der Sonnenbrille wedelnd gegangen war, suchte Grace den Platz ab, wo Melanie gesessen hatte, und prüfte, ob noch mehr dort lag. Sie fand ihren Lippenstift. Es klingelte zum zweiten Mal und Grace hielt ihr lachend den Lippenstift hin, während sie die Wohnungstür öffnete und sagte: »Na, suchst du vielleicht den hier?«

»Nein, tu ich nicht«, sagte Tyler, der im Rahmen lehnte und lächelte.

Grace bekam einen Schreck und hätte ihm beinahe die Tür vor der Nase zugeschlagen. Ihr Herz hämmerte und die Röte schoss ihr ins Gesicht. Auch ihre Augen wollten sich mit Tränen füllen, was Grace aber stark zu unterdrücken versuchte. »Tyler …«, war alles was sie herausbrachte.

»Hallo, Grace.«

»Was machst du hier?«, schaffte sie zu sagen.

»Du hast mich letztes Mal nicht aussprechen lassen.« Er

lächelte wieder. »Darf ich reinkommen? Oder wollen wir uns hier im Flur ein bisschen unterhalten?«

»Nein, nein … ich meine ja, komm doch rein.«

Als er auf ihrer Höhe war, gab er ihr einen leichten Kuss auf den Hals, legte die Hand auf ihre, die auf der Türklinke ruhte. Grace zog sie weg und er schloss mit einem Lächeln die Tür.

Verwirrt und aufgewühlt ging Grace ins Wohnzimmer vor. Tyler folgte und nahm schließlich ihr gegenüber auf dem Sofa Platz.

»Bist du beruflich hier?«, fragte sie betont locker und schlug die Beine übereinander.

Er blickte sich ein wenig um und heftete dann seinen Blick auf sie. Sofort reagierte ihr Unterleib mit wildem Flattern. Sein Ausdruck wurde ernst. »Beruflich?«

»Ja, ich meine, als Callboy«, sagte sie unsicher.

Eine ganze Weile hielt er ihren Blick gefangen, ehe er sagte: »Wieso, willst du mich bezahlen?«

Diese Antwort wollte sie ihm schuldig bleiben, da sie die Frage als Floskel ansah. Grace war so angespannt und nervös, dass sie ihn am liebsten vor die Tür gesetzt hätte. Ihre Brustwarzen sagten allerdings etwas anderes: Von dem Mann erotisiert, zogen sie sich zusammen und wurden hart. Durch das dünne, enge T-Shirt, zeichneten sich die Nippel mit Sicherheit deutlich ab. Das wurde ihr klar, als sein Blick kurz darüber glitt. Automatisch presste sie Beine zusammen, die nackt unter dem kurzen Rock hervorragten. Auch diese Sehenswürdigkeit ließ sein Blick nicht aus. Grace hatte das Gefühl, als schösse ihr das Blut aus den Wangen direkt zwischen die Beine und ließ dort ihre Schamlippen anschwellen. Ihr String zwickte. Grace konnte ihn unmöglich zurechtschieben. Von daher rutschte sie ein wenig auf dem Sofa hin und her, in der Hoffnung, er würde es nicht bemerken. Doch während er ihr noch in die Augen blickte, hob und senkte sich sein Brustkorb schneller als normal. Zu sehen, dass sie ihn damit scharf machte, ließ die Lust durch ihren Körper strömen.

Grace versuchte, sich auf die Situation und das Gespräch zu konzentrieren. Mutig fragte sie: »Ist Tyler dein Pseudonym?«

Er guckte verwundert. »Nein, warum?«

»In der Agentur kannte niemand deinen Namen«, rutschte Grace der Satz raus. Sie biss sich auf die Unterlippe und hoffte, er würde den Zusammenhang nicht sehen. Falsch gehofft.

Tyler lächelte breit, lehnte sich zurück und verschränkte die Hände hinter dem Kopf. »So, du hast also in der Agentur angerufen ...«

»Möchtest du was trinken?«, fragte Grace schnell.

»Nein, danke. Zurück zu dir. Warum hast du in der Agentur angerufen?«

»Weil ich dich sehen wollte«, sagte sie ehrlich.

Er ließ die Hände sinken, kam mit ernstem Gesicht wieder nach vorne und stützte die Ellenbogen auf den Oberschenkeln ab. »Wow«, sagte er und nach einer Weile fügte er hinzu: »Ich laufe dort unter dem Namen Jay. Tyler ist mein richtiger Name.« Er machte eine kurze Pause und sagte dann: »Bei unserem ersten Gespräch habe ich dir die Wahrheit gesagt. Ich bin Fotograf.«

»Und was ist mit dem Callboy?«, fragte Grace.

»Der bin ich auch. Es ist ein Nebenjob.«

»Gehöre ich auch zu deinem Nebenjob?«

Er schüttelte langsam den Kopf und sagte ernst: »Nein.«

»Und woher weißt du, dass ich nach dir gefragt habe?«

»Ich wusste es nicht. Erst, als ich mit Ethan telefonierte.«

»Ethan? Er hatte deine Nummer?« *Mistkerl,* dachte Grace.

»Ja. Aber er durfte sie nicht rausrücken. Es war ihm vertraglich untersagt.«

»Aha. Und warum habt ihr euch im Hotel getroffen?«

»Weil er mir sagen wollte, dass er meine Dienste nicht mehr bräuchte.«

»Hätte er dir das nicht am Telefon sagen können?«

»Doch. Aber er zog es vor, mir dafür die Hand zu schütteln und mir seinen Dank persönlich auszusprechen.«

»Du solltest also Melanie verführen, um zu sehen, ob sie Ethan treu sein kann?«

»So ist es«, bestätigte Tyler.

»War sie denn treu?«

Er lachte. »Was hat sie dir erzählt?«

Grace wurde rot. »Ihr hattet wohl guten Sex.«

»Stimmt nicht. Wir hatten überhaupt keinen Sex! Ihr ging alles zu schnell, und sie sprach ständig von Ethan. Sie hätte sich in hundert Jahren nicht von ihm getrennt.«

Entgeistert blickte Grace ihn an. »Das kann doch nicht wahr sein! Sie hat mir ganz andere Dinge erzählt.«

»Dann war es aber nicht mit mir.«

Grace versuchte, das Gesagte zu verarbeiten, während Tyler sich erhob.

Erschrocken blickte sie zu ihm hoch. »Wo willst du hin?«

»Ich muss los. Arbeiten.«

»Heute am Samstag? Ach, ich Idiot. Samstag ist ja prädestiniert für deinen Job.«

Er schwieg und blickte sie eine Weile ruhig an.

»Tut mir leid. Ich wollte nicht gemein sein«, flüsterte Grace.

»Ich arbeite heute als Fotograf.«

»Ach so.«

»Würde es dir schwerfallen, jemanden zu mögen, der Callboy

war?«, fragte er nach einer Weile.

»*War?*«

»Ich würde nie mit einer Frau zusammen sein und nebenbei noch den Job als Callboy laufen haben.«

Sie lächelte ihn an.

»Und, wollen wir dort weitermachen, womit wir in ›Marcys Coffee Shop‹ begonnen haben?«, fragte er nach einer Weile.

Grace zögerte. Dann fragte sie: »Hatten wir das nicht bereits?«

Gespielt verwirrt blickte er sie an. »Wir haben das schon getan? Das ist mir entfallen! Und, wie war das?« Er umrundete den Couchtisch. Als er vor ihr stand, beugte er sich zu Grace hinunter und presste seine Lippen auf ihre. Graces Herzschlag beschleunigte sich.

»Fühlte es sich in etwa so an?«, fragte er leise.

»Ja«, flüsterte Grace. »Genauso. Aber es war noch mehr.«

Seine Augen weiteten sich. »Noch mehr? So etwa?« Seine Hände schoben sich unter ihr T-Shirt und legten sich auf ihre Brüste, während Zeigefinger und Daumen mit ihren bereits sehr harten Nippeln spielten.

Grace atmete schwer und nickte langsam. »Ja«, hauchte sie. Langsam öffnete sie ihre Beine. Tyler blickte kurz hinunter, bevor er sich dazwischen kniete. Er schob ihr T-Shirt hoch und machte sich über ihre Brustwarzen her. Mit fester Zunge leckte er über die steifen Nippel, drückte sie in das weiche Fleisch und zog sie saugend wieder hervor. Grace stöhnte. Schon widmete er sich der anderen Brust, wo er das Prozedere wiederholte. Während er noch an ihren Brüsten zugange war und sich anscheinend nicht sattlecken konnte, spürte sie seine Hand. Die eine lag in ihrem Rücken und presste ihren Körper seinen Lippen entgegen, und die andere wanderte an ihrem Oberschenkel entlang, um an den Rand des Strings zu kommen. Kurzerhand schob sie sich darunter und fuhr durch die rasierte Spalte.

Tyler stoppte seine Aktivität und blickte Grace an.

»Was hast du?«, fragte sie verunsichert.

»Du bist ja rasiert …« Grace nickte. Sein Blick löste sich von ihren Augen und wanderte zu ihrem String, den er sanft beiseite schob. Eingehend betrachtete er ihre rasierte Muschi. Schließlich machte er Anstalten, ihren String ausziehen zu wollen. So hob sie ihr Becken an und ließ ihn sich abstreifen. Als Grace wieder saß, schob er ihre Beine auseinander und blickte fasziniert dazwischen. Grace hätte gerne einen Kommentar von ihm gehört, doch er schwieg. Seinen Kommentar drückte er in der Handlung aus, seinen Kopf vorzubeugen und behutsam über die weichen Schamlippen zu streichen. Die sanften Berührungen mit seiner Zunge elektrisierten ihren Körper. Bei jedem weiteren Ansetzen seiner Zunge, zuckte Grace zusammen.

»Ist das okay?«, fragte er leise.

Sie nickte und flüsterte: »Es ist fantastisch!«

Er änderte seine Art, sie zu lecken, indem er den Mund auf die heiße, geschwollene Möse presste und seine Zunge fester durch ihre Spalte gleiten ließ. Grace keuchte und versuchte, sich aus seinem Griff zu winden, doch er hielt sie dadurch nur noch fester. Völlig unerwartet stieß er seine Zunge tief in ihre Möse. Grace schrie auf. Dann stieß er mit der Zunge noch mal zu und wiederholte es in kurzen Abständen. Grace krallte sich in die Lehne und bog ihren Oberkörper durch, dabei rutschte sie tiefer und bot ihm ihre volle Ansicht bis zum Po. Er nahm sein Gesicht von ihrer Möse und küsste sie plötzlich. Überrumpelt nahm sie seine Zunge in sich auf und schmeckte sich selbst. Diese Erfahrung war auch neu für sie.

Wenige Atemzüge später war sie überzeugt, dass es einfach nur geil war, und sie auch geil machte. Alles um sie herum verschwand. Es gab nur noch Tyler, sie und den Sex! Während er Grace küsste, schob er einen Finger in ihre Fruchtigkeit. Als er in ihrer Möse Stoßbewegungen ausführte, und diese ihr Innerstes noch mehr als das Lecken aufwühlten, wusste sie, dass es zwei, vielleicht sogar drei Finger waren. Er stieß so stark, dass ihr Körper sich mitbewegte und ihre Brüste im Takt wippten.

»Tyler, ich will dich jetzt haben!«

Unter halb geschlossenen Lidern blickte er sie an. Als wenn er erst jetzt verstand, hörte er auf. Mit ungestümen Handgriffen zog er sich sein schwarzes T-Shirt über den Kopf und öffnete die Jeans. Er erhob sich und kickte die Jeans mit dem Fuß zur Seite. Sein Slip beulte sich verräterisch. Er schob sich ihr entgegen, so dass sein Slip auf ihrer Augenhöhe war.

»Zieh ihn aus und mach in nass. Im Coffee Shop hast du mir bereits gezeigt, wie gut du das kannst.«

Ohne zu zögern zog Grace seinen Slip hinunter. Sein Schwanz sprang ihr entgegen und zuckte in Erwartung. Sofort schob sie ihn sich in den Mund und schlang die Zunge darum. Als sie den Schwanz langsam entließ, um ihn sofort wieder in ihren gierigen Mund zu stoßen, stöhnte Tyler das erste Mal laut auf. Grace wiederholte es. Tyler schnaufte und hielt sie an den Schultern fest. Dann entwand er sich ihr, zog ein Kissen heran und kniete sich zwischen ihre Schenkel darauf. Augenblicklich versenkte er sein hartes, geiles Glied in ihrer nassen Möse. Grace warf sich ihm entgegen und spürte nichts außer schierer Wollust. Ihr Körper schien nicht mehr ihr zu gehören, er war geil und wollte gevögelt werden. Tyler hatte seinen Mund leicht geöffnet und sein Atem ging im

Takt seiner Stöße. Er zog das Tempo an, ohne auf sie zu achten. Dachte Grace! Doch Tyler war weitsichtiger. Denn dieser Tempowechsel verursachte einen Rausch in ihrem Körper, der nur noch durch einen Orgasmus zu toppen war. Und der kam! Er war mit solcher Wucht da, dass Grace sich diesmal selber ein Kissen vor den Mund presste, um ihre Lustschreie zu dämpfen. Kurz nach ihr schoss die Lust auch durch Tylers Lenden und brachte ihn zum lauten Stöhnen.

***

Mit einem Ruck erwachte Grace. Ihr Herz raste. »Tyler!«, rief sie in die Dunkelheit.

Neben sich hörte sie die Decke rascheln. »Was ist, Süße?«

»Gott sei Dank, du bist da …«

»Wo sollte ich sonst sein«, antwortete er schlaftrunken.

»Ich weiß nicht, irgendwo, außer bei mir.«

»Nach so einem fantastischen Tag und einer noch fantastischeren Nacht? Ich wäre schön blöd!«

Grace hörte ihn durch seine Worte lächeln.

»Jetzt komm wieder her, Süße. Lass mich deinen hübschen Körper umarmen.«

Grace wollte sich gerade in seine Arme schmiegen, als sie etwas piekte. »Au, was ist das denn?«

Tyler seufzte. »Was ist denn noch?«

»Aber, das gibt es doch gar nicht. Das ist schier unmöglich!«

»Möchtest du mich an deinen Gedanken teilhaben lassen? – Hab ich das jetzt wirklich gesagt, so mitten in der Nacht?«

»Mein Armband ist wieder da«, freute Grace sich und befühlte ihr Handgelenk.

Tyler stöhnte ins Kissen. Gedämpft hörte sie seine Stimme sagen: »Das war doch eine Morgenüberraschung. Ihr Frauen schreckt sogar in der Nacht hoch, weil ihr Überraschungen nicht bis zum Morgen erwarten könnt.«

»Oh Tyler, wo hast du es gefunden?«

»Gar nicht. Es ist ein männlich angeberisches Geschenk für seine Liebste.«

»Du hast es neu gekauft?«

»Erraten.«

»Vorsicht, ich mache Licht.«

»Nein, Grace, bitte nicht. Es ist dann …«

Im hellen Licht bewunderte sie die glitzernden Steine, die ihr entgegenfunkelten. »Es ist wunderschön.«

»Es passt zu dir, Süße. So, jetzt komm her.«

»Sag mal, ist das etwa echt?«

»Weiß ich nicht, nun mach endlich das Licht aus und komm wieder unter die Decke, langsam wird es ungemütlich, so lange ohne dich zu sein.«

Grace löschte das Licht und schmiegte sich dicht an ihn. Sie gab ihm einen langen Zungenkuss und versprach, als sie sich von ihm löste: »Ich werde dir morgen noch vor dem Frühstück zeigen, wie dankbar ich dir bin.«

»Darauf hatte ich gehofft!«

Wasserspiele

»Du machst dir keine Begriffe, was für ein super Kurs dieser ›Body Workout‹ ist!«, schwärmte Christine. »Du musst einfach mitmachen, Judy.«

»Das kannst du vergessen! Ich mache mich doch nicht zum Affen in meinem Badeanzug und mit meiner Figur!«

»Du kannst ja einen Bikini tragen …«, schmunzelte Christine.

»Sehr komisch.«

»Bitte, Judy.«

»Nein, verdammt! Ich fand schwimmen schon immer langweilig. Warum sollte sich das auf einmal geändert haben?«

Christine bemerkte verschmitzt: »Weil der Kursleiter ein super cooler Typ ist. Der bringt jedes Frauenherz zum Schmelzen.«

»Auch das noch. Dann bekommen mich da sowieso keine zehn Pferde hin.«

»Nun sei doch keine Spielverderberin. Er macht das wirklich prima und dein Körper wird über die Hälfte, sprich bis zur Brust, im Wasser sein. Niemand wird deinen Körper sehen können – leider, denn er ist erstklassig!«

Judy winkte ab.

Doch Christine erzählte einfach weiter. »Dieser Kurs hat auch nichts mit Schwimmen zu tun. Wir machen Bewegungen unter Wasser mit Lufthanteln. Das Ganze findet auf der Stelle statt, deshalb wirst du nicht einen einzigen Schwimmzug machen müssen.«

Judy seufzte. Sie zog sich ihren Milchkaffee heran und nahm einen großen Schluck. »Ich weiß nicht … Gib mir wenigstens einen Tag Bedenkzeit. Vielleicht bin ich ja dabei.«

»Super!«

»Freu' dich nicht zu früh. Ich habe gesagt: *vielleicht* und *Bedenkzeit* … Das heißt gar nichts!«

Christine nickte mit einem wissenden Lächeln.

***

Während sich Judy in der Umkleidekabine des Schwimmbades umzog, ärgerte sie sich sehr, dass sie ihrer Freundin nun doch zugesagt hatte. So etwas Dummes! Eigentlich wollte sie nicht, und den schönen Montagabend hätte sie auch viel besser mit ihrem Freund Milton auf der Couch verbringen können. Er war zwar nicht der allerbeste Liebhaber, aber wenigstens gab er sich Mühe und war oft scharf auf sie.

»Judy, wie weit bist du?«, rief Christine.

»Gleich fertig.« Sie seufzte und setzte sich auf die Bank. »Du, Christine, ich habe überhaupt keine Lust.«

»Oh nein, nun hör schon auf! Es wird toll, das verspreche ich dir. Und es wird mit Sicherheit anders, als du es dir gerade ausmalst. Nun komm schon und lass mich nicht so lange zappeln.«

Judy öffnete die Tür. Sie hatte sich ein Handtuch um die Brust geschlungen und verdeckte ihren Badeanzug samt Figur.

Christine schüttelte den Kopf, sagte: »Dir ist nicht zu helfen«, und ging vor.

Sie duschten sich kurz ab und huschten in die Schwimmhalle. Mit einem eleganten Köpfer tauchte Christine ins stahlblaue Wasser, allerdings erst dann, nachdem sie sich vergewissert hatte, dass auch ja der Trainer und sämtliche anderen Anwesenden zu ihr blickten.

Judy stand nun alleine da und sie hatte das Gefühl, nach dieser filmreifen Badenixen-Szene erwarteten die anderen von ihr Ähnliches. Weit gefehlt. Schüchtern zog sie sich auf die Bank zurück, legte ihr Duschgel ab und ließ das Handtuch um.

»Komm, Judy. Worauf wartest du?«, rief ihr Christine zu.

»Ja, Judy, komm, wir wollen anfangen«, erklang die Stimme des Trainers wie ein Echo. Dieser Typ war etwa Mitte dreißig, hatte blonde, engelsgleiche Locken, einen leicht gebräunten Körper mit Muskeln genau dort, wo sie auch hingehörten. Er trug eng geschnittene Badeshorts, die so einiges erkennen ließen, und sah einfach umwerfend aus.

Judy konnte sich nicht bewegen, sie starrte diesen Mann an und saß da wie gelähmt. Was sollte sie jetzt tun? Ihr Handtuch elfengleich fallen lassen, zum Beckenrand schweben und sich ins wohlige Nass gleiten lassen?

»Judy!« Christines Stimme wurde ungeduldig.

Der Trainer winkte und lächelte, machte die Situation dadurch noch schlimmer. Denn inzwischen hatten sich alle nach ihr umgedreht. Judy schloss die Augen, atmete tief durch. Sie wollte es nicht noch schlimmer machen und schon gar nicht, sich wie ein kleines Kind benehmen.

Noch mit geschlossenen Augen nahm sie ihr Handtuch ab und stand auf. Dann blickte sie zum Wasser, ging zum Beckenrand und stieg vorsichtig die Leiter hinunter. Das kühle Nass tat ihr gut und spendete Zuversicht. Judy tat einige Schwimmzüge und fühlte sich auf einmal befreit und sehr wohl. Mit ein paar Schwimmbewegungen hatte sie sich den anderen angeschlossen und stellte sich ins etwas flachere Wasser neben Christine.

»Na endlich. War's so schlimm?«

Judy schüttelte den Kopf und wagte erst dann den Blick

zum Trainer zu heben. Dieser guckte sie freundlich an und lächelte. Konnte es sein, dass sie rot wurde? Gut, dass das Licht so schummrig war und das Blau des Wassers jegliche andere Farbe zur Hälfte schluckte.

»Okay, meine Damen. Herren sind heute keine unter uns, wie ich sehe. Für alle, die mich noch nicht kennen, ich bin Ron, euer Kursleiter. Wir machen ein paar Aufwärmübungen im Wasser und arbeiten später mit den Hanteln. Dazu gibt's ein bisschen aufmunternde Musik, die euch hoffentlich etwas Feuer unterm Hintern macht. Also, dann geht's los.«

»Feuer unterm Hintern ...«, flüsterte Judy Christine zu.

Christine lachte. »Der Typ ist doch witzig. Er ist gut aussehend und cool. Also, ich mag ihn.«

»Du magst alle Männer.«

»Stimmt nicht. Nur die, die smart sind und so einen wunderbaren Knackarsch haben, wie dieser hier. Ich frage mich, wie der Typ wohl im Bett ist. Da geht bestimmt richtig die Post ab. Oh Mann, ich glaube, ich muss den vernaschen.«

»Christine!«

Der Kursleiter schaltete die Musik ein. Rhythmische Technomusik drang aus den Boxen. Christine grinste. Judy guckte entgeistert.

Ron winkte mit beiden Armen die Frauen dichter zu sich heran und ruderte in der Luft, wie ein »Follow Me«-Männchen auf dem Rollfeld eines Flughafens. Dann machte er die Übung draußen am Rand stehend vor und die Damen waren nur zu bereit, ihm Folge zu leisten. Als erstes war zum Aufwärmen ein »Hampelmann« dran.

Judy kam sich absolut albern vor, und nicht nur sich, sondern auch die anderen, dass sie so etwas Bekloptes nachahmten. Hampelmann ... Doch das, was am Beckenrand einen einfachen Vorführeffeckt besaß, ließ sich unter Wasser noch lange nicht leicht nachmachen. Auch musste man darauf achten, sein Gleichgewicht zu halten, stellte Judy fest.

Nach einer Weile, wo sie nur mit den Füßen, den Rumpf drehend, von rechts nach links springen sollte, war Judy ganz schön am Schnaufen. Sie hatte sogar das Gefühl, dass sich Schweißperlen auf ihrer Stirn bildeten. Und das nach den ersten zehn Minuten!

Nach weiteren zehn Minuten, in denen nach rechts und nach links ins Wasser geboxt und anschließend beide Arme, Fäuste nach oben, geknickt im Ellenbogen, zusammen gebracht werden sollten, war Judy mehr als fertig. Nun kamen die Beinübungen dran. Judy keuchte und glaubte, es nicht weiter zu schaffen. Doch sie wollte sich nicht vor ihrer Freundin die Blöße geben und schon gar nicht vor Ron! Wenn sie darüber nachdachte, dass der Kurs insgesamt fünfundvierzig Minuten laufen sollte, und davon erst zwanzig rum waren, wurde ihr ganz schwindelig.

Die Hanteln kamen zum Einsatz. Auch diese fünfzehn Minuten schaffte sie und war danach fix und fertig. Keuchend versuchte sie ihren Atem zu regulieren.

»So, bevor wir zur Streching-Ausruh-Phase kommen, machen wir noch eine Powerrunde von zwei Minuten«, feuerte Ron die Damen an.

Judy schnappte nach den ersten zwanzig Sekunden nach Luft. Neben sich hörte sie ihre Freundin schwer atmen, allerdings summte sie zusätzlich bei den Liedern mit. Judy zwang sich zum Durchhalten, sie wollte die zwei Minuten unbedingt schaffen. Doch sie merkte, wie ihr die Beine den Dienst versagten und wie von einer magischen Hand unter Wasser gezogen wurde. Sie zwang sich, die Augen dabei aufzubehalten.

Unter Wasser konnte sie das Gestrampel der anderen Frauen sehen, wie es Blasen und Schaum im grellen Licht der kreisrunden Pool-Lampen aufwarf. Das Licht verblasste nach und nach. *Atmen und Stille,* dachte Judy. Undeutlich erkannte sie, wie da etwas ins Wasser schoss, ebenso viele Blasen aufwarf, wie die trampelnden Frauen, die Judy an eine Herde wilder Nielpferde erinnerte. Etwas kam auf sie zugeschnellt. Kraftvoll wurde sie gepackt, dann versank alles in Dunkelheit um sie herum.

»Mein Gott, Judy, komm doch endlich zu dir«, hörte sie von weiter Ferne. Bilder und Lichter stürmten auf sie ein. Etwas Weiches, Warmes presste sich auf ihre Lippen. Dann musste sie Husten. Wasser lief aus ihrem Mund und sie wurde zur Seite gedreht. Fast hätte sie sich erbrochen. Doch es kam nur Wasser.

»Da ist sie wieder«, vernahm sie Rons gepresste Stimme.

Judy schnappte nach Luft und japste.

»Atmen Sie ruhig«, wies Ron sie an. »Sonst klappen Sie mir noch mal zusammen.«

»Tut mir leid«, stammelte Judy, als sie einigermaßen Luft hatte.

»Sie brauchen sich nicht zu entschuldigen.«

»Doch, ich habe nicht rechtzeitig aufgehört.«

»Ach so, na dann entschuldigen Sie sich bitte weiter.«

Judy blickte ihn entgeistert an. Die anderen Frauen glucksten. Jetzt erst bemerkte Judy, dass sie am Beckenrand lag, über ihr der Kursleiter, der gerade eine Mund-zu-Mund-Beatmung durchgeführt hatte. Daneben die anderen Kursteilnehmerinnen, die besorgt auf Judy hinabblickten. Christine streichelte Judys nasse Haare und im Hintergrund dröhnte der Technosound weiter, als wäre nichts gewesen.

Tropfen aus Rons Haaren lösten sich und fielen Judy ins

Gesicht. Sie merkte, wie sie rot wurde und ihr Körper erst jetzt auf das reagierte, was da eben mit ihm gemacht wurde. Die Lippen dieses Mannes auf ihren. Und sie hatte es nicht einmal genießen können. Sie spürte, wie sich ihre Brustspitzen aufstellten und ihr Atem, der sich gerade etwas beruhigt hatte, wieder flacher wurde.

»Danke!«, sagte sie leise.

Es brachte Ron nicht aus dem Konzept und er lächelte. Auch nicht, als er einen Blick auf ihre Brüste warf, die zwar gut unter dem Badeanzug behütet waren, sich aber nicht verstecken ließen. »Gern geschehen. Ich hoffe nur, das passiert nicht öfter, meine Damen.« Damit stand er auf und blickte in die Runde.

Die Frauen lachten leise.

Als sein Blick zu Judy zurückkam, streifte er erneut wie zufällig ihre Brüste und reichte ihr die Hand. »Ich hoffe, Sie haben Verständnis, wenn wir hiermit den heutigen Kurs enden lassen. Sie haben sich genug ausgepowert. Und der nächste Kurs wartet schon auf mich.«

Allgemeines Verständnis machte sich breit.

Ron half Judy auf. Als er einen Arm um sie legte, reichte seine Hand bis zu ihrer rechten Brust, die er leicht drückte. Judy sog leise die Luft ein. War es Zufall oder dachte er sich etwas dabei?

Christine stützte sie auf der anderen Seite.

»Geht es wieder«, fragte ihre Freundin besorgt.

»Ja, alles okay, danke.«

»Schaffen Sie es alleine weiter, Ladys?«, fragte Ron, als sie die Dusche erreichten. »Denn ich glaube, ich bekomme ein kleines Problem, wenn ich beim Ausziehen in der Damendusche helfe.«

»Das ist okay, wir schaffen das. Danke für die Rettung«, sagte Judy, noch immer seinen markanten Duft in der Nase.

»Och, ich würde es ja gerne mal auf einen Versuch in der Damendusche ankommen lassen«, feixte Christine.

»So, so, liebe Dame, das würden Sie also?«

»Sicher. Oder haben Sie jetzt Muffensausen?«

»Muffensausen?« Er lachte laut los, schüttelte den Kopf. »Mein Gott, dieses Wort habe ich seit meiner Jugend nicht mehr gehört.«

»Nicht ablenken, Mr. Lebensretter!«

»Tu ich nicht. Sie haben mich mit diesem Wort völlig aus der Bahn geworfen.«

»Also, was ist? Wenn wir einen Augenblick warten, haben wir die Dusche ganz für uns drei alleine.«

»Christine!« Judy war entsetzt. Diese direkte Art kannte sie leider von ihrer Freundin nur zu gut. Doch jedes Mal war es ihr aufs Neue peinlich.

»Was ist denn? Ach, verstehe, du willst unseren Blondy für dich alleine haben. Na, wenn das so ist …«

»Hör schon auf!«, zischte Judy. Ihr war es nun mehr als unangenehm, zumal Ron schmunzelnd von einer zur anderen blickte.

»Tja, da muss ich Sie wohl beide enttäuschen, meine Damen, ich habe keine Zeit. Mein zweiter Kurs beginnt in genau vier Minuten. Sorry! Aber, aufgeschoben, ist ja nicht aufgehoben.« Er zwinkerte und ging.

Als Ron außer Reichweite war, drehte Judy sich mit einem Ruck zu Christine um. »Sag mal, spinnst du?!«

»Mein Gott, Judy, nun reg dich nicht so auf. Es war doch lustig.«

»Nein, war es nicht. Ich fand es total geschmacklos!«

»Wahrscheinlich, weil du etwas von ihm willst.«

»Unsinn. Hast du nicht gesehen, wie unangenehm berührt er war?«

»Nein, ist mir nicht aufgefallen. Er hat sogar gesagt: ›Aufgeschoben ist nicht aufgehoben‹.«

»Damit wollte er doch nur die Situation entschärfen. Ich fand das total blöd von dir.« Damit drehte Judy sich um und ging zu der Dusche.

»Hey, dafür, dass du eben unter Wasser die Kacheln gezählt hast, bist du aber schon wieder ganz schön fit«, rief ihr Christine nach.

***

Als Judy unter einer der Duschen stand und der warme, harte Wasserstrahl ihr den Rücken massierte, kamen diverse Frauen herein, stellten sich wenige Sekunden unter die Dusche und verschwanden in der Schwimmhalle. Sie schienen es verdammt eilig zu haben, zum Kurs, oder wohl besser, zum Kursleiter zu kommen.

Nun lief ›Body Workout‹ seit acht Minuten. Musik trommelte durch die Halle und kam in der Dusche abgeschwächt an. Judy begann sich die Haare zu waschen. Die Augen geschlossen, den Kopf zurückgelehnt, genoss sie das wohlige Gefühl auf ihrem Kopf. Sie spürte, wie sich eine Hand um ihre Brust schloss und dachte an Ron. Der Gedanke zauberte ein Lächeln auf ihr Gesicht. Doch das konnte unmöglich sein! Sofort riss sie die Augen auf und blickte durch den Schaum ihre Freundin Christine an.

»Was tust du da?«, fragte Judy entsetzt.

»Dich berühren, was sonst.«

»Nicht, Christine!«

»Wieso?«

»Weil ... weil jemand herein kommen könnte.«

»Wenn das deine einzige Sorge ist, kann ich ja weitermachen.« Christine berührte Judys Brustspitzen und presste sie leicht zusammen. Sofort verhärteten sie sich. Ein unerträgliches Gefühl der Lust schoss in Judys Schoß.

»Hör sofort auf, Christine. Ich will das nicht!«

»So? Dein Körper verrät mir aber etwas ganz anderes.« Mit diesen Worten beugte Christine ihren Kopf zu Judys Brüsten und saugte eine der Warzen in den Mund. Wieder schoss das Gefühl der Lust in Judys Schoß. Doch sie wollte so eine Art von Sex auf gar keinen Fall dort, wo jedermann hereinkommen konnte, und wahrscheinlich sogar Ron! Und schon gar nicht wollte sie es mit einer Frau treiben, die noch dazu ihre beste Freundin war. Aber was Christine in Judy wachrief, war zu berauschend, um ihr Einhalt zu gebieten. Statt ihre Freundin zur Seite zu schieben, legte sie ihr die Hände auf den Kopf und ließ sie gewähren.

Geschickt saugte Christine an den kleinen Warzen, die unter ihrer Zungenfertigkeit immer größer und heißer wurden. Dazu nahm sie ihre Hand und presste die andere Warze. Erst vorsichtig, sanft, dann fester und härter. Judy stieß einen Seufzer aus und gab sich ihrem Gefühl und der Strenge Christines voll und ganz hin. Sie wollte nicht so fest gedrückt werden, doch es verursachte ihr ungeheure Lust. Als Christine Judys Nippel zwischen fest zusammengepressten Lippen hin und her rollen ließ, hatte Judy das überstarke Verlangen, dass sich etwas in sie hineinbohren sollte, und das so oft und so lange, bis sie den erlösenden Orgasmus erlebte. Doch Christine war nur mit Judys Brüsten beschäftigt und schaffte es, zu Judys Erstaunen, die Gefühle und das Sehnen zwischen Judys Lenden immer mehr zu steigern.

Schließlich hielt Judy es nicht mehr aus. Sie drückte Christines Kopf nach unten. Diese begriff sofort und ließ ihre Zunge über das Geschlecht der Freundin sausen. Es war ein Beginn der Erlösung, und Judys Kopf sank mit einem Aufstöhnen gegen die Fliesenwand. Die Duschen waren inzwischen ausgegangen, nur die Musik dröhnte noch zu ihnen herüber.

Christine schien nicht an ihr gewünschtes Ziel zu kommen und schob mit beiden Händen Judys Schenkel weiter auseinander. Sie ließ die Hand erst prüfend über die Schamlippen gleiten und dann in das nasse, heiße Geschlecht eintauchen.

»Oh, mein Gott«, stöhnte Judy. »Was tun wir hier bloß?«

»Hör auf zu denken. Genieße es!«

Judy versuchte, sich fallen zu lassen und schloss die Augen. Sofort erschien das wohlig erregende Gefühl. Ihre Brustwarzen stellten sich wieder steil und hart auf. Judy spürte, dass sie bereit war, sich das anzusehen, was da mir ihr gemacht wurde. Deshalb öffnete sie die Augen und blickte zu ihren gespreizten Beinen hinunter. Christines Gesicht befand sich direkt unter Judys Geschlecht, und sie konnte sogar kurz sehen, wie die rote Zunge sich durch ihre Muschi wühlte. Dieser Anblick machte sie noch geiler. Unwillkürlich begann Judy, ihr Becken zu bewegen und sich der harten Zunge entgegenzupressen. Als Christine das merkte, legte sie noch einen Zahn zu und flatterte mit der Zunge über die Klitoris, tauchte dann durch die geöffnete Spalte zwischen den Schamlippen entlang, um tief in das enge Loch zu dringen. Dann begann sie im Loch zu rotieren.

Judy schnappte nach Luft, hechelte und keuchte. Lustvoll krallte sie sich an ihren eigenen Brüsten fest und versuchte, vor Wonne nicht zu vergehen. Sie wollte diesen Sex! Ja, unbedingt. Sie wollte hier und jetzt zum Orgasmus kommen, denn ihr ganzer Körper bestand nur noch aus Lust und Geilheit. Ungeduldig drückte sie sich auf die flinke Zunge und fieberte der Erlösung entgegen.

Christine nahm ihre rechte Hand und umschloss die Klitoris mit Daumen und Zeigefinger. Während sie ihre Zunge in Judys Geschlecht zucken ließ, rollte sie die Klitoris gnadenlos immer wieder zwischen ihren Fingern.

Judy brandete in den Orgasmus. Sie biss sich in ihre eigene Hand, um nicht zu schreien. Mit geschlossenen Augen genoss sie dieses ihr bisher unbekannte Gefühl der Lust.

Als sie wieder einigermaßen atmen konnte, zog Christine sie auf den Boden. »Komm, Süße, nun musst du es mir noch schnell machen.«

»Aber, ich habe so etwas noch nicht getan.«

»Dann lernst du es heute. Ich bin verdammt scharf und kann einfach nicht mehr warten.«

»Aber, wie soll ich denn …«

»Leg dich vor meine geöffneten Beine. Los, mach schon.«

»Und wenn jemand kommt?«

»Niemand wird kommen. Eben ist auch keiner da gewesen. Bitte, Judy, du darfst jetzt nicht kneifen. Ich bin schon sehr weit, und es wird nicht lange dauern. Also mach, bitte.«

Judy fand es nur fair, auch Christine die gleiche Wonne zukommen zu lassen, und so kniete sie sich einfach zwischen Christines Beine und leckte über die glatt rasierte, samtene Muschi.

»Mein Gott, ist die weich.«

»Ja, mach weiter! Oh Gott, ich bin schon so geil!«

Judy leckte vorsichtig, aber zielorientiert. Nach und nach wurde sie immer sicherer. Mutig glitt sie in der nassen Spalte hin und her und saugte die Klitoris in ihren Mund. Geschickt umspielte sie die harte Lustperle mit der Zunge, als wäre sie ein kleines männliches Glied. Voller Hingabe massierte, saugte und leckte Judy die Möse ihrer Freundin.

Christines Körper zuckte und sie biss sich auf die Lippen. Auch sie umklammerte ihre eigenen Brüste, zog hart an den Warzen, zwirbelte sie voller Lust zwischen ihren Fingern und ließ den Orgasmus genussvoll durch ihren Körper rauschen.

Judy stieß einen erstickten Schrei aus, als sie den jungen Mann in der Tür stehen sah. Es war Ron. Sein Mund stand offen und signalisierte, dass Ron schon länger dastand. Er hatte vollen Einblick zwischen Christines Beine, Judys leicht geöffneten Hintern und all das, was die beiden soeben getrieben hatten.

Sprachlos blickten sich Ron und Judy an. Christine blieb cool. Sie schloss die Beine und stand auf. »Na, Romeo, auf deine Kosten gekommen?«

»Was tun Sie hier?«, schaffte Ron zu fragen.

Christine lachte. »Sollen wir wirklich noch mal beschreiben, was wir gemacht haben? Erst ich zwischen Judys Beinen, dann sie zwischen meinen?«

Judy bekam einen roten Kopf und in Rons Badeshorts wurde es immer enger. Verräterisch zeichnete sich sein Geschlecht im leicht erregten Zustand ab. »Nein, verdammt. Das ... das ist nicht erlaubt!«

»Ach, Ronny, komm. Am liebsten würdest du doch deine Badehose fallen lassen und uns Mädels es so richtig besorgen, oder?«

Er schnaubte, statt einer Antwort.

»Es tut uns leid. Wir hatten gehofft, niemand würde uns so finden. Werden Sie es melden?« Judy war wieder blass geworden und hielt sich schützend die Hände vor die Brüste.

Rons Blick rutschte auf Judys Scham, ruhte etwas zu lange auf ihr, was Judy die Röte ins Gesicht schießen ließ.

Schließlich seufzte Ron und schüttelte den Kopf. »Nein, ich werde nichts sagen. Nun zieht euch endlich an, bevor ich mich überhaupt nicht mehr in der Schwimmhalle sehen lassen kann.« Mit einem Zwinkern verließ er die Dusche.

***

»Sag mal, warum bist du eigentlich so gut drauf heute?«, fragte Milton.

Judy stand in der Küche, schob eine Lasagne in den Ofen und pfiff dabei ein Lied, währen ihr Freund skeptisch die Augenbrauen zusammenzog. »Wahrscheinlich, weil ich einen Bärenhunger habe und mich auf das Essen freue, und weil ich froh bin, endlich wieder Sport gemacht zu haben.«

»Aber überanstreng dich bitte nicht.«

»Wie kommst du denn darauf?«

»Ich kenne dich.«

»Unsinn. Niemand kennt mich. Nicht mal ich mich selber. Außerdem findet der Kurs im seichten Wasser statt, da kann absolut nichts passieren.«

»Na, von mir aus.« Milton verschwand ins Wohnzimmer.

Judy dachte an Christines Zungenfertigkeit und es lief ihr ein wohliger Schauer über den Rücken. Zur gleichen Zeit kam ihr noch ein Bild vor Augen: die tropfenden Haare Rons, nachdem er seine weichen, warmen Lippen von ihr genommen hatte. Auf einmal tobte das unbändige Verlangen in ihr, diese Lippen noch mal zu küssen. Der Gedanke, dass es niemals der Fall sein würde, ließ sie schier durchdrehen. Sie ging zum Küchenfenster und ließ ihren Kopf dagegen sinken.

»Hey, Ju, alles okay mit dir?«, hörte sie Milton nach einer Weile aus dem Wohnzimmer rufen.

»Ja, alles in Ordnung.«

»Soll ich dir mit dem Auflauf helfen?«

»Das ist kein Auflauf. Das ist eine Lasagne.«

»Na schön. Soll ich dir mit der Lasagne helfen?«

»Schatz, was sagen dir deine Augen?« Judy erschien in der Wohnzimmertür.

»Wie bitte?«

»Um es kurz zu machen: Die Lasagne ist im Ofen und wenn sie darin heiß und gar geworden ist, kann man sie essen. Somit ist sie fertig.«

»Aha, na, ich wollte doch nur sagen, dass, falls du meine Hilfe …«

Weiter kam er nicht. Judy verschloss seine Lippen mit einem Kuss. Sie konnte allerdings nicht genau sagen, ob sie es deshalb tat, weil sie sein Gerede nicht mehr ertragen konnte, oder weil sie einfach das Gefühl des Geküsstwerdens brauchte.

Selbst wenn sie sich die Lippen von Ron vorstellte, es war nicht dasselbe. Diese Lippen waren angestrengt. Sie hatten den Auftrag erhalten, das Richtige zu tun: richtig zu küssen und sich richtig zu bewegen. Sie waren auch nicht warm. Milton hatte kalte Lippen. Judy ließ von ihm ab.

»Hey, wir hatten nicht mal Zeit, uns in den Arm zu nehmen.«

»Ach so, ja, stimmt.«

»Was ist denn los mit dir? Seit du vom Schwimmen gekommen bist, hast du dich irgendwie verändert.«

Judy schmunzelte in sich hinein. Dann nahm sie sich zusammen und ihren Freund bei der Hand. »Das bildest du dir ein. Ich habe nur Hunger, das ist alles. Komm, gehen wir Fernsehen, solange der Auflauf im Ofen ist.«

»Lasagne«, korrigierte Milton.

***

Als Judy das zweite Mal die Schwimmhalle betrat, fühlte sie sich sicherer. Ihr erster Blick galt Ron. Er kniete am Beckenrand und unterhielt sich mit einer Kursteilnehmerin. Die Abendsonne schien in die Halle. Ein paar Strahlen lagen auf Rons Rücken, ließen ihn bronzefarben schillern und zeigten seine Muskeln.

»Hey, Judy, träumst du?« Christine stieß sie leicht an und schob sich an ihr vorbei. »Du stehst da wie ein Fels in der Brandung. Was fasziniert dich denn so? Unser Delfin-Mann?«

Judy riss sich los und wurde rot. »Nein, ich sah nur allgemein dorthin.«

»Schon klar.«

»Wieso glaubst du mir nicht?«

»Weil du so rot bist wie eine Tomate.« Lachend legte Christine ihr Handtuch und Duschgel auf die Steinbank und sprang mit einem eleganten Kopfsprung ins Wasser.

Judy wollte sich nicht die Schau stehlen lassen und tat es ihr nach.

»Sieh da, unsere Badenixen sind auch angekommen«, flachste Ron, als die beiden Frauen zu ihm heran schwammen.

»Hallo«, grüßte Judy.

Christine spritzte Ron nass. Dieser zuckte zurück, blieb allerdings sitzen und sagte: »Das ist aber nicht nett!«

»Wieso, bist du etwa wasserscheu?«

Rons ernste Miene verwandelte sich in ein Lächeln. Während er aufstand, schüttelte er den Kopf und rief die Frauen zusammen.

»Christine, was sollte das?«, zischte Judy.

»Ach komm, das bisschen Wasser wird er wohl als Schwimmtrainer verkraften können. Wenn nicht er, wer dann?«

Als Ron die Musik angestellt und den »Hampelmann« als erste Übung vorgemacht hatte, ging er zum seitlichen Rand des Beckens und winkte Judy zu sich. Schnell war sie bei ihm.

»Judy, bitte pass heute auf dich auf und erkenne rechtzeitig deine Grenzen.«

»Ja, okay.«

»Du musst hier niemandem etwas beweisen. Der Kurs ist nicht ohne, und für eine Anfängerin einfach noch sehr viel. Bitte keinen falschen Stolz zeigen und lieber eher aufhören.«

Sie nickte. Ron ging zurück und machte eine andere Übung vor.

Nach zwanzig Minuten war Judy aus der Puste, doch sie wollte nicht schon wieder aufhören. Aber am allerwenigsten wollte sie noch mal in Ohnmacht fallen. Wobei, wenn sie an seine warmen, weichen Lippen dachte … dann wäre es das schon wert. Noch fünf Minuten.

Als die fünf Minuten Powertraining um waren, keuchte Judy so sehr, dass ihre Lungen schmerzten. Sie blickte zu Ron, der sich gerade einigen Frauen auf der anderen Seite zugewandt hatte. Von daher nutzte Judy die Nichtbeobachtung und hörte mit der Übung auf. Sofort bekam Ron es mit und blickte zu ihr. Judy war es unbegreiflich, wie er so schnell festgestellt hatte, dass sie ihre Arme und Beine nicht mehr bewegte. Entschuldigend und nach Luft schnappend lächelte sie ihm zu. Mit ernster Mine nickte er eindringlich. Langsam beruhigte sich ihre Atmung.

***

»Ich finde es gut, dass du sofort aufgehört hast, als du nicht mehr konntest«, lobte Christine sie unter der Dusche.

»Mir wäre es sehr peinlich gewesen, schon wieder von Ron aus dem Wasser geholt zu werden. Beim letzten Mal hat man ja gesehen, wie schnell das gehen kann.«

»Aber schlecht wäre es doch nicht gewesen, oder?«, fragte Christine.

»Was meinst du mit schlecht?«

»Wenn er dich wieder hochgeholt und sich erneut fürsorglich um dich gekümmert hätte, oder?«

»Ach, Unsinn.«

»Na komm, gib es zu. Der Typ hat es dir angetan!«

»Er sieht gut aus, stimmt. Aber schließlich habe ich einen Freund.«

»Das eine hat mit dem anderen nichts zu tun.«

»Worauf willst du hinaus?«, wollte Judy wissen.

»Na ja, man sollte zum reifen Obst greifen, solange man selber noch jung und knackig ist.«

Judy schüttelte den Kopf. »Wo hast du denn den Spruch her?!«

***

»Jetzt gehst du schon zweimal die Woche zu diesem blöden Schwimmen«, beklagte sich Milton.

»Es ist kein Schwimmen. Es ist ein ›Body-Workout‹-Kurs.«

»Mir egal, dann eben so ein blöder Body-Kurs.«

»Blöd ist er auch nicht. Er hält mich fit, macht eine straffe Haut und glücklich.«

»Pah, dass ich nicht lache: glücklich! Und was habe ich davon? Du kommst erst abends um halb zehn nach Hause, isst nichts mehr, verschwindest im Bett mit einem Buch und schläfst um halb elf ein. Und das ganze zwei Mal die Woche! Nicht zu vergessen, dass du dich zusätzlich jeden Freitagabend mit deinen Freundinnen triffst.«

»Ach, Milton. Nun sei doch nicht so engstirnig. Jeder braucht ein Hobby. Mach du doch auch irgendetwas.«

»Ich wollte mit dir tanzen gehen. Aber dazu hast du ja keine Lust.«

»Nein, ich finde Tanzen langweilig, und ich finde die Leute langweilig und ich finde die Gespräche danach langweilig.

Man kann also zusammenfassend sagen: Ich find's langweilig.«

»Sehr komisch!«

Judy verschwand kichernd im Badezimmer.

Eine Viertelstunde später lag sie mit einem aufgeklappten Buch im Bett. Milton kam bald nach. Doch er hatte keine Lust auf Lesen. Er wühlte sich unter der Bettdecke zu ihr herüber und streichelte ihre Brüste. Sofort wurden die Warzen steif.

»Nein, Milton, heute bitte nicht. Ich bin so kaputt.«

»Aha, verstehe. Super! Genau, wie ich es mir vorgestellt habe.«

»Nun sei nicht gleich beleidigt. Wir haben doch schon vor drei Tagen Sex gehabt.«

»Schon?! Ich hätte am liebsten jeden Tag Sex. Aber immer muss ich Rücksicht auf dich nehmen. Und jetzt durch diesen Kurs wird es wohl noch weniger werden.«

»Milton, das ganze Leben dreht sich doch nicht nur um Sex. Ich kann nichts dafür, dass du ständig geil bist. Außerdem sind wir fast ein Jahr zusammen. Da wird es eben weniger.«

»Nach knapp einem Jahr?! Wie soll das erst werden, wenn wir drei oder fünf Jahre zusammen sind, vielleicht sogar verheiratet?«

»Das ist Zukunftsmusik.«

»Für dich vielleicht! Ich frage mich die ganze Zeit, wann du wohl endlich zu meinen drei Heiratsanträgen Ja sagen wirst. Hast du es überhaupt vor?«

»Verdammt Milton, was ist denn mit dir los? Wieso setzt du mir die Pistole auf die Brust? Soll ich mich etwa jetzt und hier entscheiden?«

»Warum nicht? Das wäre mal etwas Ehrliches.«

»Willst du mir etwa unterstellen, dass ich unehrlich bin?«

»Nicht direkt, aber ich glaube, du wartest auf den Richtigen

– wenn du ihn nicht schon längst neben mir laufen hast.«

Judy richtete sich im Bett auf und blickte ihn sauer an: »Ich glaub, du hast sie nicht mehr alle! Was unterstellst du mir denn da?!«

»Wenn dem nicht so ist, kannst du doch mit gutem Gewissen Ja zu meinem Heiratsantrag sagen.«

»Das werde ich nicht tun! Und schon gar nicht, nach dieser Szene. Es gibt nicht immer nur Schwarz oder Weiß. Es gibt auch andere Farben und Gründe.«

»Anderes dazwischen, oder andere Gründe sind nur Ausreden. Entweder jemand will, oder er will nicht.«

»Ich muss aber erst abwägen, ob du der Richtige bist, und momentan kommt es mir so vor, als ob du es auf gar keinen Fall bist!« Damit nahm Judy ihr Bettzeug und verschwand im Wohnzimmer. Milton kam ihr nicht hinterher.

***

Der nächste Tag war furchtbar für Judy. Sie erzählte von der Firma aus alles Christine. Diese verfluchte Milton und wünschte ihn zum Teufel. Sie bat Judy, sich schnellstmöglich von Milton zu trennen, er würde ihr nicht gut tun. Doch Judy hatte auch schöne Zeiten mit ihm verbracht, und er war ein liebenswürdiger, gut aussehender Mann. Christine ließ Judy mit einem: »Das musst letztendlich du wissen«, zurück.

***

Judy war enttäuscht, dass es an diesem Abend keinen »Body-Workout«-Kurs gab. Der hätte ihr mit Sicherheit gut getan und sie vor allem auf andere Gedanken gebracht. So hatte sie keine Lust, nach Hause zu fahren und wieder mit diesen sinnlosen Gesprächen konfrontiert zu werden. Von daher beschloss sie, einkaufen zu gehen.

Nachdem sie ein hübsches Paar Schuhe erstanden hatte,

war ihr die Lust am Shoppen vergangen. Eine große Packung Eis würde ihrem Seelenheil wesentlich mehr helfen, als noch mehr Klamotten.

Der nächste Supermarkt war ihrer – mit der stillen Hoffnung, auf keinen Fall Milton zu begegnen, denn er war heute mit Einkaufen dran. Vorsichtig blickte Judy in den ersten Gang und überprüfte gleich den zweiten mit. Milton war nicht zu sehen. Schnell durchschritt sie den ersten Gang und erreichte die Tiefkühltruhe. Nachdem sie die Pizzen und den Brokkoli hinter sich gelassen hatte, fand sie endlich die lang ersehnten Eissorten. Sie griff zum Erdbeer-Sahne-Eis.

»Hey, Judy.«

Mit einem Ruck schwenkte sie herum. Ihr Herz hämmerte in der Brust. »Ron, was machst du denn hier?«

»Was ich hier mache? Schlittschuhlaufen. Und du?«

Sie wurde rot. »Ich ... äh …«

»Aha, Frustessen! Oder bekommst du Besuch und hast vergessen, den Dessert zu planen?«

»Alles drei zusammen: Ich bin mein eigener Besuch, wusste nicht, dass ich so unangemeldet vor meiner eigenen Haustür erscheine und muss vor Frust diese ganze tausend Liter Packung Eis in mich hineinschlingen.«

Ron lachte aus vollem Hals. »Hoffen wir, dass es sich bei der Packung um tausend Milliliter handelt!«

Judy schlug sich vor den Kopf, sagte: »Ach, natürlich!«, und wurde wieder rot. Er lächelte sie an.

»Hast du heute keinen Kurs?«, fragte Judy schnell, um die Lücke zu überbrücken.

»Nein, heute ist sozusagen mein freier Abend.«

»Aha, das ist gut.« Unsicher blickte sie in die Eistruhe.

»Wollen wir noch etwas trinken gehen? Ich lade dich ein«, schlug Ron vor.

»Nein, danke. Ich muss gleich nach Hause.«

»Falls es das Eis ist, was ruft, könnten wir das auch bei mir essen. Ich würde dich gerne füttern.« Damit legte Ron seine warme Hand auf ihre kalte.

Sanft entzog sie sich ihm, während das Herz ihr bis zum Hals klopfte. »Tut mir leid, das geht nicht.«

»Oh, verstehe. Dann wird wahrscheinlich Christine sauer, oder?«

»Nein, nein«, beeilte Judy sich zu sagen, »sie ist nur meine beste Freundin. Was du da gesehen hast, war … ein Ausrutscher – ich meine unsere Vorstellung in der Dusche.«

Ron lächelte und kam ein Stück näher, so dass sie ihn riechen konnte, so wie im Schwimmbad, nachdem er sie gerettet hatte. »Hat mich ganz schön angemacht. Ich muss gestehen, dass ich so eine Szene von dir nicht erwartet hätte. Was du wohl noch für Vorzüge besitzt …«

Judys Herz, das sich gerade beruhigt hatte, fing wieder an zu hämmern. »Ich muss jetzt gehen, denn mein Freund wartet zu Hause.«

»Oh, tut mir leid.«

»Nein, muss es nicht. Konntest du ja nicht wissen. Mir tut es leid.«

»Warum?«

»Dich zurückzulassen.«

»Aha.«

»Ich ... äh ... also, es soll nicht so klingen, wie ich es gesagt habe …«

»Nein? Wie denn dann?«

»Also … Genau kann ich das nicht sagen.«

»Was meinst du?«

»Ich muss jetzt los.« Judy wandte sich schnell ab.

Ron hielt sie am Arm zurück, so dass sie ihn ansehen musste. Bisher hatte sie nicht bemerkt, dass seine Augen so stahlblau waren. Als würde sich das Wasser des Schwimmbades in ihnen widerspiegeln.

»Schade, dass du gehen musst«, raunte er.

Judys Mund öffnete sich leicht, doch es dauerte, ehe sie flüsterte: »Ja, finde ich auch.«

***

Als Judy nach Hause kam, war Milton nicht da. Erleichtert machte sie sich bettfertig und ließ sich im Wohnzimmer auf der Couch nieder. Sie zog die Decke bis zum Hals und aß die Hälfte der Eispackung. Gerade, als sie das Licht gelöscht hatte, hörte sie einen Schlüssel im Haustürschloss. Wenig später streckte Milton den Kopf in die Wohnzimmertür und flüsterte ihren Namen. Judy antwortete nicht. Mit Erleichterung vernahm sie, dass er die Treppen zum Schlafzimmer hinaufstieg.

Einige Zeit später befriedigte Judy sich selbst. Sie hatte ein dickes Kissen im Mund, um ihre Laute zu dämpfen. Dabei dachte sie an Ron, und es kam ihr wie lange nicht mehr.

***

Als Judy Donnerstagabend zum Eingang der Schwimmhalle ging, konnte sie Christine nicht entdecken. Da Judy länger als Christine arbeiten musste, kam sie meist auf den letzten Drücker, so dass ihre Freundin oft vom langen Warten genervt war. Doch heute war das nicht der Fall. Ein Blick auf die Uhr sagte Judy, dass sie sich sehr verspätet hatte.

Schnell lief sie hinein, rannte zur letzten Reihe der Umkleidekabinen und beeilte sich beim Umziehen.

Plötzlich drangen eigenartig verhaltene Laute an ihr Ohr. Judy stoppte das Rascheln ihrer Klamotten und lauschte angestrengt. Sie glaubte, zu hören, dass jemand neben ihr in der

Kabine weinte. Allerdings klang es eher wie ein Wimmern. Dann ein Zischen und ein Flüstern. Judy schoss die Röte ins Gesicht. In der Umkleidekabine schien es ein Pärchen zu treiben. Das hatte sie noch nicht miterlebt. Mit klopfendem Herzen fragte Judy sich, ob sie einen Blick über die Trennwand riskieren sollte. Ihre Vernunft verbot es, doch ihre Neugierde war übermächtig. Noch nie hatte sie live ein sich liebendes Paar gesehen. Ihre voyeuristischen Vorlieben hatte sie bis dato nicht gekannt. Aber sie wollte sich dabei nicht selbst befriedigen, sondern nur einen Blick werfen, wie ein Liebesakt in natura aussah.

Vorsichtig stieg sie auf die Bank und drückte sich ganz langsam nach oben. Mit rasendem Herzen, jemand könnte sie sofort bemerken, schob sie sich Stückchen für Stückchen höher. Als sie es geschafft hatte, blickte sie über die Trennwand und konnte sowohl eine Frau auf der Bank als auch einen Mann, der seinen Schwanz in sie geschoben hatte, erkenen. Er stieß sie kräftig und regelmäßig. Judys Herz hämmerte wie wild in ihrer Brust. Sie hätte es nie für möglich gehalten, aber diese Szene machte sie unglaublich an. Besonders, weil die Frau unterdrückte Stöhnlaute von sich gab. Er schien sie gut im Griff zu haben. Nun zwirbelte sie an ihren steifen Brustwarzen und wollte sich wohl den letzten Kick geben.

Judy starrte fasziniert auf das Schauspiel, vergaß dabei Zeit und Raum und vor allem den »Body-Workout«-Kurs. Sie hatte sich dicht an die Trennwand gepresst und spürte durch den Slip, dass ihre Klitoris geschwollen und sehr empfindlich geworden war. Mit sanftem Druck rieb sie diese an der Wand und es tat außerordentlich gut. Auch ihre Brüste, deren Warzen sich aufgerichtet hatten und ebenfalls gegen die Wand stießen, wollten ihre Zuwendung bekommen. So rieb Judy den ganzen

Körper daran und drückte schließlich mit beiden Händen auf ihren Po, um den Körper noch enger an die Wand zu pressen. Augenblicklich spürte sie, wie es ihr gleich kommen würde, je mehr sie auf den Schwanz blickte, der sich jetzt sehr schnell und immer wieder in die feucht glitzernde, fremde Muschi hineinschob. Der Mann hielt sich an den Oberschenkeln der Frau fest, um seinen Unterleib noch rasanter auf den ihren sausen zu lassen. Sie jaulte auf und er zischte ihr sogleich wieder zu.

»Härter, schneller«, spornte sie ihn leise an.

Er schien sein Bestes zu geben. Vor Wonne legte die Brünette den Kopf in den Nacken. Judy keuchte und rieb sich stärker an der Wand. Sie sah nur noch den hämmernden Schwanz. Dann kam sie. Noch während des Kommens ertappte sie der Blick der Frau, die genauso weit zu sein schien. Diese stöhnte laut auf und der Mann ebenso. Mit verzerrtem Gesicht genoss er seine Erlösung. Er war der einzige von ihnen, der seinen Part voll ausleben konnte. Die Frauen hingegen waren zu geschockt, um bis zum Schluss genießen zu können. Judy und Christine blickten sich entsetzt an.

»Verschwinde«, zischte Christine.

»Darauf kannst du dich verlassen, du Verräterin«, keifte Judy.

Irritiert blickte Ron nach oben. Sein von der Anstrengung und Befreiung gerötetes Gesicht wurde nun fahl. »Judy!«

»Du bist nicht länger meine Freundin«, presste Judy hervor.

»Los, verschwinde. Ich rede gleich mit dir. In dieser Position diskutiere ich nicht«, motzte Christine.

»Es gibt nichts mehr zu diskutieren. Die Tatsachen sprechen für sich«, sagte Judy und stieg mit wackeligen Beinen die Bank hinunter, wo sie ihre Jeans wieder anzog.

»Unsinn. Warte!«, versuchte Christine es.

Aber Judy hatte weder Lust, am Kurs teilzunehmen noch Ron zu sehen, geschweige denn Christine! Als sie angekleidet war und aus ihrer Tür heraustrat, öffnete sich auch die Nachbartür. Ron wirkte angespannt. Mit verschränkten Armen stellte er sich neben die Tür und blickte Judy ausdruckslos an. Christine kam heraus und hatte nicht den Funken eines schlechten Gewissens. In ihrem roten, knapp geschnittenen Badeanzug war sie die Verführung schlechthin.

Judy schritt an ihr vorbei, doch Christine hielt sie am Arm zurück. »Nun warte doch mal, Judy. Lass uns wenigstens darüber reden.«

»Für mich gibt es nichts zu reden.«

»Für mich aber schon. Ich lasse mir nämlich nicht gerne beim Sex mit einem Mann in meine Muschi gucken.«

»Dann darfst du sie auch nicht so öffentlich in die Landschaft halten.«

»Wenn ich mich recht erinnere, dann hatten wir die Tür abgeschlossen. Wir haben nichts Verbotenes getan. Aber du, meine Liebe, du hast uns einfach bespannert. Das ist nicht rechtens!«

»Sex in der Öffentlichkeit.«

»Na und! Vor zwei Wochen warst du es, jetzt ist es Ron, und jetzt machst *du* ein Fass auf.«

»Ich glaube, ich gehe in meinen Kurs. Für mich gibt es hier wohl nichts zu sagen«, sagte Ron.

»Aha, einfach aus dem Staub machen …«, bellte Judy.

»Judy, ich bin ein freier Mann, der tun kann, was er will«, antwortete er ihr mit Nachdruck.

Darauf wusste Judy nichts zu sagen. Ron drehte sich um und ging zur Schwimmhalle.

Christine zeigte mit der offenen Handfläche hinter ihm her.

»Da hast du's. Er ist ein freier Mann. Und ich bin eine freie Frau. Das bedeutet, wir beide können es tun, wann immer wir Lust dazu haben und auch, wo wir Lust dazu haben. Du solltest mal ganz still sein, denn du bist liiert. Und wie ich soeben mitbekommen habe, hat es dir so gut gefallen, das du selber Hand an dich gelegt hast.«

Judy wurde rot. Darüber ärgerte sie sich sehr, denn nichts wollte sie weniger, als das zuzugeben. »Quatsch. Das bildest du dir ein. Aber was die Sache mit Ron angeht, so wusstest du ganz genau, dass ich ihn mag. Du hast ihn mir einfach weggeschnappt.«

»Hör zu, Liebes. Das habe ich nicht. Ich wiederhole mich nur ungern, aber du hast einen Freund namens Milton. Ich habe *keinen* Freund. Und dass du Ron magst, hat doch eigentlich nichts zu sagen, oder? Ich mag ganz viele Männer. Trotzdem würde ich es mit denen nicht treiben wollen.«

»Warum Ron?«

»Warum, warum ... Keine Ahnung. Er ist einfach ein süßer Kerl. Ich war scharf auf ihn. Also, für heute geplant hatte ich das nicht, falls du das denkst. Es ist einfach so passiert.«

»Du wolltest ihn von Anfang an vernaschen.«

»Ach Liebes, jetzt hör aber auf. Ja, ich fand ihn immer schon süß, das habe ich dir ja auch gesagt. Aber was spielt das für eine Rolle? Vor allem, wenn du Ambitionen hast ... bitte, nimm ihn dir.«

»Was? Wie bitte? Das soll doch wohl ein Scherz sein!«

»Nein, es ist mein voller Ernst. Ich finde den Jungen klasse und vögeln kann er auch gut, aber der richtige Überflieger ist er für mich nicht. Da muss schon ein ganz anderer Schlag Mann kommen.«

»Warum sagst du das?«

»Weil es so ist. Ron ist kein Mann für mich. Ich meine damit eine Beziehung. Er ist ein leckeres Häppchen für Zwischendurch.«

»Und was ist, wenn er sich in dich verliebt hat?«

Christine lachte laut auf. »Nein, Liebes, das hat er bestimmt nicht.«

Judy schüttelte den Kopf und ließ sich auf der langen Gruppenbank nieder. »Ich verstehe das alles nicht.«

Christine setzte sich neben sie. »Was verstehst du nicht?«

»Wie kannst du es mit einem Mann tun, den du nicht liebst. Das ist doch eine reine Männerdomäne, oder?«

»Anscheinend nicht. Aber, weißt du, was ich nicht verstehe?«

»Was?«

»Wieso du so schlecht drauf bist in letzter Zeit.«

Judy scharrte mit den Füßen und blickte auf diese hinunter. »Es ist wegen Milton.«

»Läuft's nicht so gut?«

»Es läuft gar nicht. Der Typ nervt mich, weil ich zweimal die Woche zum Sport gehe und mich einmal die Woche mit dir oder den anderen Freundinnen treffe. Wir hatten Streit. Seitdem schlafe ich im Wohnzimmer. Er findet, dass wir zu wenig Sex haben. Das finde ich gar nicht. Ach, er nervt mich einfach sehr und das schon recht lange.«

»Recht lange? Wie lange?«

»Hmm … schwer zu sagen. Vielleicht seit einem Monat.«

»Einen Monat Stress! Das kann doch keiner aushalten.«

»Nicht direkt Stress, aber er nervt mich. Es gibt einfach keine Ebene mehr. Dann dieses ständige Gefasel mit dem Heiratsantrag, dass ich darauf nicht reagieren würde.«

»Ach, das Ding. Tja, wenn *er* es wäre, hättest du längst Ja gesagt.«

Judy spielte mit ihren Fingern. »Vielleicht.«

»Hey, bist du mir noch böse?«

Judy lächelte. »Nein, du mir?«

Christine lachte und beide nahmen sich in den Arm. »Komm, zieh deinen Badeanzug an. Inzwischen sind fünfzehn Minuten um, aber ich denke, den Rest des Kurses können wir auf jeden Fall noch mitmachen.«

»Du hast recht. Ich beeile mich.«

***

»Wie lange wollen wir uns denn noch aus dem Weg gehen?« Milton blickte Judy streng an.

Judy stand im Wohnzimmer vor einem Umzugskarton und packte diverse Bücher ein. Ohne ihn anzusehen, sagte sie: »So lange.«

»Mein Gott, Judy, was tust du denn da?«

»Packen.«

»Warum?«

»Weil ich umziehe und zwar in eine neue Wohnung.«

»Eine neue Wohnung? Wozu?«

»Zum Reinziehen?«

»Das ist mir auch klar«, winkte er genervt ab. »Aber wieso willst du denn überhaupt ausziehen?«

»Weil es nicht mehr mit uns klappt.«

»Findest du das Ganze nicht ein bisschen überstürzt?«

Nun stand sie auf und blickte ihn herausfordernd an. »Überstürzt? Ich schlafe seit etwa drei Wochen auf dieser blöden Couch aus deiner Junggesellenwohnung, und du kommst nicht einmal auf den Gedanken, mit mir zu reden. Jetzt, wo ich Nägel mit Köpfen mache, bist du empört. Tja, mein Lieber, zu spät, würde ich sagen.«

»Aber, Judy, lass uns doch in aller Ruhe darüber reden.«

»Für mich gibt es aber nichts mehr zu reden.«

»Ich verstehe ja, dass du sauer bist …«

»Ach, wirklich?«

»Bitte, nun sei doch nicht so. Auf dieser Basis kann ich mit dir nicht sprechen.«

»Also gut, ich höre.« Judy ließ den Karton in Ruhe, stellte sich hin, verschränkte die Arme vor der Brust und blickte ihn mit schiefgelegtem Kopf an.

»Tja, also«, begann er, »ich weiß jetzt nicht, wie ich anfangen soll. Fakt ist, ich möchte dich nicht verlieren.« Er blickte sie mit Falten auf der Stirn an. »Und ich habe dir einen Heiratsantrag gemacht, auf den du nicht eingegangen bist. Mehrere Male schon. Mir liegt wirklich etwas an dir. Aber ich habe das Gefühl, dass du mich nicht willst. Und ich frage mich warum, und was ich falsch gemacht habe.«

»Milton, dass ich hier drei Wochen auf deiner blöden Couch liege, und du mich nicht einmal fragst, warum, oder ob wir darüber reden können, finde ich sehr feige von dir. Wir können doch nicht heiraten, wenn solche Differenzen zwischen uns stehen. Dir war es völlig egal, ob ich hier herum lag oder nicht. Und dann beklagst du dich, dass wir keinen Sex haben. Wie auch?!

Ich denke, wir beide passen einfach nicht richtig zusammen. Wir streiten zu oft, wir sind ständig gegensätzlicher Meinung. Das kann auf die Dauer nicht gut gehen. Das musst du doch einsehen, oder?!«

»Ich weiß nur, dass ich dich liebe und du mich anscheinend nicht!«

»Milton, das kann nicht dein Ernst sein! Das bedeutet doch nichts.«

»Wie bitte? Dass ich dich liebe, bedeutet nichts? Wie kann

man bloß so gefühlskalt sein!«

»Es bedeutet deshalb nichts, weil wir beide keine Ebene haben, auf der wir reden können. Wir sind zu unterschiedlich. Und aus dem Grunde frage ich mich: wenn wir keine Basis haben, was liebst du dann an mir?«

Mit leicht geöffnetem Mund und blinzelnden Augen versuchte Milton eine Antwort auf diese Frage zu finden. Aber es kamen keine Worte. Er schüttelte den Kopf und blickte auf den Boden.

Judy packte weiter.

»Soll's das denn jetzt gewesen sein?«, fragte Milton.

»Sieht wohl so aus!«

»Oh mein Gott.«

»Tut mir leid«, flüsterte Judy. »Aber für uns sehe ich keine Zukunft.«

***

»… und rechts boxen, links boxen. Und rechts treten, links treten. Und noch mal von vorne: eins, zwei, drei, vier … Eins, zwei, drei, vier … Sehr gut, meine Damen! Nur nicht schlapp machen, das sieht schon richtig gut aus!« Ron versuchte, die dröhnende Musik aus den Lautsprechern zu übertönen, was er auch schaffte.

Mit Begeisterung war Judy dabei. Sie fühlte sich frei und glücklich. Nie hätte sie gedacht, dass der Sport ihr mal so gut tun würde. Natürlich lag es auch an dem smart aussehenden Ron, der für sie immer wieder eine Augenweide war. Sein durchtrainierter Körper, seine knappe Badehose ... Nur sie und Christine waren Zeuge geworden, wie es aussah, wenn sich in dieser Hose etwas regte. Sie beide hatten ihn mit ihrer Dusch-Vorstellung angemacht und aus seiner Reserve gelockt.

Wenn er doch bloß nicht so verdammt schüchtern wäre.

Aber ihre Chance hatte Judy vertan. Beim Einkaufen hatte sie ihn wegen Milton abgewiesen. Das war jetzt zwar Schnee von gestern, aber das wusste Ron ja nicht. Wie konnte sie ihm bloß vermitteln, dass sie Single war? Vielleicht hatte er inzwischen eine andere? Sehr zögerlich war er nicht gerade gewesen, wenn sie an den Umkleidekabinen-Sex mit Christine dachte.

»Hey, Judy, schön die Beine hoch. Auch wenn sie unter Wasser sind – sehe ich das! Nicht träumen!«, rief ihr Ron zu und zwinkerte.

Ertappt. Sofort blickte sie Christines Beine an, wie sie unter Wasser arbeiteten und machte es ihr nach.

Christine grinste ihr zu und keuchte: »Na, bei wem waren denn deine Gedanken? Bei Ronny-Boy?«

Judy lachte statt einer Antwort.

***

»Wie soll ich ihm bloß sagen, dass ich wieder Single bin? Ich kann doch nicht einfach zu ihm spazieren und sagen: Hey, Baby, ich bin solo, willst du mit mir vögeln?«

»Warum nicht? Ist doch ein guter Anfang.« Christine lachte.

Judy legte ihren Kopf in den Nacken, schloss die Augen und ließ das warme Wasser der Dusche über ihr Gesicht rieseln. Als sie den Kopf wieder nach vorne nahm, war sie entspannter, aber nicht schlauer. »Ach, ich weiß auch nicht. Hoffentlich war es kein Fehler, sich von Milton zu trennen.«

»Das glaube ich auf gar keinen Fall! Es sei denn, du hast dich von ihm nur wegen Ron getrennt. Unter dem Motto: Da ist ein neuer Mann, der könnte mir gefallen.«

»Nein, bestimmt nicht. Die Gründe lagen schon tiefer.«

»Dann hast du richtig gehandelt.«

»Aber wie komme ich an Ron heran. Oder hast du etwas mit ihm laufen, was du mir verschweigst?«

Christine lachte wieder. »Um Gottes Willen, nein! Ich habe dir doch gesagt: Er ist ein leckeres Häppchen für zwischendurch! Ron ist einfach nichts für mich. Außerdem habe ich da jemanden gefunden …«

»Was? Wirklich? Und das sagst du mir hier unter der Dusche in einem Nebensatz? Heraus mit der Sprache, wer ist es? Kenne ich ihn, wie sieht er aus?«

»Nein, du kennst ihn nicht. Er heißt Rick. Wir wollen uns morgen Abend treffen. Tja, und das Lustige an der Sache ist, er möchte dich auch kennenlernen.«

»Wirklich? Wieso?«

»Ich habe ihm von dir erzählt und dass wir beide die besten Freundinnen seien. Da wurde er neugierig und wollte dich eben auch kennenlernen.«

»Ach komm, Christine, du hast ihm doch bestimmt von unserer gemeinsamen Dusche erzählt, oder?«

»Schon möglich.« Sie grinste.

»Schon möglich? Ganz bestimmt sogar! Ich kenne dich inzwischen!«

»Was ist so schlimm daran? Das macht jeden richtigen Kerl scharf.«

»Aber ich will nicht, dass er mich damit in Verbindung bringt.«

»Warum nicht?«

»Weil … Na, vielleicht denkt er morgen, dass wir beide ihm zeigen wollen, wie wir das damals gemacht haben. Oder er möchte sogar noch mitmischen.«

»Was wäre so schlimm daran?«

»Christine!«

»Ach herrje, Judy, nun tu doch nicht so entgeistert. Wir sind junge Menschen, die ein bisschen Spaß wollen und ihr

Leben genießen. Sei nicht immer so prüde.«

»Nein, das kann und will ich nicht.«

»Na schön. Wenn ich das weiß, werde ich es berücksichtigen. Obwohl ich glaube, dass du eine Menge Spaß dabei hättest, denn ich habe gesehen, wie geil dich das Verbotene gemacht hat.«

Als Judy an ihre Duschszene dachte, geriet ihr Blut in Wallung. Doch mit einem wildfremden Mann zu dritt? Vielleicht war es gerade gut, dass sie den Mann nicht kannte.

»Wie sieht er denn aus? Würde ich ihn auch gut finden?«

»Ein Adonis ist er nicht gerade, aber ich würde mal sagen, er liegt über dem Durchschnitt. Er ist gut durchtrainiert und hat ein unglaubliches Lächeln. Er hat eine besondere Ausstrahlung.«

»Seine Augenfarbe?«

»Keine Ahnung. Ach, Liebes, darauf kommt es doch wirklich nicht an, oder? Und bitte frag mich nicht nach seiner Haarfarbe. Die ist irgendwie braun.«

»Okay, aber, eine Frage hab ich noch: Wann wolltest du mir das mit morgen sagen?«, wollte Judy wissen.

»Hier und jetzt unter der Dusche, so wie ich es dir sage.«

»Aber, *ich* habe das Gespräch darauf gebracht.«

»Ich hätte schon eine Möglichkeit gefunden, das glaube mir!«

***

Judy war nervös wie lange nicht. Sie hatte sich überall rasiert: unter den Armen, die Beine und natürlich ihre Muschi. Nun war sie samtig weich und ließ Judy wie ein junges Mädchen erscheinen. Sie drehte sich vor dem Spiegel und nahm ihre Brüste in beide Hände, zwirbelte mit Zeigefinger und Daumen die Warzen und seufzte. »Ja, berühre mich, oh, ich will dich, ich will dich ganz, ja, gib's mir, oh, Ron!«

Sie riss die Augen auf. Heute würde es keinen Ron geben,

wenn es ihn überhaupt jemals geben würde. Heute gab es nur Christine und Rick. Hoffentlich sah er gut aus, war nett und einfühlsam. Denn sie schloss nicht aus, sich von ihm und Christine verführen zu lassen. Vielleicht wollte er nur Christine und sie, Judy, sollte beide nur noch geiler machen.

Judy schalt sich innerlich für diese Gedanken. Wie konnte sie sich nur so mitreißen lassen von Christines schmutziger Phantasie! Es würde ein netter Abend zu dritt werden. Schön essen, plaudern, lachen und genießen. Mehr sollte es nicht sein.

Trotzdem tat Judy sich verdammt schwer bei der Kleiderwahl. Endlich hatte sie sich entschieden. Ein schwarzes, lockeres Kleidchen, durch das man ihren schwarzen Spitzen-BH sah. Leider auch ihren schwarzen, knappen String. Aber damit musste die Welt da draußen eben leben. Sie würde einen langen Mantel tragen und über dem Kleid eine blaue Stola.

***

»Christine!«, rief Judy, als sie ihre Freundin von weitem gerade ins Restaurant treten sah.

»Tut mir leid, dass ich mich verspätet habe, aber die Kleiderwahl …«, keuchte Judy.

»Ich kenne das Problem. Wie du siehst, bin ich auch nicht pünktlicher. Toll siehst du aus, Liebes. Da wird sich unser männlicher Begleiter ganz schön im Zaum halten müssen.«

»Na ja, er braucht nur auf seine hübsche Freundin zu achten, wenn es nach mir geht.«

Christine grinste sie verschmitzt an. »Komm, gehen wir hinein.«

Wärme schlug ihnen entgegen. Sofort kam ein Kellner und nahm den beiden Frauen die Mäntel ab.

»Wow, Judy, du siehst verführerisch aus, hast dich ja richtig rausgeputzt. Sollte unser Adonis nicht gelandet sein oder zu lange auf seine Puppen gewartet haben, habe ich schon eine wunderbare Idee, wie wir alleine den Abend verbringen könnten.«

Judy schüttelte den Kopf. »Du kannst es nicht lassen, oder?«

»Natürlich nicht.«

Dabei fand Judy, dass Christine fantastisch aussah. Sie trug ein brombeerrotes, tief ausgeschnittenes, enges Kleid, das ihre Brüste stark nach oben drückte. Dazu trug sie schwarze Pumps und eine schwarze Handtasche.

Gemeinsam gingen sie zum Tisch. Judy ermahnte sich, ruhig zu bleiben. Es war ja nur der Freund von Christine, niemand sonst.

Als sie beim Tisch ankamen, und der junge Mann sich ihnen zuwendete, traf Judy der Schock wie ein Pfeil. Sie hatte das Gefühl, ihr Herz würde stehen bleiben. Denn dort saß niemand anderes als Ron!

»Oh mein Gott!«, stieß sie hervor. »Christine, wir müssen uns im Tisch vertan haben. Das kann unmöglich Rick sein!«

»Doch, ist er aber. Wenn ich gesagt hätte, wir treffen uns mit Ron, wärst du nicht gekommen.«

»Aber, Rick, ich meine Ron, *er* ist dein neuer Freund?«

»Aber, Liebes, wie kommst du denn darauf! Rick konnte heute nicht und so habe ich Ron gebeten, uns Gesellschaft zu leisten.«

Bleich stand Judy am Tisch. Als Ron sich erhob, überragte er sie um einen Kopf. Er reichte ihr die Hand und als Judy sie steif ergriff, zog er sie sanft an sich heran, um ihr einen Kuss auf die Wange zu geben. »Schön, dass du gekommen bist«, sagte er.

Sein typisch männlicher, nach After-Shave duftender Körper brachte sie total aus der Fassung. Sie wurde rot und wusste nicht, was sie sagen sollte. Das Einzige, was ihr zu sagen einfiel, war: »Hier ist Christine, meine Freundin.«

Ron lachte. Er sah umwerfend aus in seinem Sakko. Darunter trug er ein schwarzes T-Shirt und Jeans. »Ich weiß. Wir sind ja verabredet gewesen.«

Wieder wurde Judy rot. Am liebsten wäre sie gegangen. Wie sollte sie diesen Abend lebend überstehen, worüber sollten sie sich unterhalten? Nur über den »Body-Workout«-Kurs, über Wasserverdrängung und Muskelaufbau? Was sollte sie essen, ohne zu kleckern und sich lächerlich zu machen?

Doch es kam anders als Judy dachte: Ron war locker, unterhaltsam und konnte mit vielen bunten Themen aufwarten, die die Zeit schnell verstreichen ließen. Die Frauen waren gefangen im Gespräch, lachten, flachsten und flirteten.

Judy stellte leider erst zu spät fest, dass sie etwas zu viel getrunken hatte, denn als sie aus dem Restaurant traten, kam es ihr so vor, als schlüge die kühle Nachtluft ihr hart gegen den Kopf.

Ron hielt sie sofort am Oberarm fest. »Hoppla, schön vorsichtig, Lady. Ich glaube, da war ein Glas Rotwein zu viel.«

»Danke, tut mir leid. Ich habe lange schon nichts mehr getrunken. Bin wohl ein bisschen aus der Übung.«

Die drei lachten und nahmen sich ein Taxi. Ron saß vorne und die beiden Frauen hinten.

»Wohin fahren wir?«, wollte Judy wissen.

Christine legte den Zeigefinger auf ihre Lippen. »Psst, das ist eine Überraschung.«

»Aha, und für wen? Für Ron?«

»Nein, für dich.«

»Für mich? Und Ron weiß natürlich Bescheid, oder?«

»Nein, er weiß auch nicht, wo es hingeht. Aber er hat mir

von Anfang an versprochen, keine Fragen zu stellen. Es wird auch für ihn spannend.«

»Christine, ich hasse solche Art von Überraschungen. Bitte sag mir, was du vorhast, sonst steige ich aus.«

»Ach, Judy, Liebes, es wird kein Zoo sein, wo es Krokodile gibt, in deren Maul du deinen Kopf halten sollst – dafür hatte ich nicht genug Geld.«

Entsetzt starrte Judy Christine an. Diese lachte aus vollem Hals. Judy hatte keine Gelegenheit mehr, etwas zu diesem Thema zu sagen, denn sie waren da. Ron bezahlte unter Christines Protest das Taxi.

Sie stiegen aus. Judy erblickte das »Rio Palace«-Hotel vor sich. Nun ahnte sie, was da auf alle zukam. Sie packte Christine am Arm. »Verdammt, du willst doch nicht etwa, dass wir drei hier, jetzt und heute eine Nummer schieben?«

»Nein, wir werden schon ins Hotel reingehen. Es muss nicht hier auf der Straße sein.«

»Christine!«

Doch Christine überging ihre Freundin einfach. »Ron, würdest du so nett sein und Judy ein wenig stützen. Ich glaube, ich schaffe das alleine nicht.«

»Aber gerne.«

Bevor Judy etwas sagen konnte, hatte Ron einen Arm um sie gelegt. Sein Duft zog ihr in die Nase und sie war wie hypnotisiert. Wenn er sie jetzt küsste, dann würde sie es ohne weiteres zulassen. Auch wenn seine beiden Hände an ihre Brüste gingen. Selbst das würde sie zulassen. Ihre Gedanken kreisten nur um dieses Thema und sie bekam kaum mit, dass sie plötzlich mitten in einem wunderschönen, sehr edlen Zimmer standen.

»Voilá, es ist angerichtet. Fühlt euch wohl und tut euch keinen Zwang an. Dieser Abend gehört nur uns dreien«, sagte

Christine und drehte sich mit ausgebreiteten Armen im Zimmer.

»Das ist unmöglich von dir, Christine«, legte Judy Protest ein.

»Ich finde es wunderbar. Eine phantastische Überraschung.« Damit presste er seine Lippen auf Judys und umschlang ihren Körper mit seinen langen Armen. Judy wusste nicht, wie ihr geschah. Sie konnte diesen weichen, warmen Lippen, die sie schon ein Mal kosten durfte, nicht widerstehen. Sie schloss die Augen und genoss diesen Mann, den sie so lange hatte haben wollen. Und er vermittelte ihr, *sie* haben zu wollen.

Als Ron von ihr abließ, lächelte er sie an: »Endlich«, flüsterte er.

Judy war glücklich.

»Hey, ihr Turteltauben, ich spiele hoffentlich auch eine kleine Rolle in Eurem Drehbuch, oder?«

»Klar«, sagte Ron, blickte Judy tief in die Augen und wandte sich leise an sie: »Sei nicht eifersüchtig. Ich will nur dich. Aber nehmen werde ich heute euch beide.«

Judy war erstaunt über sich selber, dass sie diese Aussage tatsächlich verstand. Anstatt sie sauer zu machen, machte sie sie nur an. Ein Blick zu Christine unterstützte dies.

Christine hatte sich bis auf ihren Slip und die schwarzen Spitzenstrümpfe ausgezogen. Ihre festen Brüste mit den steifen Warzen sprangen einladend hervor. Als Ron ihre Fährte aufgenommen und sich über diese Einladung hermachte, ließ Christine sich rücklings aufs Bett fallen. Ron fiel mit. Während er an ihren Warzen saugte, knöpfte er sich seitlich liegend sein Sakko auf. Judy war zur Stelle und zog es ihm aus. Auch war sie ihm beim T-Shirt behilflich. Sie nahm den Anblick seiner bloßen Brust, den kräftigen Rückenmuskeln und der auf der Hüfte sitzenden Jeans in sich auf. Was für ein Mann!

Er griff hinter sich und bekam Judys Arm zu fassen. Sanft zog er sie zu sich aufs Bett. Sie ließ sich fallen und landete zwischen ihm und Christine. Sofort machten sich die beiden daran, Judys Kleid auszuziehen. Während Ron sie zu sich zog, ihre Brüste aus den Körbchen holte, hakte Christine den BH auf.

Rons Lippen waren weich, aber bestimmt. Er nibbelte an ihren Warzen und jagte Judy Schauer durch ihren Körper. Ihr Schoß war wie elektrisiert. Wäre er ihr zwischen die Beine gegangen, sie hätte ihm den Eingang nicht verweigert. Im Gegenteil, sie wollte es, sehnte sich direkt nach seinem starken Schwanz. Sein Mund machte sie wahnsinnig, auch, als er die Brustwarze wechselte, ließ das Gefühl des Verlangens nicht nach.

Christine unterbrach das Ganze abrupt. Sie drückte Ron weg und schwang sich einfach über Judy. Bevor Judy wusste, was sie vorhatte, pressten sich Christines Lippen auf ihre. Es war das erste Mal, dass eine Frau sie küsste, und es war noch ganz anders, als mit einer Frau Sex zu haben. Näher. Erotischer. Zu wissen, dass Ron ihnen dabei zusah, machte sie an. Doch die Lust kam erst richtig in Wallung, als Christine den Unterleib an Judys rieb. Judy stöhnte. Und auch Ron stöhnte, was Judy nicht kalt ließ. War ihr Blut in Wallung geraten, so glaubte sie nun, daran zu verbrennen. Gegen alles, was sie bisher für möglich gehalten hatte, fing sie an, ihren Schoß an Christine zu reiben, während ihre beiden Zungen sich umschlangen und miteinander spielten.

Das Bett wackelte. Als Judy auf Rons Seite blickte, war er nicht mehr zu sehen. Einen Augenblick des Schocks und der Angst durchfluteten sie, dass er gegangen sein könnte, weil er sich nicht genug beachtet fühlte. Doch da irrte sie sich gewaltig. Denn nur wenige Sekunden später spürte sie, wie ihr der Slip ausgezogen wurde. Langsam und vorsichtig. Sie konnte seinen Atem auf ihrem Bein wahrnehmen und glaubte für einen kurzen Augenblick, es sei nur zufällig gewesen. Doch als der Atem zurückkam, um sich auch auf ihrem anderen Bein auszubreiten, bekam sie eine Gänsehaut. Die Vorstellung, er war mit seinem Gesicht ganz nahe an ihrer Spalte, machte sie wahnsinnig.

Als erste stöhnte aber nicht Judy auf, sondern Christine. Ron hatte sie wohl so sehr in die Mangel genommen, dass Christine nicht mehr in der Lage war, Judy weiterzuküssen. Sie bog ihren Oberkörper nach oben ins Hohlkreuz und öffnete ihren Mund. Judy beobachtete, wie die Lust sich in ihrem Gesicht ausgebreitet hatte. Judy versuchte, nicht zu ungeduldig zu sein und ergriff, um etwas zu tun, was auch sie anturnte, Christines Brüste. Die Warzen waren hart und erregt.

Kaum hatte Judy sich in die Brüste ihrer Freundin vertieft, da spürte sie etwas Weiches, Warmes an ihrer Muschi. Erst einen Atem, dann Lippen, danach eine Zuge. Judy schnappte nach Luft. So würde sie es keine Minute durchhalten. Rons Zunge war sanft und forschend. Sie glitt in ihrer Spalte langsam auf und nieder und spielte an ihrem kleinen Loch. Aus Reflex krallte Judy sich in Christines Arme. Diese blieb auch nicht untätig und senkte den Kopf auf Judys Brüste, um die Nippel abwechselnd in den Mund zu saugen.

»Oh Gott, bitte nicht auch das noch. Das halte ich nicht aus«, stöhnte Judy.

Doch Christine hörte nicht auf sie, machte einfach weiter. Judy wurde noch nie von zwei Seiten bearbeitet. Es war einfach phantastisch. Die Gefühle, die durch ihren ganzen Körper schossen, ließen sie alles um sich herum vergessen. Sie dachte nur daran, wie wunderbar das Leben sein kann.

Die Zungenfertigkeit von Ron brachte sie auf Touren. Eigentlich wollte sie nicht so schnell kommen, lieber den Akt noch genießen und sich dem Gefühl hingeben, doch Rons Zunge war einfach nicht zu bremsen. Konstant und regelmäßig glitt sie hin und her, ging inzwischen dazu über, in ihre Spalte tief einzudringen, was Judy zum lauten Aufstöhnen brachte. Gerade, als Judy dachte, sie würde es nicht mehr länger aushalten, verschwand die Zunge. Als hätte Judy eine kalte Dusche bekommen, erwachte sie aus ihrem lustvollen Trancezustand. Sofort blickte sie über Christines Schulter zu Ron.

Dieser hatte einen leicht verschmitzten Zug um seine Mundwinkel, der aber auch ein Zeichen seiner Wollust sein konnte. Ohne zu zögern packte er Christine an ihren Hüften und drang in sie ein. Dabei blickte er in Judys Augen. Judy und Christine schnappten beide parallel nach Luft. Christine, weil Ron seinen Schwanz in sie versenkt hatte, Judy, weil sie durch seinen Blick glaubte, er hätte es bei ihr getan. Während er in Christine stieß, wandte er seinen Blick keine Sekunde von Judy. Seine Geilheit stand ihm ins Gesicht geschrieben. Mit jedem Stoß versuchte er, sich zu beherrschen. Judy sah, dass er sich auf die Zähne biss.

Christine war nicht mehr in der Lage, Judy zu verwöhnen, da sie so sehr von Rons Schwanz ausgefüllt war und bei jedem Stoss mitging. Allerdings stöhnte Christine nicht. Judy konnte sich bei ihr sehr gut vorstellen, dass es ihr nicht hart genug war. Und tatsächlich bemerkte sie, wie Christine sich an ihre Klitoris griff und ein bisschen mitmischte.

Judy fühlte sich sofort aufgefordert. Sie rutschte unter Christine weiter durch, so dass ihr Kopf unter Christines Muschi lag. Mit einer leichten Bewegung schob sie Christines Hand beiseite und presste ihren Mund auf die Klitoris. Christine stöhnte auf. Judy fing mit ihrer Zunge an zu drücken und reiben, saugte ganz leicht die kleine Perle in ihren Mund und ließ nicht von ihr ab, worauf Judy wahrnahm, dass Christine kurz davor war, zu explodieren. Sofort ließ Judy von ihr ab.

»Nein, nicht aufhören, bitte …«, jammerte Christine.

Doch Judy wollte unbedingt noch Ron probieren, der so groß vor ihr stand. Die Position war günstig, um seine Hoden mit der Zunge zu umspielen. Damit schien er nicht gerechnet zu haben, denn sie hörte den ersten Seufzer überhaupt von ihm, und er musste einen Augenblick innehalten, um weiter in Christine zu stoßen.

Judy hielt seine beiden Pobacken umspannt und nahm schließlich beide Hoden in den Mund, ließ sie vorsichtig hin und her gleiten. Sie spürte, wie sie sich zusammenzogen und Ron sich nur mit Mühe beherrschen konnte. Er atmete schwer. Dann drückte er sie vorsichtig zur Seite und flüsterte: »Baby, wenn du so weitermachst, dann bin ich innerhalb der nächsten Zehntelsekunde da.«

Sie widmete sich wieder der Klitoris von Christine. Diese hatte damit nicht gerechnet und stöhnte laut auf. Als Ron seinen Schwanz weiter in sie bohrte, konnte Christine sich nicht mehr zurückhalten. Mit einem Aufschrei war sie da. Laut keuchte sie ihre Lust heraus, während Ron seinen steifen Schwanz immer wieder in sie stieß. Schnell glitt er aus ihr heraus.

Judy rutschte vom Bett und setzte sich neben Christine. Diese sackte aufs Laken und blieb seufzend liegen. Judy blickte zu Ron, der sich schwer atmend zu beherrschen versuchte, und es nach einer Weile schaffte.

Sein nächster Blick galt ihr. Wie ein Panther, der seine Beute ansieht, betrachtete er Judy. Abschätzend und gierig. Sein Brustkorb hob und senkte sich, als er auf sie zutrat. Fast hatte Judy Angst vor ihm. Doch ihre Lust, nun von ihm genommen zu werden, war riesig. Sein Schwanz, den sie nun zu sehen bekam, war groß und steif. Bereit, ein letztes Mal zuzustechen und sich zu holen, was ihm zustand.

Mit klopfendem Herzen beobachtete Judy, wie er auf sie zukam und nicht aus den Augen ließ. Schon lange hatte sie sich nach diesem Augenblick gesehnt. Endlich war er da! Ron ging an ihr vorbei zur Seite des Bettes, während sie jeden seiner Schritte erfasste. Plötzlich packte er ihre Handgelenke, zog sie höher aufs Bett und schwang sich über sie. Eine Weile blieb er über ihr sitzen. Ihre Augen trafen sich und ließen nicht mehr voneinander. Lediglich die Atmung beider war im Raum zu hören. Dann schoss sein Mund zu ihrem hinunter und seine Zunge schob sich in ihren Mund. Das kam so unerwartet, dass Judy aufstöhnte und Ron umschlang, der sofort antwortete. Während sein Mund sich fest auf ihren presste und seine Zunge die ihre wild umschlang, drang sein Schwanz in ihre Möse.

Judy sog scharf die Luft ein und hielt sich an seinen muskulösen Oberarmen fest. Er blickte auf sie hinunter und fing an sich zu bewegen, ohne ihre Augen loszulassen. Sein harter Schaft reizte sie genau dort, wo sie gereizt werden wollte. Eine Hitzewelle erfasste sie, dass es keine Möglichkeit mehr gab, den Orgasmus abzuwenden. Judy keuchte und stöhnte bei jedem Stoß. Mit letzter Kraft drehte sie den Spieß um und bewegte ihren Unterleib, um Rons Schwanz zu melken. Dieser stöhnte laut und konnte sich nicht mehr beherrschen. Er riss das Zepter wieder an sich, indem er hart und schnell in ihre nasse Möse hineinstieß. Es war Judy unmöglich, ihre Laute zu kontrollieren und ließ ihnen freien Lauf. Der Orgasmus überrannte Judy. Dabei schloss sie die Augen und sah Ron vor sich, spürte ihn in sich, hörte seine Atmung und fühlte sein Gewicht. Sie liebte ihn.

***

Ron führte Christine ins Wohnzimmer, in die Küche, danach eine Treppe höher ins Schlafzimmer, ins daneben liegende Badezimmer, dann zum zukünftigen Kinderzimmer und schließlich auf die große Dachterrasse.

»Sehr schön!«, nickte Christine.

»Danke«, sagte Ron.

»So, so, das ist sie also, die Neue«, sagte Christine und legte sich in einen Liegestuhl unter einen Sonnenschirm.

Ron lächelte ihr zu.

»Die neue Wohnung, oder die neue Frau an Rons Seite«, fragte Judy, die mit drei Gläsern Caipirinha auf einem Tablett nach oben in die Sonne kam.

»Na, beides natürlich, Liebes.«

Schule der Begierde

»Oh, Süße, ich bin verrückt nach dir … Komm schon!«

»Mick, warte. Ich weiß nicht, ob das der richtige Zeitpunkt ist«, sagte Conny und schob ihren Freund zur Seite.

Mick ließ von ihr ab, rollte sich zur Seite und blickte sie verständnislos an, indem er sich seitlich liegend auf den Ellenbogen stützte. »Hey, was ist los mit dir? Was heißt denn hier: Der richtige Zeitpunkt? Du willst dich doch nur wieder vor ein bisschen Zärtlichkeit drücken.«

»Nein, das will ich nicht. Davon abgesehen, gibt es kaum noch Zärtlichkeiten bei uns, sofort geht diese Phase in Sex über – *deinen Sex*.«

»Baby, was soll das? Wird das jetzt eine Grundsatzdiskussion?«

»Mick, warum gibst du uns nicht ein bisschen Zeit?«

»Zeit? Wofür?«

»Dass wir uns wieder etwas annähern.«

Mick seufzte und ließ sich ins Kissen fallen: »Ich weiß zwar nicht weshalb, aber schön, meinetwegen!«

Conny war erleichtert. Sie musste es nur schaffen, dass sie beide diesen Abend woanders verbrachten als im Bett. Geschickt lotste sie Mick in die Küche. Mürrisch folgte er ihr, riss den Kühlschrank auf, nahm sich eine Cola und stürzte sie hinunter.

Vor dem laufenden Fernseher im Wohnzimmer fühlte Conny

sich wohl. Nur Mick starrte verdrossen auf den Bildschirm. Als er nach einer Weile verschwand und nicht wiederkam, stand sie auf und suchte ihn.

Schließlich hörte sie aus dem Bad ein leises Stöhnen.

»Mick?«

Sofort wurde es still.

»Mick? Bist du da drin?«

»Klar, wo sollte ich wohl sonst sein«, schnaufte er.

»Was tust du da?«

»Nichts.«

Conny drückte die Tür auf. Es gab keinen Schlüssel für dieses Schloss. Obwohl sie geahnt hatte, dass er Hand an sich gelegt hatte, war sie dennoch geschockt von dem Bild, welches sich ihr bot. Mick stand mit herunter gelassener Hose vor der Toilette, die rechte Hand lag um seinen stark erigierten Schwanz und bewegte sich rhythmisch vor und zurück. Vor ihm auf dem Spülkasten lag ein aufgeschlagenes Pornomagazin.

Sie blickte zwischen dem Heft und ihrem Freund hin und her. Schließlich blieb sie länger an dem Heft hängen und spürte ein wohlig warmes Gefühl ihren Unterleib durchströmen, als sie die sich auf dem Sofa windende Frau genauer betrachtete. Ihre Scham war rasiert und die rosa Schamlippen glänzten. Die Brustwarzen waren kirschrot und steif. Der Mund der blonden Pornolady war geöffnet, ihre Augen geschlossen und sie schob sich gerade auf der Seite liegend einen Vibrator in die glänzende Muschi. Connys Herz pochte stark als sie sich in die Lage dieser Frau versetzte.

»Na, macht sie dich an?« Mick hatte aufgehört, seinen Schwanz zu bearbeiteten und betrachtete Conny mit einem Schmunzeln.

»Nein!«, rief sie eine Spur zu schnell.

»Also ja. Muss dir nicht peinlich sein. Mich macht sie ja auch an.«

»Ich finde es unmöglich, dass du so etwas tust!«

»Ach, Conny, hör auf. Ich sehe dir an, dass dich die blonde Lady genauso scharf macht wie mich. Komm, lass uns ins Schlafzimmer gehen.«

»Du … du hast keinen Sex mit mir, also besorgst du es dir alleine im Badezimmer mit einem Porno?«

»Ja! So, und nun komm!« Ohne Zeit zu verlieren, nahm Mick sie auf seine Arme und trug sie zum Schlafzimmer.

»Lass mich sofort runter, du hast ja'n Knall!«

»Reg dich ab, Süße. Diese aufgebrachte Nummer nehme ich dir sowieso nicht ab.« Kaum hatte Mick sie aufs Bett geworfen, zog er ihr Höschen herunter und knetete ihre prallen Pobacken.

»Mick, ich will das so nicht …«, versuchte Conny zu protestieren, doch ihre Stimme war matt.

»Denk noch mal an die blonde Rasierte, wie sie sich auf dem Sofa räkelt. Und nun stell dir vor, das wärest du und ich wäre dein Dildo.«

Damit schob er seinen steifen Schwanz ihn ihre feuchte Muschi. Conny stöhnte auf und krallte sich in der Bettdecke fest.

»Oh, Mick, ja, sei mein Dildo, gib's mir!«

Je mehr Mick in sie stieß, desto geiler wurde sie. Er war wirklich ein verdammt guter Rammler. Er berührte genau die Stellen, die sie brauchte, die sie zum Wimmern brachten, die sie kommen ließen.

»Baby, wie weit bist du?«, keuchte er.

»Gleich, gleich … es ist so geil, mach weiter, stoß mich, gib's mir!«

»Psst, nicht so etwas sagen, sonst komme ich sofort!«

»Ich bin gleich soweit, es ist so geil.«

Mick keuchte und stöhnte, atmete scharf und konzentrierte sich darauf, nicht zu kommen. Und Conny konzentrierte sich darauf, zu kommen. Doch mit einem Mal war ihre Lust wie weggewischt. Mick konnte sich nicht zurückhalten, er kam und schleuderte seine angestaute Ladung ihn sie hinein.

»Sorry«, flüsterte er, als er sich auf sie sinken ließ.

***

»Du brauchst Hilfe, so geht das nicht weiter«, riet ihr Liz.

»Hilfe? Von wem denn? Gibt es Ärzte für so etwas?«

»Vielleicht Hilfe von mir.«

»Von dir?« Conny lachte auf. »Das ist eine tolle Idee! Dass ich da nicht früher drauf gekommen bin! Mick und ich klingeln einfach mal bei dir und zeigen, wie wir es treiben. Danach kannst du mir, beziehungsweise uns, genau sagen, was wir falsch machen. Natürlich darfst du die Schilder mit Bewertungsnoten zu Hilfe nehmen und hochhalten.«

»Unsinn, Conny! So war das nicht gemeint.«

»So? Wie dann?«

»Warum bist du so grantig? Ich bin deine Freundin und meine es nur gut mit dir.«

Conny fuhr sich mit beiden Händen über die Stirn und dann durch die langen, hellbraunen Haare. »Tut mir leid. Aber es ist eben ein wunder Punkt in meinem Leben und ich kann mir beim besten Willen nicht vorstellen, dass mir da jemand helfen könnte.«

»Mit ›Hilfe‹ meinte ich, dass ich dir einen Tipp geben möchte.«

»Okay. Ich bin ganz Ohr.«

»Es gibt da eine sogenannte Orgasmus-Schule.«

»Wie bitte? Du machst Witze!«

»Nein, ganz und gar nicht.«

»Wie hast du *die* denn gefunden?«

»Du weißt ja, dass ich Zahntechnikerin bin und aus dem Grunde auch jedes Jahr zu diesem Fortbildungsseminar eingeladen werde. Letzten Monat war ich dort und es wurde von der Orgasmus-Schule gesprochen. Es sei eine ganz neue Art der Therapie.«

»Therapie?«

»Ganz genau.«

»Aber, wie soll das funktionieren? Legt der Kursleiter dich einfach flach und beweist dir, dass du weder frigide bist noch einen Knall hast, oder wie läuft das ab?«

»Conny, nun bleib doch mal sachlich! Es ist kein Witz, sondern eher eine neue Methode, Menschen, die beim Sex nicht kommen können, zu helfen. Ich weiß auch nicht genau, wie das dort ablaufen wird. Was ich weiß, ist, dass es wie so eine Art Kurs sein soll, wo nicht nur einer, sondern mehrere hingehen.«

»Aha, also eine medizinische Form von Gruppensex.«

»Conny, wieso bist du so anti eingestellt? Glaubst du, ich erzähle dir hier Schwachsinn?«

Conny seufzte. »Nein, natürlich nicht. Entschuldige. Ich kann das nur nicht glauben. Wenn du gesagt hättest, geh in einen Puff oder geh in einen Swinger-Club, dann hätte ich eine Vorstellung und etwas, woran ich glauben könnte. Aber, das ganze medizinisch zu betrachten und irgendwo hinzugehen, mit anderen vögeln und das Ganze Orgasmus-Schule zu nennen, das kriege ich nicht in meinen Kopf rein.«

»Okay, war ja nur ein Vorschlag.«

»Bitte, Liz, sei nicht beleidigt. Ich meine das nicht so.«

»Doch, ich bin beleidigt, und doch, du meinst das so! Finde deinen eigenen Weg. Aber jammer' mir bitte nicht mehr die

Ohren voll, okay?!«

Conny schwieg einen Augenblick und dachte über das Gespräch nach. Schließlich fragte sie: »Wo soll diese Schule denn sein und wie lange dauert so ein Kurs? Ist der über einen längeren Zeitraum oder nur ein Wochenende?«

»Meinst du es ernst?« Liz war skeptisch.

»Ja, ich meine das ernst. Vielleicht ist es tatsächlich eine Möglichkeit für mich oder auch für uns. Also Mick und mich.«

»Ich weiß, dass sich Orgasmus-Schule in Ontario befindet. Das sind keine zwanzig Kilometer von hier. Aber, ich weiß weder, wie lange der Kurs dauert noch was er kostet und wann er anfängt. Das müsstest du herausbekommen.«

»Hast du eine Telefonnummer?«

»Nein. Nur die Adresse. Sie haben keine Telefonnummer. Und das aus gutem Grund: Sie wollen mit den Leuten, die ihre Fragen stellen, Auge in Auge gegenüberstehen. Damit beugen sie vor, dass sich nicht irgendwelche unreifen Bengel einen Scherz erlauben.«

»Verstehe. Na schön, dann gib mir bitte die Adresse. Ich werde da morgen mal vorbeischneien.«

***

»Schatz, wo kommst du denn her?«, fragte Mick und blickte von seiner Zeitung auf. »Es ist halb zehn. So spät kommst du sonst nie nach Hause.«

»Tut mir leid. Ich musste noch Überstunden machen«, entschuldigte Conny sich.

»Warum hast du nicht angerufen?«

»Hab ich vergessen.«

»Hm. Sehr merkwürdig. Ich habe mir ein paar Cornflakes gemacht. Hatte Hunger.«

»Oh nein, im Kühlschrank steht doch noch das Hühnerfrikassee. Warum hast du dir das nicht warm gemacht?«

»Hab ich nicht gefunden. Kannst du ja essen.«

»Nein danke, ich habe keinen Hunger. Ich gehe mal kurz telefonieren.«

»Ja, ja«, sagte er beiläufig und war wieder in seine Zeitung vertieft.

Als Conny die Wohnzimmertür schloss, blickte sie vorher schnell zu Mick, der jetzt doch verwundert von seiner Zeitung hochblickte. Conny hoffte, er würde sich nicht zu viele Gedanken um sie machen. Auch die Tür vom Schlafzimmer schloss sie leise. Dann rief Conny ihre Freundin an.

»Hallo?«

»Hallo, Liz, hier ist Conny.«

»Hi, Conny.«

»Gut, dass du da bist, Liz. Ich habe Neuigkeiten. Hast du kurz Zeit?«

»Ja, klar, schieß los.«

»Ich war bei der ›Schule der Begierde‹.«

»Nein, wirklich? Und, wie sieht es aus? Was haben die gesagt?«

»Also, es ist tatsächlich eine Art Kursus. Er dauert zwei Wochen und findet drei Mal pro Woche statt.«

»Innerhalb von zwei Wochen soll man das hinbekommen?«

»Es ist nicht das erste Mal, dass sie diesen Kurs geben. Es hat anscheinend schon ein paar Mal geklappt.«

»Aha. Und was kostet der Spaß?«

»Einhundertachtzig Dollar. Also, pro Sitzung dreißig. Dazu kann man nichts sagen, oder?«

»Nein, das ist im Rahmen. Wenn es denn etwas bringt, dann wäre das gut investiertes Geld. Und sonst, wie soll es ablaufen?«

»Tja, das meiste wird vor Ort erzählt. Eine Sache sollte man unbedingt mitbringen: keine Hemmungen! Wichtig ist, seinem

Körper und anderen Menschen gegenüber aufgeschlossen zu sein. Wobei ich vermute, dass man letzteres auch dort lernen könnte.«

»Mehr haben sie nicht gesagt?«

»Doch: bequeme Kleidung und eine Decke.«

Liz seufzte. »Das meine ich nicht.«

»Ich weiß«, kicherte Conny. »Nein. Mehr nicht. Öffnungszeiten und so etwas, und dass Duschen vorhanden sind, bla bla … Aber, ansonsten sollte man sich überraschen lassen.«

»Gibt es eine Probestunde?«

»Ja, es gibt sogar einen Probetag. Wem es nicht gefällt, der bekommt sein Geld wieder. Das wird vertraglich festgehalten. Denn, so sagten sie, es soll anständig zugehen und keinen falschen Eindruck erwecken.«

Liz nickte: »Die wissen auch, dass sie mit einer schlechten Mundpropaganda den Laden sofort schließen können.«

»Stimmt.«

»Und, wie hast du dich jetzt entschieden?«

»Tja, ich bin mir noch etwas unsicher. Was meinst *du* denn?«

»Das kann ich dir sagen, nachdem du einen Tag da warst. Aber ich glaube, dann weißt du selber, ob sich ein weiterer Tag lohnt.«

Conny lachte. »Wahrscheinlich! Ich denke, ich probiere es einfach mal aus. Ich kann nichts verlieren – außer meinen Stolz.«

»Haben sie gesagt, ob es ein theoretischer Kurs ist, oder gibt es auch einen praktischen Teil.«

»Dazu haben sie keine Stellung genommen. Ich fürchte, ich werde es auf mich zukommen lassen müssen.«

»Na, dann mal los!«

***

Es war ein altes Holzhaus, mitten im Grünen gelegen. Conny hatte nicht gewusst, dass das Haus der Anmeldung nicht die Unterkunft war, in der der Kurs stattfinden würde.

Ein wenig mulmig war ihr schon zumute, als sie die knarrende Holztreppe in den ersten Stock hochstieg. Es gab nur zwei Türen, von denen eine offen stand. Conny holte tief Luft und betrat den Raum. Sonne flutete ihr aus den schrägen Fenstern entgegen und tauchte den Raum in ein warmes Licht. Auf dem Boden lagen mit hellem Stoff bezogene Matten, dicht an dicht aneinander gereiht. Dort saßen drei Frauen und drei Männer.

Einer der Männer winkte Conny herein. »Hi, setzen Sie sich zu uns. Haben Sie keine Scheu.«

Krampfhaft hielt Conny sich an ihrer Decke fest. »Hi«, sagte sie leise. Schließlich trat sie in den Kreis und ließ sich nieder.

»Ich bin Steve, und wer sind Sie?«

»Ich bin Conny.«

»Hi, Conny. Machen Sie es sich bequem.«

Kurze Zeit später betrat ein gut aussehender Mann den Raum. Er entschuldigte sich locker für sein Zuspätkommen und nahm neben Conny Platz. Sie rückte ein Stückchen für ihn zur Seite.

»So, meine Herrschaften, wir sind nun vollzählig. Ich heiße Sie noch mal herzlich Willkommen. Mein Name ist Steve. Aus meiner Erfahrung heraus, macht es am meisten Sinn, wenn nur unsere Vornamen bekannt sind und auch nur diese benutzt werden. Da wir alle ein kleines Problem haben, werden Sie und ich versuchen, es in diesem Kurs von sechs Tagen zu beheben. Bitte haben Sie keine Hemmungen, denn jeder ist wie der andere und bringt das gleiche Problem mit. Es darf auf keinen Fall etwas nach außen getragen werden. Von meiner Seite wird es das sowieso nicht geben. Dafür haben wir ja alle den Vertrag unterschrieben. Wer es tut, der bekommt ein rechtliches Verfahren an den Hals gehängt. Sorry, dass ich das so direkt sagen muss, aber ich hätte gerne von vornherein geklärte Fronten.«

Er machte eine kleine Pause, ließ seine Worte wirken, ehe er fortfuhr: »Da jeder von Ihnen Schwierigkeiten hat, einen Orgasmus zu bekommen, werden wir als erstes über den Orgasmus sprechen. Bitte zögern Sie nicht, Fragen zu stellen und uns Ihre Ängste mitzuteilen. Seien Sie aufgeschlossen. Je aufgeschlossener wir alle sind, desto einfacher wird es für jeden hier im Raum werden. Denn ich weiß, wie schwer es ist, darüber zu reden, sein Innerstes, sehr Intimes und Persönliches fremden Menschen anzuvertrauen. Da wir alle im gleichen Boot sitzen, denke ich, wird es niemanden geben, der sich einen Spaß draus machen wird.«

Steve machte eine kleine Pause, blickte alle der Reihe nach prüfend an. Dann fuhr er fort: »Dieser Kurs ist so aufgebaut, dass wir erst ein wenig über uns sprechen werden und dann Entspannungsübungen machen. Später wird Hand angelegt, damit wir uns selber spüren und ein Gefühl für unseren Körper bekommen. Je nachdem, wie selbstbewusst dieser Kurs uns macht, werden wir auch die anderen berühren. Das ist sehr wichtig und ich werde versuchen, daraufhin zu arbeiten. Jedem ist es selbst überlassen, ob er in der zweiten Woche am letzten Tag seinen Partner, soweit vorhanden, mitbringen möchte oder nicht. Irgendwelche Fragen?« Steve blickte die sechs Leute an.

Einige schüttelten den Kopf, andere starrten ihn nur an.

»Gut, dann kann's ja losgehen. Also, als erstes die Vorstellungsrunde. Wollen Sie anfangen?« Er nickte einer der Frauen zu.

Diese schluckte und begann: »Hi, ich bin Ashley, dreiunddreißig Jahre alt und bin, also, ich habe, wie schon gesagt, äh, ein Problem.«

»Das ist schon in Ordnung, Ashley. Sie brauchen sich dafür nicht zu schämen und wenn Sie nicht wollen, dann brauchen Sie auch nicht weiter darauf einzugehen.« Er nickte zur Frau daneben. »Wie ist Ihr Name?«

»Hi, ich bin Isabella, auch dreiunddreißig. Bei mir klappt es leider momentan gar nicht mit dem Kommen. Mein Freund ist aber auch nicht der Geduldigste. Manchmal denke ich, es liegt daran, dass er mich immerzu drängt, zu kommen. Dann klappt es erst recht nicht.«

»Stimmt, Isabella. Es ist eins der häufigsten Probleme, wenn man sich beim Sexualakt unter Druck setzt. Ich danke für Ihre Offenheit. Und die Lady daneben?«

»Tag, ich bin Kayla. Hatte bisher nie Probleme zu kommen. Hätte auch nicht gedacht, in so einem albernen Kurs zu landen. Sorry, aber ist doch so. Hey, du, glotz nicht so!«

»Ich glotze nur, weil ich es cool finde, was du sagst. Mir geht es ähnlich. Ist echt bescheuert, Hilfe für so ein Normaloding zu suchen«, sagte einer der Männer.

»Entschuldigen Sie«, unterbrach Steve ihn. »Bitte stellen Sie sich vor.«

»Ich bin Nathan. Mein Alter spielt ja wohl keine Rolle, oder? Hab nämlich keinen Bock, das hier jedem auf die Nase zu binden. Aber ich bin auch echt tierisch davon genervt, dass es nicht mehr klappt. Aber, wenn ich dich so ansehe und sprechen höre, Puppe, dann kann ich's mir mit dir sehr gut vorstellen.« Er grinste breit.

Kayla blickte ihn schräg von unten an, grinste ebenfalls und zeigte ihm den Mittelfinger.

Nathan lachte laut darüber und rieb die schwarze Lederhose

provokativ über seinem Schritt. »Pass auf, dass ich dich nicht auf der Stelle vernasche, Puppe.«

»Versuchs doch mal. Ich glaube allerdings, dass du nicht kommst.« Nun war sie es, die lachte.

»Meine Herrschaften, bitte«, versuchte Steve die Situation zu entschärfen. »Kommen wir wieder zurück zur Vorstellungsrunde. Wie ist Ihr Name?«

Conny fühlte sich ertappt und wurde als erstes rot. »Ich bin Conny, vierunddreißig Jahre und habe auch das Problem, nicht mehr kommen zu können. Alleine bekomme ich es ganz gut hin, aber mit meinem Freund …« Conny stockte, als hätte sie sich verraten und bloßgestellt.

»Das ist eine gute Voraussetzung, Conny. Dann habe ich große Hoffnung bei Ihnen, dass Sie es wieder hinbekommen werden. Und der Nächste.«

»Hi, ich bin Christopher, knapp vierzig. Und ich muss sagen, mir geht es auch so, dass es früher kein Problem war und nun eins darstellt. Bin aber auch sehr in meinen Job eingespannt. Vielleicht bin ich einfach zu abgelenkt.«

»Das kann gut sein«, mutmaßte Steve. »Sind Sie selbständig?«

Christopher nickte.

»Aha«, sagte Steve, »das ist nicht verwunderlich. Bei vielen Menschen, die stark in ihrem Beruf eingespannt sind, kaum noch Zeit für sich oder ihre Familie haben, kann es vorkommen, dass die Potenz sinkt. Die Lust ist zwar da, kann sich aber nicht frei entfalten. Sorgen, Probleme und Existenzängste mischen sich häufig in den Geschlechtsakt und so ist es nicht ungewöhnlich, dass der Orgasmus ausbleibt. Danke, Christopher. Und nun: Last but not least.«

»Hi, ich bin Samuel.«

»Oh bitte, sprechen Sie ein wenig lauter, damit wir Sie alle verstehen können.«

»Ich bin Samuel. Dreißig. Kann auch nicht kommen«, schüchtern blickte er auf den Boden. Man sah im an, dass sein Herz bis zum Hals schlug.

»Okay, dann danke ich«, sagte Steve und setzte sich in eine bequemere Position. »Nun werde ich Ihnen ein paar Grundinformationen über den Orgasmus geben: Der Orgasmus, oder auch Klimax, bezeichnet den Höhepunkt des sexuellen Lustempfindens von Mann und Frau. Daraufhin folgt die Befriedigung, die sich als sehr angenehme körperliche und geistige Entspannung äußert. Das Wort Orgasmus kommt aus dem Griechischen und bedeutet »Leidenschaft, Trieb«. Der Orgasmus wird beim Geschlechtsverkehr, beim Masturbieren oder bei anderen sexuellen Handlungen erreicht.«

»Was sind denn andere sexuelle Handlungen, Steve?«, unterbrach Nathan ihn mit einem Grinsen und schief gelegtem Kopf.

»Das ist Ihrer Phantasie überlassen.«

»Hey, Sie wissen es nicht, Steve?«

»Doch, es gibt viele Arten, wie man einen Orgasmus herbeiführen und erleben kann.«

»Dann nennen Sie uns doch ein, zwei Beispiele.«

»Sie lassen nicht locker, oder? Also, schön. Zum Beispiel kann man einen Orgasmus mit einem Vibrator bekommen oder Frauen, wenn sie nur über ihren Busen gereizt werden. Es gibt andere, die kommen durch Schläge … Sie sehen, es gibt eine beliebige Reihe von Empfindungen, die weiter fortgesetzt werden könnte. Reicht das an Beispielen?«

Nathan nickte.

»Gut. Der Orgasmus ist das Erreichen körperlicher und seelischer Faktoren. Das ist ein wichtiges Thema, auf das ich noch bei jedem einzelnen eingehen werde. Das Geschlechtsleben von Menschen, wobei ich momentan nur von der Norm ausgehe, hängt im starken Maße vom Erreichen des Orgasmus ab. Auch wenn viele Leute sagen, ein Orgasmus sei ihnen nicht wichtig, so ist er das doch.

Was für uns sehr wichtig ist, dass sich bei Mann und Frau der Orgasmus unterschiedlich aufbaut, dass er völlig anders abläuft und auch sehr differenziert empfunden wird. Sicher spielt die Anatomie da eine große Rolle.

Wird der Orgasmus nicht empfunden, wie es bei Ihnen in unserem Kurs der Fall ist, so kann es organische als auch psychische Ursachen haben. Bisher habe ich von sieben Kursen nur bei einer Person erlebt, dass es ein organisches Problem war. Zu achtundneunzig Prozent ist es ein psychisches.

Ich hatte eben angeschnitten, dass Mann und Frau den Orgasmus unterschiedlich erleben. Wenn ich an dieser Stelle weitermache, dann kann ich sagen, dass Männer wesentlich leichter einen Orgasmus erreichen können als Frauen. Das wird ihnen zumindest nachgesagt.«

»Was ist denn nun mit dem Fummeln? Ich will endlich anfangen. Schluss mit der trockenen Theorie!«, motzte Nathan.

»Hey, beruhig dich, Kumpel. Das ist wohl zu kompliziert für deinen Schädel«, warf Christopher rein.

»Hey, Mr. Aramis-Man, ich werde dir gleich mal was auf *deinen* Schädel geben.«

»Bitte, meine Herren! Es gibt lediglich noch ein paar Umfragewerte. Gleich kommen wir zu den Entspannungsübungen.

Also, die besagten Umfragen haben gezeigt, dass zehn Prozent der Frauen nie einen Orgasmus erleben. Da sind Sie gut dran, meine Damen. Etwa fünfunddreißig Prozent haben nur gelegentlich mal einen Orgasmus und etwa dreißig Prozent bekommen häufig einen. Ein Viertel aller Frauen kommt fast immer zum Orgasmus. Das soll aber nichts bedeuten, denn das sind nur Fakten, die nicht abschrecken, lediglich informieren sollen.« Steve machte eine kurze Pause und blickte sich im Kreis um. »So, meine Herrschaften, dann kommen wir zum praktischen Teil des heutigen Tages.«

»Mann, ist das eine Sülzbacke«, flüsterte Nathan.

»Na, endlich«, seufzte auch Kayla und blickte verschwörerisch zu Nathan.

»Wir beginnen mit den Entspannungsübungen. Bitte legen Sie sich mit dem Rücken auf Ihre Matte und schließen Sie die Augen. Gut. Nun heben Sie ihr Becken an, halten es fünf Sekunden oben und lassen es absinken. Das Ganze zehn Mal wiederholen.«

Conny kam sich vor wie in einem Bauch-Beine-Po-Kurs und nicht wie in einer Orgasmus-Schule. Nachdem das erledigt war, sollte das Becken angehoben und sofort wieder auf die Matte sinken gelassen werden. Bei der nächsten Übung sollten die Beine angewinkelt nach rechts gelegt werden und angewinkelt nach links gehoben werden.

Nathan war leise am Zetern. Er fand die Übungen alles andere als aufregend.

Schließlich sollten sich alle auf den Bauch legen. Wieder zeigte Nathan seinen Unmut und Kayla stimmte leise mit ein.

»Wer das nicht möchte, kann jederzeit gehen. Wir sind hier kein Gefängnis. Nathan? Kayla?«

»Ach, schon gut. Machen wir weiter mit dem Kram«, grunzte Nathan.

Conny öffnete die Augen und blickte zu Steve. Er sah nicht sehr glücklich darüber aus, aber er reckte sein Kinn und setzte seine Übungen weiter fort. Connys nächster Blick ging in die Runde allgemein. Alle machten, was Steve ihnen sagte. Dann sah sie zu Christopher und bemerkte, dass er sie schon eine ganze Weile im Visier haben musste. Sofort wurde sie rot.

»Nun möchte ich, dass Sie ihr Becken heben, es kreisen lassen und absenken. Auch diese Übung zehn Mal. Ich zähle mit. Eins …«

Conny dachte an Christophers Blick. War er immer noch auf sie gerichtet? Sie traute sich nicht, sich zu vergewissern. Diese Übung reizte sie. Warum, war ihr nicht klar. Vielleicht, weil sie immer wieder mit ihrer Klitoris auf die Matte kam und wieder abheben musste und dazu noch diese Kreisbewegung. Sie fragte sich, ob die Männer ähnlich empfanden.

»Nun legt jeder dem rechten Nachbarn eine Hand auf den Po und übt Druck aus, während Sie Ihr Becken von rechts nach links rollen. Bleiben Sie dazu auf dem Boden liegen«, wies Steve die Leute an.

Conny legte Samuel ihre Hand auf den Po. Kaum hatte sie es getan, spürte sie den Druck von Christophers Hand auf ihrem. Nur für einen kurzen Moment knetete er ihre Pobacke. Sie drehte ihm ihren Kopf zu.

Er lächelte verschmitzt. »Fühlt sich gut an«, flüsterte er.

»Das ist nicht der Sinn der Übung«, zischte Conny.

»Stimmt, *noch* nicht.«

»Bitte, fangen Sie an, meine Herrschaften. Worauf warten Sie noch?«, drängte Steve. »Wir haben nicht mehr allzu viel Zeit.«

Conny fing an, ihr Becken von rechts nach links zu drehen. Der Druck war gemein. Jedes Mal, wenn sie kurz in der Mittelposition verharrte, spürte sie, wie ihre Klitoris fest auf die Matte gepresst wurde. Nach zwanzig Schwenkungen war die Klitoris gereizt und Conny spürte, wie erotisiert sie war. Hätte Christopher sie herumgeworfen, ihr das Oberteil hochgerissen und an ihren Brüsten gesaugt, sie hätte sich nicht gewehrt.

Diese Vorstellung veranlasste sie, schneller zu atmen. Ihr Körper war wie aufgeladen.

»Okay, und noch zwanzig Mal«, hörte sie Steve sagen.

Das würde sie nicht durchstehen. Noch fünf Mal und sie würde kommen. Conny erschrak. Es war doch genau das, was sie wollte. Aber ihr war bisher nicht bewusst gewesen, dass sie in diesem Raum, mit diesen fremden Leuten ihren Orgasmus erleben würde. Nein, das könnte sie nicht!

Christopher verstärkte auf einmal seinen Druck und Conny keuchte unter der Übung. Sie vergaß dabei total, auch mehr Druck auf Samuel auszuüben. Doch er war sowieso cool.

Noch acht Mal. Sie blickte zu Christopher. Er guckte sie provokativ und genau wissend, was seine Hand bei ihr auslöste, an. Er schien nicht so stark zu empfinden wie sie. Als das zwanzigste Mal kam, musste Conny sich stark beherrschen.

»Gut, meine Damen, meine Herren. Dann möchte ich Sie bitten, Ihre Hosen und Röcke, bis auf Unterhosen und Slip, auszuziehen. Dann legen Sie sich wieder hin. Wer möchte, kann seine Unterwäsche selbstverständlich mit ausziehen. Dann legen Sie sich auf den Rücken und werfen sich die Decke über.«

»Wieso denn zudecken?«, warf Nathan ein.

»Bitte, machen Sie es einfach, Nathan. Es wird noch genug Zeit für Momente ohne Decke bleiben«, versicherte Steve.

Conny zog ihre Jeans aus und legte sich unter ihre Decke. Im Augenwinkel konnte sie erkennen, dass Christopher sich untenherum komplett auszog.

Steve blickte sich im Kreis um. »Gut, und nun legen Sie Hand an sich an. Schließen Sie dabei die Augen und streicheln Sie sich. Aber streicheln Sie sich so, dass Sie nicht kommen. Es soll nur eine Entspannungsübung sein. Schalten Sie ab. Denken Sie nur an sich und Ihr Geschlecht. Vergessen Sie den Alltag, vergessen Sie Sorgen, Ängste und alles, was Sie morgen, in dieser Woche oder in der nächsten Zeit noch erledigen wollen. Seien Sie ganz bei sich selbst. Seien Sie zärtlich zu sich selber. Hören Sie nicht auf, sich zu streicheln. Sollte jemand kommen, so ist es auch okay. Halten Sie Ihren Körper nicht auf. Lassen Sie ihm freien Lauf. Entspannen Sie sich. Ich werde eine ruhige Musik auflegen, die Sie bei Ihrer Leichtigkeit unterstützen soll.«

Conny war noch so angeheizt, dass sie sehr sanft und vorsichtig war, als sie die Hand auf ihre Scham legte. Sofort schoss ein glühendes Gefühl durch ihren Körper. Vorsichtig berührte sie ihren Slip dort, wo die Schamlippen lagen und glitt weiter hoch zum Kitzler. Leise seufzte sie und war froh, dass die Musik lief, so konnte der Seufzer unmöglich gehört werden. Dennoch schielte sie zu Christopher.

Dieser hatte seinen Kopf auf ihre Seite gedreht und guckte sie an. Ihr Blick glitt zu seiner Hand, die sie unwillkürlich unter der Decke bemerkte. Sie ging auf und ab. Er massierte langsam seinen Schwanz, während er sie beobachtete. Ihr Herz machte einen Hüpfer und ließ den Puls beschleunigen.

»Wie viel Zeit haben wir noch?«, fragte Ashley.

»Genug. Bitte denken Sie nicht über die Zeit nach. Wer an Zeit denkt, setzt sich automatisch unter Druck. Besser ist es, ich sage Ihnen, wann Sie aufhören. Und immer schön weitermassieren.«

Conny konzentrierte sich wieder auf ihren Körper. Sie glühte. Am liebsten hätte sie sich die Decke vom Leib gerissen, und noch lieber hätte sie den Schwanz von Christopher in sich gespürt. Sie überlegte, ob man es sehen würde, wenn sie heimlich einen Finger in ihre Scheide einführte. Christopher würde es mit Sicherheit bemerken. Doch plötzlich war es ihr egal. War es ihr bis vor ein paar Minuten noch peinlich gewesen, so erregte es sie nun, dass er von ihren Handlungen geil wurde. Sie spreizte die Beine noch ein wenig mehr und schob ihr Höschen zur Seite. Langsam und behutsam tauchte sie in ihre feuchte Höhle, wobei sie nach Luft schnappte und den Kopf sachte hin- und herbewegte. Dabei blinzelte sie zu Christopher hinüber.

Dieser hatte ein leicht gerötetes Gesicht und seine Bewegung beschleunigte sich. Absichtlich zog Conny ihre Hand so weit nach oben, dass man sie unter der Decke unwillkürlich bemerken musste. Sie wollte, dass Christopher kam, sie wollte, dass er sich nur an ihr aufgeilte. Da, ein Stöhnen entfuhr ihm, sie hörte es durch die Musik. Sofort zog sie das Tempo an und stieß ihren Finger immer schneller in ihre inzwischen nasse Muschi. Ein krampfhaft unterdrücktes Aufstöhnen verriet Conny, dass Christopher gekommen war. Nun bemerkte sie, wie weit sie war und dass sie selber kurz vor ihrem Orgasmus stand. Sollte sie weiter machen? Hier vor allen Leuten? Sie war so geil, dass sie es wollte. Der Drang zu kommen und dabei Christopher anzusehen, war riesengroß. Sie ließ ihre Hand über ihre Klitoris flattern. Doch es blieben noch Restzweifel und als sie kurz davor war, zu kommen, verebbte das Gefühl.

Beinahe hätte Conny geweint. Christopher streckte die Hand nach ihr aus. »Hey, das war cool. Das nächste Mal klappt es. Bestimmt!«, machte er ihr Mut.

»Sie denken zu viel nach, Conny«, flüsterte Steve, der sich neben sie gekniet hatte.

Erschrocken blickte sie ihn an. »Tut mir leid …«, stammelte sie.

»Warum entschuldigen Sie sich? Es war genau richtig. Was waren die störenden Gedanken, dass es nicht passiert ist? Können Sie das sagen?«

Connys Hand lag noch auf ihrem Geschlecht, doch das Gefühl war verblasst. Sie dachte nach, ob sie Steve das wirklich erzählen sollte. »Mir war es unangenehm, hier zu kommen.«

»Dachte ich mir. Aber das braucht es nicht. Dafür sind wir hier.«

In diesem Augenblick schrie Isabella auf. Ihre Hand arbeitete schnell unter der Decke und kurz nach ihr kam erstaunlicherweise auch Ashley.

»Sehen Sie, es muss Ihnen nicht peinlich sein. Christopher hat es auch geschafft. So soll es sein.«

Conny nickte.

»Morgen ist auch noch ein Tag. Wir bekommen das schon hin. Ihre Aufgabe, Conny: nicht so viel nachdenken und einfach machen, es kommen lassen!«

***

»Das hört sich ja wild an! Ich glaube, darauf hätte ich auch Lust. Vielleicht komme ich zur letzten Stunde mit«, sagte Liz.

»Nein, das geht nicht.«

»War doch nur ein Scherz. Hey, Conny, sei nicht so niedergeschlagen.«

»Bin ich aber. Ich weiß nicht, ob mir so ein Kurs etwas bringt.«

»Sicher bringt er etwas. Aber du musst ein bisschen mehr Geduld und vor allem Vertrauen in deinen Körper haben. Das nächste Mal machst du dir eben keinen Kopf um andere Dinge, und dann wird es auch klappen. Ich kann mir allerdings sehr gut vorstellen, dass dich die Zweifel gepackt haben.«

»Vielleicht hast du recht und es klappt morgen.«

»Schon besser! Auf jeden Fall klappt es morgen! Sag Mal, was ist denn der Christopher für ein Typ? Könntest du dich in ihn verlieben?«

»Nein!«, entfuhr es Conny spontan. »Ich will nichts von ihm. Ich liebe Mick.«

»Okay«, sagte Liz und schwieg.

Conny nutzte die Gelegenheit, hinzuzufügen: »Aber ich muss sagen, dass der Kerl mich wirklich ganz schön anmacht. Es war ein prickelndes Gefühl als er gekommen ist, nur weil ich ihn scharf gemacht habe. Beinahe hätte ich mir gewünscht, von ihm genommen zu werden.«

»Beinahe?«

»Na ja, vielleicht habe ich es mir auch gewünscht ...«

»Ich glaube, du hast es dir ganz sicher gewünscht, und ich glaube außerdem, dass es noch zu einer Begegnung kommen wird. Was dich jetzt allerdings nicht aus der Bahn werfen soll.«

Conny lachte und wurde rot. »Nein, das tut es nicht. Im Gegenteil. Ich bin auf die nächsten Tage auch schon sehr gespannt. Allerdings hoffe ich, dass Mick nichts davon mitbekommt.«

»Wenn du es geschickt anstellst, merkt er nichts.«

***

»So ist es richtig. Schön das Becken kreisen lassen. Gut. Nun umdrehen und das Gleiche wie gestern. Mit der Hand des Nachbarn auf dem Po zwanzig Mal rechts, zwanzig Mal links.«

Conny keuchte. Sie war heute wesentlich angeregter als gestern. Vielleicht lag es daran, dass sie wusste, was sie heute erwartete. Die anderen schienen auch lockerer zu sein. Sogar Nathan und Kayla waren wieder erschienen.

Christophers Hand drückte sie nieder und löste die gewünschten Gefühle in ihr aus. Zwischendurch knetete seine Hand ihre Pobacken. Plötzlich, ganz ohne Vorwarnung schlüpfte seine Hand unter ihre Decke und massierte ihren Po. Ausgerechnet heute wollte sie mutiger sein und hatte den Slip unter der Decke ausgezogen. Nun das! Sie versuchte, ihre

Atmung zu kontrollieren. Seine Hand wurde immer frecher und knetete so stark, dass mal die eine Seite der Schamlippen hochgezogen wurde, mal die andere Seite. Die Reibung ihrer bloßen Klitoris auf der Matte war kaum auszuhalten. Hinzu kam, dass ihre Brüste glühten und sich nach Befreiung und seiner Zunge sehnten.

Conny konnte kaum glauben, dass sie so mitgerissen wurde und solche Gedanken an einen fremden Mann hatte, wo sie doch einen zu Hause hatte. Aber dieser machte sie einfach unsagbar scharf! Vielleicht war es ja auch das Gefühl des Verbotenen.

»So, und genau wie gestern gilt: noch zwanzig Stück dranhängen«, rief Steve.

Als Conny Christophers Hand an ihren Schenkeln spürte, merkte sie, wie sich die Erregung immer weiter aufbaute. Seine Finger waren sanft, leicht und forschend. Sie machten Conny schier verrückt. Wie zufällig berührte er sie zwischen den Schamlippen. Conny atmete stoßweise. Sie wollte Christopher ansehen, doch er flüsterte ihr zu, die Augen geschlossen zu lassen, zu genießen und zu fühlen. Er fing an, sie zwischen den Schenkeln zu massieren. Diese fremde Hand von diesem fremden Mann …

Conny schwenkte herum, riss ihr T-Shirt hoch, holte ihre Brüste aus den Körbchen und präsentierte sie Christopher. Dieser zögerte keine Sekunde und machte sich darüber her. Sie zog ihn noch dichter an sich. Seine Hand blieb nicht untätig und massierte sie einfach weiter. Conny keuchte in seine Haare, die Hitze war ihr ins Gesicht geschossen. Sie spürte es, der Orgasmus kam. Sie krallte sich an ihm fest und ließ ihr Becken rotieren. Nichts konnte sie mehr aufhalten. Sie öffnete die Augen und blickte Christopher an. Sie war so geil und wild! Doch dann bemerkte sie den Blick der anderen Kursteilnehmer. Nathan und Kayla hatten sich auf ihre Unterarme gestützt und blickten herüber. Auch Ashley ließ sich das Schauspiel nicht entgehen. Steve guckte, als wollte er Conny anfeuern. Alles bei ihr versagte. Ihr Körper wurde schlaff und sie barg ihr Gesicht in Christophers Haaren. Er nahm sie in den Arm und flüsterte, dass es nicht so schlimm sei und dass sie es schon wesentlich weiter als gestern gebracht hatte.

***

»Wo willst du hin?«, fragte Mick.

»Zu Liz. Hab ich dir doch gesagt«, verteidigte Conny sich.

»Schon wieder?«

»Mick. Es war doch längst abgesprochen. Warum machst du jetzt so ein Gewese darum?« Conny blickte unauffällig auf die Uhr. Sie war heute sowieso schon so spät dran.

»Das dritte Mal in Folge zu Liz? Warum? Was macht ihr denn?«

»Was wir machen?«

»Ja, verdammt!«

»Nichts. Wir reden.«

»So! Und worüber?«

»Über alles mögliche. Worüber Frauen eben so sprechen!« Conny sah Mick mit blitzenden Augen an.

Seine Augenbrauen hatten sich zusammengezogen. »Ich traue dem Braten nicht. Drei Mal in Folge triffst du dich also mit Liz ...«

»Mein Gott, wie oft willst du das noch sagen! Ja, drei Mal hintereinander! Und? Wo ist das Problem? Sie ist eben meine beste Freundin und wir haben viel zu besprechen.«

Mick blickte Conny eine Weile an, als versuchte er, in ihrem Gesicht zu lesen.

Conny zwang sich zur Ruhe. Sie hasste Lügen. Schließlich

drehte sich Mick um und ging aus dem Zimmer. Conny nutzte die Gelegenheit und nahm sich ihre Jacke.

Als sie die Wohnungstür öffnete, hielt Mick sie zurück. »Nein, nein, so nicht!«

»Wie bitte?«

»Erst rufen wir Liz an und fragen, ob sie dich erwartet.«

Ungläubig starrte Conny ihn an. »Das kann doch nicht dein Ernst sein!«

»Doch, ist es. Kleinen Moment. Aha, der Ruf geht durch.«

»Du bist doch völlig durchgedreht, Mick. Außerdem wollten wir uns nicht bei ihr zu Hause treffen, sondern im ›Shuckers‹.«

»So? Auf einmal?« Gerade wollte Mick auflegen, da erhellte sich seine Mine. »Oh, hallo Liz, hier ist Mick. Wie geht's?«

Conny wollte etwas sagen, doch er hielt die Sprechmuschel zu. »Danke, mir geht es auch gut. Du, Liz, ich habe da ein kleines Problem und würde so gerne mal mit dir reden. Hast du heute Abend noch etwas vor? … Nein? Wunderbar! Dann kann ich ja gleich vorbei kommen, oder? … Super! Ach, und mit Conny bist du ja heute nicht verabredet, oder? Nein. Klasse, das ist gut. Stimmt, ihr habt euch ja schon gestern gesehen. Ich vergesse aber auch so viel. Ach, warte Mal, da fällt mir ein, ich kann ja gar nicht. Ich Idiot. Lass uns morgen einfach noch mal telefonieren, okay? Danke, das ist nett. Gut, bis dann. Mach's gut, Liz. Ja, dir auch einen schönen Abend. Wiederhören.« Mick drehte sich langsam zu Conny um. »So, jetzt bist du dran. Wo wolltest du hin?«

Connys Herz schlug bis zum Anschlag und sie errötete. Eine Tomate war farblich nichts gegen sie. »Ich …«, begann sie. Sollte sie ihm wirklich die ganze Wahrheit sagen? Wie würde er darauf reagieren? Nein, das konnte sie nicht tun. Das wäre unmöglich!

»Ja?«, fragte er langsam und gedehnt nach.

»Also, ich …«

»Okay, Conny. Schluss mit den Spielchen. Sag mir, wer es ist, mit dem du dich triffst.«

»Es ist kein anderer Mann.«

»Ach ja?! Und wieso kannst du mir dann nicht die Wahrheit sagen?«

»Ich kann es, aber es ist noch zu früh.«

»Ach, so ist das! Es ist zu früh? Wie lange hätte ich denn deiner Meinung nach warten sollen? Zwei Wochen, zwei Monate oder doch vielleicht zwei Jahre?«

»Wie gesagt, Mick, es ist kein anderer Mann. Aber ich werde dir Ende nächster Woche die Wahrheit sagen.«

»Das ist aber nett von dir! Es betrifft also mich?«

»Nein, es hat nur etwas mit mir zu tun. Bitte vertrau mir, Mick. Es ist nichts … Also, es ist heikel, aber es gefährdet nicht unsere Beziehung … Das heißt, also, ich glaube es nicht … Ich … Ach, bitte vertrau mir doch einfach.«

Mick schaute sie eine Weile an. Sein Gesichtsausdruck wirkte gequält. »Du sagst, es ist kein anderer Mann, stotterst aber die ganze Zeit vor dich hin und garantieren, dass es unsere Beziehung nicht gefährdet, kannst du auch nicht. Conny, verdammt! Was soll ich davon halten? Ich will dich nicht verlieren!«

»Oh, Mick, das tust du auch nicht.«

»Dann sag mir, dass du mich liebst.«

Conny zögerte nicht, mit Wärme in der Stimme zu sagen: »Ich liebe dich.«

Mick schluckte. Anscheinend hatte er damit nicht gerechnet. Sanft sagte er: »Conny, ich liebe dich auch – und ich will dich! Aber ich will dich nicht mit jemandem teilen!«

»Ich weiß, und deshalb musst du mir vertrauen.«

Mick atmete tief ein und stieß scharf die Luft wieder aus. »Also schön, dann zisch ab.«

Conny blickte auf die Uhr. »Heute nicht mehr. Es ist bereits zu spät. Aber nächste Woche werde ich noch drei Mal abends weg müssen.«

»Wie bitte?!«

»Nun guck doch nicht so entgeistert. Es ist wichtig, Mick. Ich verspreche dir hoch und heilig, dass ich dir am nächsten Freitag erzählen werde, wo ich war und was ich dort gemacht habe.«

»Das glaube ich nicht. Du spielst mit unserer Beziehung!«

»Wenn du mir vertraust, nicht. Vertraust du mir, Mick?«

Erst zögerte, dann nickte er.

***

»Conny, wo waren Sie das letzte Mal? Wir haben Sie vermisst«, kam Steve ihr entgegen.

»Tut mir leid. Ich musste mich vor meinem Freund rechtfertigen. Es war eine lange Diskussion.«

»Weiß er denn nicht, dass Sie hier sind?«

»Nein.«

»Das ist schade, er könnte doch in der letzten Stunde und der Nachbesprechung mit dabei sein.«

»Um Gottes Willen, nein! Bloß das nicht! Also, ich meine, ich weiß nicht, wie er es auffassen wird, dass ich hier bin. Vielleicht kündigt er mir die Freundschaft.«

»Das glaube ich nicht. Es ist etwas Ehrenvolles, dass Sie hier sind. Niemand kann oder wird Ihnen dafür den Kopf abreißen. Seien Sie stolz darauf. Und wenn er es nicht versteht, dann würde ich mir ein paar Gedanken über ihn machen.«

Conny dachte kurz darüber nach, dann nickte sie. »Vielleicht haben Sie recht, Steve. Aber nun werde ich die letzten drei Tage noch so zu Ende machen, wie ich es möchte und werde nicht darüber nachdenken, wie er darauf reagiert und was mit uns wird.«

Steve klopfte ihr freundschaftlich auf den Rücken und ging zu den Matten. »So, meine Lieben. Heute ist Dienstag. Wir haben uns drei Tage nicht gesehen, da müssen wir uns wohl mal wieder ein bisschen aufwärmen und untereinander beschnuppern. Wir fangen sogleich mit den Entspannungsübungen an.«

Conny versuchte sich zu konzentrieren, doch bei ihr wollte die Stimmung nicht so recht aufkommen. Auch nicht, als sie den erneuten Druck von Christophers Hand auf ihrem Po spürte.

Steve zog sich irgendwann aus und stand nur noch in einer schwarzen Lack-Hot-Pant vor ihnen. Daraufhin forderte er sie alle auf, sich nackt auszuziehen und sich rücklings auf die Matten zu legen.

Conny war so perplex, dass sie nicht wusste, wovon sie mehr geschockt sein sollte: von der Hose, oder dass sie gleich nackt vor allen liegen sollte.

Christopher spähte schon interessiert zu ihr herüber, während er langsam seine Jeans abstreifte. Er brachte mit seinem langsamen Ausziehen doch tatsächlich ihr Blut in Wallung. Was tat er da? Es war wie ein Strip. Im gleichen Augenblick dachte sie an Mick. War es richtig, dass sie hier war, dass sie sich von einem anderen Mann anturnen ließ? Hatte sie ihn somit vielleicht doch angelogen? Als Christopher seine Boxershorts auszog, blickte Conny kurz und verschämt auf sein Glied. Es war halb erigiert und machte Christopher noch maskuliner. »Ja, guck ihn dir genau an, Baby«, flüsterte Christopher.

Conny erschrak. Sie hatte ihn angestarrt. Genau das, was sie nicht tun wollte.

Christopher sank auf die Knie und umfasste seinen Schwanz. Langsam schob er ihn vor und zurück. Conny konnte nicht anders, als hinzusehen. Eine ungeheure Faszination ging von ihm aus, wie er in einiger Entfernung vor ihr kniete, die kräftigen Oberschenkel mit der Behaarung und in der Mitte der starke Schwanz, der ihn sehr männlich erscheinen ließ. Sie vergaß alles um sich herum, beobachtete nur diesen willigen Schwanz, der in seiner Hand immer fester wurde. Connys Herz klopfte laut und schnell. Sie sehnte sich, dieses Prachtstück in den Mund zu nehmen, seine Samtheit zu spüren.

»Na los, mach schon, wonach dir gelüstet ...«, forderte Christopher sie auf, denn er hatte ihren Blick längst eingeschätzt.

Ohne zu zögern und weiter nachzudenken, zog Conny ihr Oberteil und ihren Rock aus. Im Spitzen-BH und -höschen ging sie zu ihm und hockte sich vor ihn. Ein Seufzen ließ sie innehalten und sich umblicken. Isabella leckte die Muschi von Ashley. Connys Herz machte einen Satz. Das hatte sie nicht erwartet. Die beiden Frauen waren total in ihr Spiel versunken und genossen einander. Conny konnte den Blick nicht losreißen. In natura hatte sie noch nie zwei Frauen gesehen, die sich gegenseitig verwöhnten. Sie konnte kaum glauben, dass diese Szene sie so faszinierte.

»Denk auch noch an mich«, rief Christopher sich wieder in Erinnerung.

Wie könnte sie ihn vergessen! Mutig und angeschärft von den Frauen machte Conny sich über Christophers Schwanz her. Er war härter als sie dachte, denn Christopher hatte ihn die ganze Zeit weitergerieben. Mit geschlossenen Augen nahm Conny seinen steifen Penis in den Mund. Er fühlte sich wunderbar an. Das hatte sie schon eine Ewigkeit nicht mehr gemacht und wusste, dass sie es beim nächsten Sex mit Mick sofort bei ihm tun würde. Sie hatte vergessen, wie gut es sich anfühlte.

Christophers Schwanz war glatt rasiert und samtig. Sie ließ ihre Zunge um ihn kreisen und schob die Vorhaut mit ihren Lippen langsam vor und zurück. Die Zunge reizte ihn im kleinen Schlitz der Eichel und führte dann wieder kreisende Bewegungen aus.

Christopher stöhnte in die Lounge-Musik, kraulte Connys Haare und wenn ihm etwas richtig gut gefiel, krallte er sich an ihr fest und seufzte leise.

Zwar war Conny geduldig, doch sie spürte, wie Christopher sich nur noch mit Mühe beherrschen konnte. Deshalb gab sie ihm plötzlich und völlig unerwartet den Rest. Ihr Mund bearbeitete seinen Schwanz in Windeseile, so dass er weder eine Chance hatte, sie zur Ruhe zu zwingen noch sich auf den Orgasmus vorzubereiten. In Sekundenschnelle war er da und seine warmen Strahlen schossen in ihren Mund. Laut stöhnte er auf. Er ließ sich gehen und stöhnte noch drei Mal.

Dann wollte Christopher Hand an sie legen, doch Conny winkte ab. Sie setzte sich im Schneidersitz auf die Matte, zog die Decke über ihre Beine und sah den anderen zu.

»Was ist mit dir? Willst du nicht?«, fragte Christopher.

»Nein. Ich glaube, ich bin heute nicht frei genug.«

»So, wie sonst auch?«

Conny schüttete den Kopf. »Es ist heute anders. Bisher wusste ich nicht, dass ich frei sein konnte. Heute weiß ich es, bin es aber nicht.«

»Verstehe. Das heißt aber auch im Umkehrschluss, dass du kommen würdest, wenn ich dich das nächste Mal berühre.«

»Stimmt. So wird es sein.«

Christopher rückte näher. »Baby«, flüsterte er, »du warst richtig geil. Wollen wir das nicht nachher bei mir zu Hause noch mal wiederholen?«

»Tut mir leid. Aber ich habe einen Freund, den ich liebe.«

»Du wirst mich lieben, wenn wir so weitermachen.«

»Kann sein. Aber ich möchte das nicht aufgeben, was ich habe.«

»Empfindest du denn nichts für mich?«

»Christopher, ich finde dich klasse. Aber mein Herz schlägt nun mal für einen anderen Mann.«

Er presste die Lippen aufeinander und sagte: »Verstehe. Der Glückspilz.« Nach einer Weile fügte er hinzu. »Aber morgen, morgen gehörst du mir, und ich werde dich kommen lassen, wie du noch nie gekommen bist.«

***

»Conny, löse dich von dem Gedanken, dass du etwas Unrechtes tust. Bleib locker und verkrampf dich nicht so sehr. Ich merke, dass du wieder zu viel nachdenkst.« Steves Hand ruhte auf ihrem Oberarm.

Conny war den Tränen nahe. »Ich war mir gestern ganz sicher, auf dem richtigen Weg zu sein. Obwohl ich nicht wollte, war ich gestern frei.«

»Das habe ich auch gemerkt. Deshalb solltest du deine lästigen Gedanken nun wegscheuchen. Ich glaube an dich und weiß, dass du es kannst.«

»Tut mir leid, Steve, ich bin wohl die einzige, der dieser Kurs nicht helfen konnte.«

»Erstens ist Samuel auch noch nicht gekommen und zweitens bin ich überzeugt davon, dass du es schaffen wirst. Lass dich fallen, genieße es, von Christopher verwöhnt zu werden. Denke dabei nicht an deinen Freund. Es ist eine wichtige Übung mit Christopher, um für deinen Freund wieder da sein zu können.«

Conny atmete tief durch.

»Ich werde zu einem kleinen Hilfsmittel greifen«, sagte Steve.

»Dreh dich mal um.«

Conny war nackt, saß auf der Matte und hatte die Decke um sich geschlungen. Christopher hockte neben ihr. Sie ärgerte sich, dass sie heute nicht angestachelt werden konnte. Selbst durch Isabella und Ashley nicht, die wieder übereinander hergefallen waren und sich heute in der ›Neunundsechziger Stellung‹ leckten.

Etwas Weiches wurde ihr um die Augen gelegt. Ein Tuch. Das war nett, dachte Conny, und als ihr die Decke langsam weggezogen wurde und sich eine Hand auf ihren Busen legte, verdrängte ein ungeheures Gefühl der Aufregung und Lust ihre negativen Gedanken von vorhin. Als sich eine zweite Hand dazugesellte und ebenfalls anfing, an ihren Brustwarzen zu spielen, durchströmte sie eine Hitzewelle.

Steve wies sie an, sich hinzulegen. Kaum hatte sie eine bequeme Position gefunden, da wurden ihr die Beine von drei Händen gespreizt. Connys Herz raste. Wer war das? Christopher und Steve? Oder doch noch jemand anderes? Zwei Hände fingen nun an, sie zu streicheln. Auf den Oberschenkeln und seitlich davon. Während eine Hand noch auf der rechten Seite streichelte, erforschte eine andere ihre Scham. Conny spürte wieder eine dritte Hand, die an der Innenseite entlangglitt und ebenfalls ihre Muschi erreichte. Nicht zu wissen, wessen Hände das waren, und wo die Hände hinwollten, machte Conny schier verrückt. Sie bewegte ihren Unterleib und versuchte, den flinken Händen, die genau zu wissen schienen, was sie taten, zu entkommen. Die vierte Hand befasste sich mit einer Brustwarze, drückte und presste sie, während sich ein Mund auf die zweite Warze drückte.

Conny stöhnte auf. Das war einfach zu viel. Sie wusste nicht mehr, worauf sie sich konzentrieren sollte. Es gab einfach zu viele Quellen, die ihr pure Lust verschafften. Conny ließ die forschenden Hände ihren Dienst tun, sie fügte sich in dem Spiel, das ihren Körper gefangen hielt. Sie spürte sogar, dass ein Finger in ihre Spalte eindrang und dort weiterforschte. Sie kam sich vor, wie ein Objekt, das jeder einmal anfassen wollte. Das Schlimme war, es gefiel ihr. Sie wollte angefasst werden. Sie wollte von irgendwelchen Händen erforscht, von Lippen berührt und von Fingern gepresst und von Zungen geleckt werden. Conny spürte, wie die Welle des Orgasmus anrollte, während die Hände, Finger und Münder unablässig ihren Körper bearbeiteten. Sie konnte sich nicht dagegen wehren, als ihr die Lust die Sinne raubte. »Christopher«, stöhnte sie.

»Ich bin hier«, flüsterte er ihr zu.

Laut warf sie sich den vielen wühlenden Händen entgegen und genoss ihren ersten Orgasmus seit sehr langer Zeit. Er war so intensiv, dass Conny glaubte, er würde nicht enden wollen. Schließlich sackte ihr Körper zusammen.

Kaum hatte Conny diesen wunderbaren Orgasmus verarbeitet, da drängte sich ein steifer Schwanz in ihre Muschi. Conny stöhnte auf und riss sich sofort das Tuch von den Augen. Aus braunen, leuchtenden Augen blickte ihr Peiniger sie an, der niemand anderes war als Christopher.

Er lächelte. »Ich hab doch gesagt, dass du mir heute gehören wirst.«

Seine Bewegungen waren wunderbar. Er hatte es wirklich drauf, eine Frau in den siebten Himmel zu schicken. Sein Reiben und seine Stöße waren genau an der richtigen Stelle. Nach wenigen Augenblicken war Christopher da. Auch Conny war kurz davor, dem zweiten Orgasmus entgegenzuschweben. Doch kaum war er zum Greifen nahe, verschwand er wieder so schnell wie er gekommen war.

***

»So, meine Lieben, heute ist der letzte Tag. Ich denke, wir sind inzwischen alle so frei, wirklich unsere Lust auszuleben. Das Wort Peinlichkeit hat hier nichts mehr verloren. Lasst euch fallen, so, wie ihr es gelernt habt. Denkt nur an das, was ihr da tut und an die Lust, die sich daraufhin einstellt.

Wie ich sehe, haben wir einen kleinen Zuwachs bekommen. Jessica, die Frau von Christopher ist heute hier. Herzlich Willkommen. Ich wünsche euch beiden viel Erfolg. Und euch anderen, viel Vergnügen. Lasst eurer Fantasie freien Lauf.«

Nach einigen wenigen Entspannungsübungen, wurde Conny locker. Doch sie wollte sich noch ein wenig inspirieren lassen und sah den anderen eine Weile zu. Auch interessierte sie sehr, wie Christopher mit seiner Frau umging. Zu ihrer Verwunderung war er zärtlich und vorsichtig. Er redete ihr gut zu, da sie an die Umstände der nackten und sich regenden Personen nicht gewohnt war.

Als er in seine Frau eindrang, wurde Conny feucht. Sie legte die Decke zur Seite und fing an, sich zu streicheln. Sie stellte sich vor, wie es wäre, wenn sie unter Christopher liegen würde, und dann stellte sie sich vor, wie es wäre, wenn Mick es wäre, der seinen strammen Schwanz in sie drängen würde.

Die Tür wurde aufgerissen. Verträumt blickte Conny hin. Steve war sofort zur Stelle, den neuen Besucher zu begrüßen. Dieser blickte sich mit flinken Augen suchend im Raum um.

Conny blieb das Herz stehen. Es war Mick!

Als er sie erblickte, kam er geraden Schrittes auf sie zu.

Sie schlang die Decke um sich und sprang auf. »Mick! Was machst *du* denn hier?«

»Ich habe dich gesucht«, presste er hervor.

Conny wusste nicht, was sie sagen sollte. Es war ihr unendlich peinlich. Peinlich, ihm alles verschwiegen zu haben, peinlich, dass die anderen so über einander herfielen, peinlich, dass er sie so inmitten dieser Leute sah, peinlich, dass sie bisher nur ein Mal das Klassenziel erreicht hatte. Nun würde sie eine Abfuhr von ihm bekommen und alles verlieren, nur um einen Orgasmus bekommen zu haben. »Es tut mir leid«, flüsterte sie. Tränen stiegen in ihr hoch. »Tut mir leid, Mick. Ich dachte, ich täte es für uns.«

»Für uns?«

»Unsere Beziehung. Ich wollte so gerne, dass alles wieder gut wird.« Die erste Träne löste sich.

Mick blickte sie eine Weile an, dann hob er seine Hand und wischte die Träne fort. »Ich weiß«, sagte er sanft.

Durch einen Tränenschleier blickte sie ihn an. »Wie bitte?«

»Ich weiß, Süße. Du brauchst mir nichts zu erklären. Liz war so freundlich, mich in Kenntnis zu setzen. Ich finde es großartig, dass du das getan hast. So etwas hätte ich nie erwartet. Ich muss sagen, dass ich sogar stolz auf dich bin. Es kostet bestimmt ein wenig Überwindung, sich so einer Truppe anzuschließen, auch wenn es irgendwann Spaß macht, oder?«

Conny nickte. Sie war unfähig, zu sprechen. Zu den ersten Tränen gesellten sich nun Freudentränen. »Danke«, hauchte sie.

Statt einer Antwort zog Mick sie in den Arm und drückte sie fest an sich. Conny schluchzte leise.

»Hey, das ist doch kein Weinkurs, oder?«, versuchte Mick sie wieder aufzumuntern. »Wie wäre es, wenn du mir zeigst, was du hier gelernt hast?«

Sofort überkam Conny die Furcht. Sie hatte es bisher nur ein Mal geschafft und das mit verbundenen Augen und sämtlichen Händen auf, an und zwischen ihren Schenkeln.

Mick blickte sich um, studierte kurz, wie die anderen es vor seinen Augen hemmungslos trieben, wobei Kayla und Nathan diesmal nicht den Vogel abschossen, sondern Samuel. Als Mick cool seine Jeans abstreifte, das T-Shirt auszog und seinen Slip fallen ließ, kam es Samuel. Mick ignorierte das. Er hatte nur Augen für seine Freundin.

Mit einem Ruck zog er die Decke von Conny und betrachtete sie mit einem Glänzen in den Augen. Conny bemerke, wie sein Schwanz auf sie und ihren Körper reagierte. Er zuckte und begann, sich aufzurichten. Wohlige Wärme durchflutete Conny. Und auf einmal war es ihr völlig egal, wie oft und ob sie überhaupt gekommen war. Sie wusste, dass sie diesen Mann wollte, ganz und gar. Er sollte verrückt nach ihr werden. So, wie sie es auch bei Christopher geschafft hatte.

Aber so weit kam es gar nicht erst. Mick war so scharf auf sie, dass er sie mit seinem Gewicht auf die Matte drückte und seinen inzwischen harten Schwanz an ihrem Oberschenkel rieb.

»Gott, bin ich geil auf dich«, flüsterte er in ihr Ohr.

Er machte sich über ihre Brüste her, saugte die Nippel, zupfte an ihnen und presste sie mit dem Mund zusammen. Conny seufzte laut auf. Diesmal war es ihr nicht peinlich. Sie vernahm aus weiter Ferne, dass sie mit ihren Lauten nicht die einzige war.

Für einen kurzen Moment lenkte sie der Gedanke an Christopher ab. Sie konnte nicht anders, sie musste zu ihm blicken, wie er es mit seiner Frau trieb. Was sie sah, erschreckte sie, und machte sie auch gleichzeitig noch schärfer. Christopher keuchte auf seiner Frau und blickte zu ihr, Conny, herüber. Sofort konzentrierte sie sich wieder auf Mick, doch der Eindruck blieb. Conny nahm das Bild in ihre Lustgedanken mit hinein und bewegte fordernd ihr Becken. Mick ließ sich nicht zwei Mal bitten und drang langsam, aber gezielt in sie ein.

Conny seufzte. Das Gefühl überwältigte sie so sehr, dass sie die Augen schloss und nur noch an Mick, ihren Körper und am Rande an Christopher dachte.

Micks rhythmische Bewegungen brachten ihren Körper zum Vibrieren. Als seine Hand an ihrer Klitoris rieb, genau wissend, wie sie Conny das größte Maß an Lust schenken konnte, spürte sie, wie der Orgasmus sich ankündigte. Doch die Angst, er könnte vergehen, noch bevor er da war, gab es diesmal bei ihr nicht. Sie warf Mick ihr Becken entgegen, blickte ihn an, genoss seinen leidenden und geilen Gesichtsausdruck und kam. Der Orgasmus schoss durch ihren Körper und schüttelte sie durch. Mick brauchte sich nicht länger zurückzuhalten und stöhnte seine Geilheit in ihr Ohr. Lange blieben sie eng umschlungen so liegen.

Endlich fand Mick seine Worte wieder und sagte: »Guter Kurs!«

***

»Tja, meine Lieben«, begann Steve, »heute ist Donnerstag und wir haben sechs Tage der Orgasmus-Schule hinter uns gebracht. Erfreulicherweise ist es jedem hier gelungen, das zu bekommen, was ich ihm prophezeit habe: einen Orgasmus. Dazu: Herzlichen Glückwunsch! Ich bin sehr stolz auf euch. Auch, dass ihr so freizügig und offen wart, denn davon lebt dieser Kurs. Nur so kann sich jeder frei entfalten und an sich und den Akt denken. Die Besinnung auf sich und seinen Körper und auf das, was man wirklich möchte, steht im Vordergrund. Und genau das hat jeder von euch gefunden. Fantastisch!

Ich möchte nun auf jeden noch einmal kurz eingehen und fange mit Ashley an. Ashley, dir fiel es bisher schwer, zu kommen, weil du meiner Meinung nach zu hart rangenommen wurdest. Du brauchst eine einfühlsame Seele, die du, wie sich gezeigt hat, bei Isabella gefunden hast. Ich vermute, dass du bei einer Frau in Zukunft besser aufgehoben wärst als bei einem Mann.«

Ashley nickte und sah sofort verschämt auf den Boden. Sie blickte seitlich kurz zu Isabella, die ihr liebevoll zulächelte.

»Isabella, ich werde gleich mit dir weitermachen. Auch du fühlst dich zu sehr viel Zärtlichkeit hingezogen und kannst viel Zärtlichkeit geben. Dennoch vermute ich bei dir, dass es dich auf Dauer nicht ausfüllen wird, nur Frauen zu lieben. Du brauchst das Gefühl, von einem Mann beherrscht zu werden.«

Isabella schluckte, blickte kurz zu Christopher und dann zu Ashley. Christopher zog nur kurz die Augenbrauen hoch, seine Mine blieb aber unbewegt.

»Nathan, du bist ein Mann, der alles oder nichts möchte und braucht. Du hast Vorlieben, die die, ich sage mal »normale« Sexualität übersteigt. Du solltest dich eventuell bei einer SM-Gruppe umsehen, ob dir diese Art des Herrschens und der Schmerzen gefällt.«

»Du willst damit sagen, ich sei ein typischer SM-ler?«, fragte Nathan etwas aufgebracht.

»Nein, ich habe lediglich gesagt, du solltest dich da umsehen, ob es dir gefällt. Ich habe den Eindruck, dass es deine Welt werden könnte. Das Gleiche habe ich bei Kayla bemerkt. Ihr habt beide ähnliche Ambitionen, und wie sich herausgestellt hat, habt ihr euch beide sofort im Kurs gefunden und konntet mehrere Male einen Orgasmus erleben.«

Kayla grinste Nathan an. Als er ihren Blick bemerkte, wurden seine Gesichtszüge weich und er lächelte verschmitzt zurück.

»Samuel«, fuhr Steve fort, »du hast mir einige Rätsel aufgegeben. Zum Glück ist Mick gekommen und hat die Lösung gebracht.«

»Was, ich?«, fragte Mick erschrocken.

»Ganz recht. Du hast durch deine bloße Anwesenheit im wahrsten Sinne des Wortes Samuel dazu gebracht, aus sich herauszukommen und einen Orgasmus zu empfangen. Samuel, ich hätte auch schon früher darauf kommen können, dass du auf Männer stehst. Doch war keiner der Anwesenden dein Typ, wie ich bemerken musste.«

Der schüchterne Samuel blickte mit rotem Kopf auf seine Knie.

»Das muss dir nicht peinlich sein. Es ist nicht schlimm, auf das gleiche Geschlecht zu stehen. Dafür muss sich keiner schämen. Lebe damit und genieße dein Leben, wie es für dich vorgesehen ist.

Und nun zu Conny. Hier war ich mir von Anfang an sicher, dass du es schaffen würdest. Allerdings die Barrikaden in deinem Kopf zu überwinden, war ein hartes Stück Arbeit, bei dem mir Christopher freundlicherweise behilflich war. Danke Christopher, ohne dich hätte ich es nicht geschafft. Bei dir, Conny, steht ganz klar der Mann im Vordergrund, den du verführen möchtest und kannst, der dich aber auch nehmen soll. Deine Angst, nicht zu genügen und nicht schnell genug zu kommen, haben den herannahenden Orgasmus immer wieder abebben lassen. Ich bin sehr froh, dass du nun auf den richtigen Weg gekommen bist.«

Conny lächelte. »Danke«, sagte sie und blickte Mick an, der ihre Hand fest drückte. Allerdings bemerkte sie, wie er kurz zu Christopher hinüberschielte und keine Regung zeigte. Christopher hingegen zwinkerte Conny freundschaftlich zu. Conny lächelte und blickte schnell weg.

»Nun zum letzten Teilnehmer: Christopher. Du begehrst die Frauen mit allem, was dazu gehört. Nur nicht deine eigene.«

»Wie bitte?«, entfuhr es Jessica.

»So ist mein Eindruck. Entschuldige bitte, Jessica, wenn ich so harte Dinge sage. Aber mein Kurs ist darauf ausgerichtet, offen über Dinge zu sprechen, die die Kursteilnehmer angeht.

Christopher, du bist ein Mann, der genau weiß, wie man mit einer Frau umgeht und ihr die höchsten Freuden der Lust schenkt. So jemanden wie dich habe ich nicht in meinem Kurs erwartet. Und doch hattest du ein Problem, von dem ich nun weiß, welches es ist. Leider muss ich mich da noch einmal wiederholen: es ist deine Frau. Warum das so ist, kann ich nicht sagen. Vielleicht hat sich eure Beziehung im Laufe der Zeit zu sehr abgenutzt, vielleicht bietet sie euch nicht genug Abwechslung. Da gibt es eine ganze Reihe von Gründen, die du noch herausfinden musst oder schon lägst weißt.«

Jessica wandte ihrem Mann den Kopf zu, hochrot, ihr Atem ging schnell. Sie erwartete, dass ihr Mann auf diese Aussage negativ reagierte.

Christophers Blick war ruhig und besonnen. Dann nickte er und seufzte. »Vielleicht, Steve. Wobei … nein, ich muss es zugeben: Du *hast* recht!«

Jessica sprang auf, gab ihrem Mann eine Ohrfeige und verschwand mit dem Satz: »Das ist ja wohl das Letzte«, aus dem Raum.

»Tut mir leid«, entschuldigte Steve sich, »aber die Wahrheit tut oft weh, egal, von wem man sie erfährt. Wichtig ist, damit umgehen zu können.«

Das war der Augenblick, wo Christopher nickte und alle anderen im Raum ihm beipflichten mussten. Auch Mick, der seine Freundin glücklich anblickte und sie auf den Mund küsste.

UNDERCOVER NO. 2: SEXFALLE

Endlich Urlaub! Terry McNeill stand an der Reling des gigantischen Luxusliners und atmete tief den frischen Wind ein. Schon lange war ihr sehnlichster Wunsch, auf einem Luxusschiff mitzufahren.

Nach der vielen Arbeit und der stressigen Zeit, die hinter ihr lagen, hatte sie sich den Urlaub redlich verdient. Wenn Terry an die Anfänge hier in Los Angeles zurückdachte, wie sie sich ihren Platz beim FBI erkämpfen und beweisen musste, dass sie eine gute Agentin ist, dann bekam sie jetzt noch Herzklopfen. Die Leute vom FBI waren ihr gegenüber sehr misstrauisch gewesen. Kein Wunder, denn Terry kam direkt aus London vom MI6. Obwohl dieser Geheimdienst bei den FBI-Leuten auch geschätzt wurde, so war sie trotzdem eine *englische* Agentin. Eine Agentin, die von einem anderen Kontinent kam. Mit zwei brisanten Einsätzen in Los Angeles hatte sie sich die Achtung der Mitarbeiter dann doch verdient und war nun voll integriert. Der Job gefiel ihr und sie genoss das vertraute Gefühl, gebraucht zu werden.

Nachdem sie zwei Jahre für das FBI gearbeitet und viele Überstunden geschoben hatte, trat sie nun endlich ihren lang ersehnten Urlaub an.

Mit geschlossenen Augen lehnte Terry an der Reling, ließ sich die Sonne ins Gesicht scheinen und den Wind in ihren

Haaren spielen. Sie schmeckte das Salz des Meeres auf den Lippen. Plötzlich hörte sie Schreie, die augenblicklich verstummten. Schnell blickte Terry sich um. Doch außer ein paar Passagieren, die sich zu so früher Stunde genauso verwirrt umguckten, wie sie, konnte Terry nichts erkennen. Wenigstens hatten die Sinne ihr keinen Streich gespielt. Langsam löste sie sich von ihrem Sonnen-Platz und schritt in die Richtung, aus der sie die Rufe vernommen hatte.

Vorsichtig öffnete Terry eine der Außentüren und spähte in einen langen Gang, der zu den Kabinen führte. Sie schob sich durch die Tür und griff automatisch an ihre Hüfte. Mist, sie hatte die Waffe auf dem Zimmer vergessen! Trotzdem würde sie sich weiter vorwagen.

Langsam schlich sie den Gang entlang und blickte in einen weiteren. Hinter ihr wurde eine Tür geöffnet. Mit Herzklopfen presste sie sich an eine Wand und wartete. Ein Passagier kam an ihr vorbei. Mit einem Nicken erwiderte Terry seinen Gruß, während sie sich entspannte. Darauf bedacht, möglichst unauffällig zu sein und keine Geräusche zu machen, schlich sie weiter. Plötzlich nahm Terry ein Wimmern wahr, das aus einem der hinteren Räume zu kommen schien. Leise tastete sie sich vorwärts, immer in Habtachtstellung, jemandem zu begegnen, der eine Waffe bei sich trug oder so aussah, als wollte er nicht entdeckt werden.

Als ihr erneut ein Reisegast entgegenkam, bemerkte Terry, dass sie sich in geduckter Haltung voranschob. Sofort entließ sie die Spannung aus ihrem Oberkörper und ging normal weiter. Die Frage, woher dieser Mann so plötzlich kam, drängte sich ihr auf. Als er nur noch ein kleines Stück von ihr entfernt war, stellte sie fest, wie gut er aussah. Groß, schlank, braune kurze Haare, gebräunte Haut, kräftige, aber nicht zu muskulöse

Oberarme unter einem Sakko-Oberteil und enge Blue-Jeans. Er lächelte ihr zu.

Terry spürte, wie ihr die Hitze ins Gesicht schoss und ihre Brustwarzen sich unter dem T-Shirt-Stoff aufstellten. Mit so einer Reaktion hatte sie nicht gerechnet. Sofort verdoppelte sich die Geschwindigkeit ihres Herzschlages. Ausgerechnet heute Morgen hatte sie nach dem schnellen Duschen keinen BH angezogen, denn eigentlich wollte sie nur den herrlichen Sonnenaufgang genießen.

Als er auf ihrer Höhe war, gefror das Lächeln, das sie ihm unbewusst schenkte, denn eine Beule unter seinem Sakko fiel ihrem gübten Blick auf. Nicht im Schritt, wo sie die Beule vermutet hätte, sondern an seiner Hüfte! Diese Art von Beule war ihr bekannt, da sie sie selber eine trug, wenn sie im Dienst war. Dieser Mann besaß also einen Revolver!

»Guten Morgen«, grüßte er.

»Guten Morgen«, sagte Terry so normal wie möglich.

Er musste ein Profi sein, denn er schien Terrys Sinneswandel sofort zu bemerken. Ehe sie weglaufen konnte, hatte er die Waffe aus dem Revers gerissen, Terry gepackt und vor sich gezogen. Jetzt hielt er ihr die Pistole von hinten an die Schläfe.

»So, Schätzchen, nun ganz langsam. Eine falsche Bewegung, und du hast ein kleines Loch im Kopf, was sich negativ auf dein Leben auswirken könnte.« Er stieß sie nach vorne.

Gehorsam und mit rasendem Herzen ging Terry los. »Was wollen Sie von mir?«

»Mund halten und weitergehen«, zischte er.

Krampfhaft überlegte Terry, was sie tun könnte, um diesem Mann zu entwischen.

In einiger Entfernung hörte sie, wie sich eine Tür öffnete und dann Stimmen wirr durcheinander redeten. Sofort griff der Mann nach Terrys linkem Arm, drehte ihn ihr auf den Rücken und drückte ihr den Revolver aufs Gesäß.

»Schön weitergehen und kein Wort, sonst wird's heiß am Popo«, raunte er in ihr Ohr.

Trotz der gefährlichen Situation, lief ihr ein warmer Schauer über den Rücken. Terry verstand sich nicht, denn sie schwebte in Lebensgefahr. Woran lag es, dass sie sich von ihren innersten Gefühlen, einem Verlangen und Sehnen, leiten ließ? Vielleicht, weil sie dem Entführer einfach nicht glaubte, dass er ihr wehtun würde?

Seine leise, dunkle Stimme an ihrem Ohr und der warme Hauch seines Atems ließen ihr Herz schneller schlagen. Ihre Brustwarzen schmerzten, so sehr hatten sie sich zusammengezogen. Terry kämpfte gegen ihre Empfindungen an und zwang sich, das Augenmerk wieder auf die Situation zu richten.

Als vier Passagiere den Gang entlangkamen und auf beide zusteuerten, presste der Mann Terry mit dem Rücken gegen die Wand und blickte ihr kurz in die Augen. Dann beugte er sich zu ihrem Hals und küsste ihn. Langsam ließ er seinen Mund über Terrys empfindlichen Hals gleiten, der Hauch seines Atems ließ eine Haarsträhne sanft fliegen und sensibilisierte ihre Haut noch mehr. Terry schloss die Augen und genoss das wohlige Gefühl. Sie erwartete, dass er ihrem Mund näher kam. Doch er war nicht mehr da. Sie öffnete die Augen und bemerkte seinen Blick. Ein leichtes Lächeln umspielte seine Mundwinkel. »Sie sind weg«, sagte er trocken.

Die Hitze schoss ihr ins Gesicht.

Er griff ihren Arm und schob sie vor sich her.

»Was haben Sie mit mir vor?«, wollte Terry wissen.

»Das wirst du schon sehen. Vorwärts.«

Sie eilten durch mehrere Gänge, ehe sie vor einer Kabine stehenblieben.

»Mach die Tür auf und geh rein«, befahl er.

Terry schluckte und öffnete sie vorsichtig. Es war der Wäscheraum. Das Personal saß gefesselt und geknebelt in einer Ecke, nur ihre Augen verrieten die Angst. Daneben standen diverse Passagiere, ebenfalls gefesselt und mit verbundenen Mündern. Sie wurden von drei bewaffneten Männern in Schach gehalten.

»Hey, Lewis, was soll'n die Schnecke, Mann?«, fragte einer der Geiselnehmer Terrys Entführer. »Ha'm genug Geiseln.«

Lewis stand hinter Terry, und sie spürte, wie sich die Beule seiner Hose an sie presste. Doch diesmal war es nicht die Waffe, denn die drückte er ihr gerade in die Taille.

»Sie hat uns aufgelauert«, entgegnete Lewis ruhig.

»Nein! Ich war ...«, setzte Terry an, doch einer der Kidnapper rief: »Halt's Maul, Lady! Komm her und stell dich hier hin. Eine mehr oder weniger is' auch egal.«

Lewis schob Terry vor sich her, nahm den Strick von einem der Männer entgegen.

»Was haben Sie mit uns vor?«, startete Terry noch einen Versuch.

»Sei endlich still«, zischte Lewis.

»Wollen Sie Geld? Wenn Sie Geld wollen, ich habe einiges ...«

»Halt's Maul, hab ich gesagt! Lewis, bring sie endlich zum Schweigen, Mann! Hau ihr meinetwegen eins übern Schädel, aber sie soll endlich aufhören zu Quatschen und dämliche Fragen zu stellen!«

Terry bemerkte, wie das Seil, mit dem Lewis ihre Hände zusammenband, zweimal wegrutschte. War er etwa nervös?

»Wieso dauert das so lange, Mann?«, schnauzte der eine Entführer.

»Sie hält nicht still«, sagte Lewis.

Der Entführer kam zu ihnen herüber und schlug Terry mit dem Griff der Pistole ins Gesicht. Es klatschte, und Terrys Kopf flog hart zur Seite. Vor Schmerz und Entsetzen schrie sie auf, während etwas Warmes sofort über ihre Wange lief. Schwer atmend und mit den Tränen ringend, zwang sich Terry, den Schmerz zu ignorieren.

»Spinnst du, Roy!«, fuhr Lewis den Entführer an. »Sie hat nichts getan! Das ist *meine* Geisel. *Ich* mache mit ihr, was *ich* will. Halt du deine Leute in Schach, damit hast du genug zu tun!«

Roy brummte etwas Unverständliches und spuckte auf den Boden. Lewis blickte Terry an und sie bemerkte, wie seine Brust sich hob und senkte, als wenn er geschlagen worden wäre. Terry spürte trotz der Schmerzen, wie Wärme durch ihren Unterleib floss. Schließlich packte er Terrys Arm.

Roy drehte sich blitzschnell herum. »Hey, was hast du vor, Mann?«

»Ich werde die Wunde behandeln«, sagte Lewis.

»Haste sie noch alle? Wie wär's, wenn du einen Krankenwagen und die Bullen rufst? Sie bleibt hier!«

»Das hast du nicht zu bestimmen, Roy.« Er nahm Terry am Arm und führte sie nach draußen.

»Lewis, hast du 'nen Knall, Mann? Wenn das der Boss mitkriegt, dann biste tot! Bleib hier, du Idiot!«

Doch Lewis hatte schon die Tür hinter sich zugeworfen und schritt mit Terry über den Flur. Niemand kam ihnen zu dieser frühen Stunde entgegen.

Dann erreichten sie eine öffentliche Toilette, wo Lewis sich für den Eingang der Männer entschied und Terry hineinschob. Er bedeutete ihr, sich auf einen kleinen Hocker, der neben dem noblen Waschbecken stand, zu setzen. Sie tat es und wartete mit pochender Wange ab. Er befeuchtete ein Handtuch und tupfte damit über ihre Platzwunde. Terry zuckte leicht zurück und verzog das Gesicht. Lewis zögerte und machte erst weiter, als Terry kurz nickte. Wärend er das Blut vorsichtig wegwischte, blickte sie ihm in die Augen.

»Tut mir leid«, sagte er in die Stille hinein und sah sie kurz an, ehe er weiterwischte. »Das ist nicht *meine* Art mit Menschen umzugehen.«

»Danke«, flüsterte Terry. »Aber, Sie müssen das nicht tun.«

»Reicht, wenn wir euch in Schach halten müssen. Wer nicht hört, träg die Folgen, Unschuldige allerdings zu schlagen, ist nicht mein Ding!«

»Aber Geiseln zu nehmen, schon?«

Er horchte auf, und nun war es an ihm, ihr fest in die Augen zu blicken. Terry hielt die Luft an. Hatte sie sich jetzt zu weit aus dem Fenster gelehnt und ihn verärgert?

»Nein«, sagte er tonlos, »aber wir bezwecken etwas und brauchen ein Druckmittel. Letztendlich wollen wir keiner der Geiseln Leid zufügen.«

»Verstehe. Aber was, in Gottes Namen, steckt denn hinter der Geiselnahme?«

Lewis zögerte. Sie merkte, wie sein Blick über ihre Brüste glitt. Er riss sich los und antwortete: »Das geht dich nichts an.«

»Lewis«, bewusst sprach sie ihn mit seinem Namen an, was auch in ihr eine gewisse Verbundenheit aufbaute, »ich werde es doch sowieso erfahren. Was wollen Sie und Ihre Leute?«

Nach kurzem Zögern sagte er schließlich. »Du bist ganz schön neugierig für eine kleine Passagierin.« Eine zeitlang sah er sie an und erzählte schließlich: »Der Bruder vom Boss sitzt in Los Angeles hinter Gittern. Wir wollen ihn freipressen.«

Die Farbe wich aus Terrys Gesicht. Sie musste sich zwingen,

keine zu professionellen Fragen zu stellen. »Und dazu nehmen Sie Geiseln auf einem Schiff? Warum nicht in Los Angeles City? Das hier ist doch viel zu kompliziert …«

»So, Schätzchen, ab jetzt gilt: keine weiteren Fragen! Um unser Pläuschchen abzukürzen: Auf einem Schiff wird es den Police Officern verdammt schwer gemacht, zu agieren. Ob nun LAPD oder FBI – völlig egal. Wir sind auf einem Schiff sicher! Außerdem ist die Öffentlichkeit zusätzlich involviert und wir können mehr Druck auf die Regierung ausüben. Sollte sie nicht reagieren, werden wir noch beliebig viele Geiseln nehmen. Wie du siehst: Komplikationen sind manchmal von Vorteil!«

Dumpf klopfte es in Terrys Brust. Es musste ihr etwas einfallen, um diesen Geiselnahme-Wahnsinn zu stoppen. Als erstes war es nötig, ihre Einheit zu verständigen. Ihr Handy lag auf dem Zimmer. Auch ihre Waffe war dort gut versteckt. Sie musste eine Möglichkeit finden, zu telefonieren …

»Hey, Schätzchen, nun guck doch nicht so geknickt. Es wird alles gut. Es hat mit dir und den anderen Geiseln nur im entfernten Sinne etwas zu tun. Ihr haltet einfach nur still und wartet. Wenn unsere Bedingungen erfüllt werden, dann seid ihr wieder frei.«

»Ich weiß. Aber …« Plötzlich fiel Terry ein, was sie tun konnte und änderte schlagartig ihre Mimik. Mutig sprang sie auf, drückte sie sich an ihn, wobei sie ihre Handlung mit der Aussage unterstrich: »Ich habe solche Angst!«

Terry merkte, wie er stockte und unsicher wurde. Sie hielt den Atem an und hörte ihr Herz schlagen. Lewis rührte sich nicht. Anscheinend hatte er genau die Probleme mit der Situation umzugehen, die Terry sich erhofft hatte. »Oh, bitte, Lewis, tun Sie mir nichts …«, schluchzte sie an seiner Schulter und klammerte sich an seinen Körper, wobei sie ihre Brüste fast unmerklich an ihm rieb.

Nach einer Weile reagierte er und strich ihr über den Rücken. »Hey, es wird alles gut, das verspreche ich. Ich werde nicht zulassen, dass dir oder den anderen Geiseln etwas passiert.«

Beide blickten sich eine Weile an. Terry stellte fest, dass sie ihn tatsächlich sehr attraktiv und anziehend fand, was ihr Körper anscheinend vor ihrem Gehin festgestellt hatte, denn ihr Herz hämmert in der Brust und Feuchtigkeit sammelte sich in ihrem Schritt. Automatisch glitt ihr Blick nach unten und nahm eine große Schwellung bei ihm wahr. Das ließ sie noch feuchter werden.

»Komm, ich bringe dich jetzt zurück, sonst werden die anderen misstrauisch«, sagte Lewis, als würde sie ihn kalt lassen und versuchte sie wegzudrücken, doch Terry hielt sich krampfhaft bei ihm fest. »Nein, Lewis, bitte …«

Terry schob sich von seiner Seite nach vorne und rieb sich an ihm, was ihr bei diesem attraktiven, starken Mann nicht einmal schwerfiel. Eine Weile ließ er es geschehen – genoss er es vielleicht? Dann drückte er sie abrupt von sich. »Lass das!«

Doch Terry ignorierte ihn und öffnete seine Sakkoknöpfe, um dann unter das T-Shirt zu fahren und seine Brustwarzen zu umkreisen. Er hatte bei ihrer Aktivität zugesehen, doch als sie seine empfindlichen Brustwarzen berührte, wurden sie hart, und er senkte schwerer atmend als sonst die Lider. Entschlossen schob Terry sein T-Shirt hoch und leckte darüber. Sie hörte seinen schweren Atem.

Plötzlich packte er Terry an den Haaren und bog ihren Kopf nach hinten. Erschrocken blickte sie ihn an. Doch sein Gesichtsausdruck enthielt keine Spur von Abscheu oder Rache an der Geisel, sondern eher nach Wollust und Gier.

»Warte«, sagte er dann, hielt sie aber weiterhin fest, während er mit der freien Hand nach seinem Funkgerät angelte und seinem Kumpan Roy mitteilte, dass er versuchen wollte nähere Informationen über die Schiffsbrücke in Erfahrung zu bringen, da die Geisel dort angeblich oft gewesen sei. Roy nahm es so hin und brummte nur.

Dann wandte Lewis sich wieder an Terry. Mit leicht geöffnetem Mund sah sie ihn von unten an. Sein Blick glitt über das T-Shirt, unter dem sich ihre Nippel unwillkürlich abzeichnen mussten, denn erstens trug sie ja keinen BH, und zweitens machte sie die Situation unglaublich an.

Lewis schob sie langsam vor sich her bis sie an eine Wand prallte. Schwer atmend stand sie vor ihm. Seine Hände glitten über den Stoff ihres T-Shirts, und Terry spürte, wie die Brustwarzen sich seinen sanften Fingern entgegenreckten. Immer wieder fuhren die Hände darüber und rieben an den steifen Nippeln, so dass in Terry ein Sehnen ausgelöst wurde, das beinahe schmerzhaft war. Es zog in ihrem Schoß und die Feuchtigkeit nahm stetig zu. Seine Hände hatten noch immer nicht die Nippel in der Mangel, sondern quälten sie nur, indem er leicht darüberstrich. Dann drückte er zu! Terry entfuhr ein Schrei, der in einen Seufzer überging. Ohne Umschweife zog er ihr das T-Shirt über den Kopf und betrachtete ihre nackten Brüste, die vor Lust angeschwollen waren.

Seine Lippen saugten sofort an den steifen Brustwarzen. Schon so lange hatte Terry diese Berührung herbeigesehnt, dass sie jetzt aufstöhnte und sich an ihm festhielt. Er ging nicht gerade liebevoll mit ihr um, aber tat ihr auch nicht weh, sodass sich eine bisher ungekannte Geilheit in Terry ausbreitete. Sie wollte diesen Kerl, der es so draufhatte, eine Frau scharf zu machen.

Dann fasste er ihr plötzlich in den Schritt. In Terry hörte

alles auf zu arbeiten: Ihr Herzschlag, ihr pulsierendes Blut und ihre Atmung. Lewis kniete sich zwischen ihre Beine, schob das Höschen zur Seite und schob einen Finger in den Schlitz. Das war der Augenblick, wo alles wiederkam – in dreifacher Ausführung! Ihr Herz raste, das Blut rauschte, und die Atmung pumpte.

»Oh, Gott«, stöhnte Terry.

Als sie zu Lewis blickte, lächelte dieser wissend auf sie herab. Terry war so in das Spiel gefangen, dass jegliche Gedanken für ihre eigentliche Aufgabe in weiter Ferne lagen.

Während er einen Finger permanent in sie stieß und wieder herauszog, klammerte sich Terry schwer atmend an seine muskulösen Oberarme. Als er einen weiteren Finger, und schließlich noch einen, tief in Terry hineintrieb, konnte sie sich nicht mehr auf den Beinen halten und schwankte gegen ihn. Er hielt sie fest, während er ihr mit leichtem Druck zu verstehen gab, dass sie sich auf den Vorleger ausbreiten sollte.

Plötzlich wurde Terry mit Schrecken bewusst, was sie hier tat. Sie ließ sich von einem ihr völlig fremden Mann an der nackten Muschi rumspielen und, wenn er so weitermachte, zum Höhepunkt bringen. Ausgerechnet von einem Mann, der sie mit der Waffe bedroht hatte! Ein Gangster, ein Verbrecher, eine Sorte Mann, die sie normalerweise jagte und mit einem Lächeln auf den Lippen hinter Gitter brachte.

»Hey, Baby, alles okay?«, fragte Lewis und sah sie mit seinen lüsternen, braunen Augen an.

Für einen Moment wollte Terry ihn wegschubsen, anschreien, mit seiner eigenen Waffe überwältigen. Doch als er seine Finger wieder in ihre nasse Höhle schob, erfüllte geballte Lust ihr Innerstes und ein ungeheures Gefühl der Geilheit, sodass sie die Augen schloss und die Beine noch weiter für ihn spreizte.

Er legte sich auf sie. Sofort umfing sie ihn stöhnend. Zwar waren ihre Sinne trotz der leidenschaftlichen Spiele geschärft, denn sie spürte seinen Revolver an ihrem rechten Oberschenkel – sein Schwanz presste sich an ihr anderes Bein – doch Lewis Fingerfertigkeit ließ sie machtlos dahinschmelzen. Den Kopf hin- und herwerfend, hielt sie sich stöhnend an seinen starken Armen fest.

»Ja, Baby, so krieg ich dich«, raunte er und stieß seine Finger immer schneller in sie.

Terrys Körper war im Sinnesrausch, und der Orgasmus stand ihr kurz bevor. Es war ihr kaum mehr möglich, sich zu beherrschen. Aber ihr Verstand trug letztendlich den Sieg davon, als sie an die anderen Geiseln dachte! Blitzschnell griff sie ihm unter die Jacke, zog seine Waffe und richtete sie auf seine Stirn.

»Verdammt, was machst du?«, fuhr Lewis sie an.

»Hände hoch«, sagte Terry schwer atmend mit pochender Wange.

Lewis, der augenblicklich reagierte und die Finger von ihr ließ, hielt in der Bewegung inne.

»Nimm die Hände hoch, hab ich gesagt!«

Eine Weile studierte Lewis sie, schob dann allerdings seine Finger wieder zwischen ihre noch immer gespreizten Beine.

»Nimm sie da raus! Und: Hände hoch!«

Er machte weiter und blickte ihr in die Scham.

»Hast du nicht gehört«, keuchte Terry.

»Doch hab ich. Aber es macht mich geil, dich geil zu sehen. Deswegen folge ich meinem Trieb.«

»Hör auf, Lewis! Ich schieße sonst!«

»Dann schieß, Baby. Ich kann mir keinen schöneren Tod als den beim Sex vorstellen.« Er rieb nun ihre Klitoris.

Die Waffenhand Terrys zitterte. Lewis bereitete ihr solch eine Lust, dass sie es kaum aushielt. Schwer atmend, versuchte sie, den Revolver auf ihn gerichtet zu lassen und musste sich nun entscheiden, was sie wollte: ihrer eigenen Lust nachgeben oder die Welt retten?

Terry schoss in die Luft. Sofort hörte Lewis auf. Beide blickten nach oben. Das Profil steckte in der Decke.

»Bist du irre?«, fragte Lewis geschockt. »Das hätte durch die Decke gehen und einen Menschen töten können!«

Terry richtete die Waffe wieder auf ihn. »Nimm die Finger von mir! Los, mach schon!«

»Du meinst es ernst!« Er nahm die Hände hoch. »Und, was hast du vor? Willst du mich umbringen?«

»Nein. Ich brauche nur etwas.« Sie schloss die Beine und richtete sich auf.

Lewis setzte eine arrogante Mine auf und fragte fast etwas genvert: »Das da wäre?«

»Dein Handy.«

»Aha. Na dann: Hol es dir!«

»Du glaubst wohl, ich mache Witze, was?!« Sie zielte mit der Waffe auf sein Bein.

Eine Weile blickten sich beide in die Augen. Als Terrys Finger am Abzug zuckte, lenkte Lewis ein. »Okay, ich gebe es dir. Hier!«

Terry nahm das Handy entgegen, klappte es auf und tippte mit dem Daumen eine Nummer ein, während sie die Waffe noch immer auf Lewis gerichtet hielt.

»Hi, hier ist Terry … Ja, danke, sehr schön. Ich habe da allerdings ein Problem: Wir haben Geiselnehmer auf diesem Schiff. Der Drahtzieher will seinen Bruder mit den Geiseln freipressen. Soweit ich bisher zählen konnte, sind es fünf inklusive Boss. Geiseln sind neun im Wäscheraum inklusive der beiden Angestellten. Was oben auf der Brücke beim Kapitän los ist, weiß ich nicht.« Kurz blickte Terry zu Lewis.

Dieser guckte sie reglos an, was Terry Herzklopfen verursachte. Sofort konzentrierte sie sich wieder auf ihr Telefonat. »Wir sind drei Stunden vor der Kalifornischen Küste … Ja, Los Angeles … Einen Revolver, Magazin voll … Hm, okay … Gut, hab verstanden …«

In diesem Moment wurde die Toilettentür eingetreten. Lewis warf sich zurück, Terry zur Seite. Ihr Revolver war im Anschlag und zielte auf die Tür. Zwei Waffen richteten sich auf sie.

»Hey, hey, hey, was ham' wir denn hier! Ein nacktes Kätzchen, das versucht, mit der Knarre zu spielen. Welch hübscher Anblick«, raunte Roy.

Gegen zwei Waffen hatte Terry keine Chance. Blitzschnell schwenkte sie herum, warf sich, nur mit dem Rock bekleidet, auf Lewis und drückte ihm die Pistole in den Nacken. Lewis stöhnte auf.

»Diesen Mann werde ich als Geisel nehmen. Lassen Sie mich vorbei! Wenn nicht, dann werde ich ihm eine Kugel in den Schädel jagen.«

»Oh, Mann, mir schlottern richtig die Knie!« Roy lachte und fuhr dann mit ernster Miene fort: »Mach doch, Puppe, is' mir egal. Der Typ war sowieso keine große Hilfe. Los, blas ihm die Birne weg!«

Mist, dachte Terry. Sie hatte nicht damit gerechnet, dass Lewis einen so geringen Stellenwert besaß, und seine Leute ihn so bereitwillig opfern würden.

»Los, Puppe, leg die Waffe hin – augenblicklich! Von mir aus mach den Schwachkopf vorher noch kalt.«

Terry hatte keine Wahl. Vorsichtig legte sie den Revolver

hin und nahm die Hände hinter den Kopf. Lewis warf ihr einen Blick zu, den sie nicht deuten konnte, da sie ihm auch gleich auswich. Sofort kamen beide Geiselnehmer angelaufen. Der eine nahm die Pistole auf und der andere, Roy, befingerte ihre nackten Brüste. Die Brustwarzen stellten sich auf und wurden hart. Innerlich schimpfte Terry auf ihren Körper. Sie versuchte, an etwas Unerotisches zu denken. Aber es hatte keinen Sinn. Ihr Körper gehorchte nicht ihr, sondern den kundigen Fingern, die ihn berührten.

»Hey, haste mit ihr gevögelt, Bruder?«, fragte Roy und der zweite Mann kicherte. Ein Blick von Lewis brachte ihn sofort zum Schweigen. »Hört auf, lasst sie in Ruhe. Denkt an die Menschenwürde.«

»Menschenwürde?« Roy bekam einen Lachanfall. Als er sich beruhigt hatte, sagte er: »Wir nehm' Geiseln, werden sie am Ende sowieso über den Haufen knall'n und du quatscht von Menschenwürde …« Er fing wieder an zu lachen.

Lewis wirkte genervt. »Hör schon auf und lass sie wenigstens etwas anziehen.«

»Halt! Nich so schnell, Mann! Ich dachte, du wollst' sie ausquetschen. Und, was is' raus gekomm'?«

Lewis blickte ihn ohne Antwort an.

»Aha, verstehe. Du wolltst' die Kleine nur'n bisschen vögeln. Dann lag ich ja nich' so verkehrt. Und, wie is' sie? Ach, sag' nix. Ich werd' mir selber'n Bild machen.« Damit fasste Roy Terry in den Schritt unter den Rock. »Du meine Güte! Die Puppe hat ja nich mal 'n Höschen an. Na, die is' vielleicht scharf! Komm her!« Damit zog Roy Terry näher zu sich heran, während er an seiner Hose fummelte.

Terry wich erschrocken einen Schritt zurück und prallte gegen Lewis. Sofort durchfloss sie ein Gefühl der Lust, aber auch der Sicherheit. Wie konnte sie Sicherheit fühlen, wo er doch genauso ein Gangster war, wie die anderen beiden? Sie verstand sich nicht.

»Hey, Puppe, ich sagte, du sollst hierher komm' und nich zurückgeh'n. Los, zier dich nicht so!« Roy riss sie zu sich.

»Nein!«, schrie Terry und verpasste ihm einen Fausthieb ins Gesicht.

Roy taumelte gegen einen Handtuchhalter und hielt sich die Wange. Als er aufblickte, verriet sein Blick nichts Gutes.

»So was mag ich absolut nich! Wenn ich sage, ich will dich vögeln, dann kommst du gefälligst her …«

»Roy! Lass sie in Ruhe! Es war nicht geplant, Geiseln zu vergewaltigen.«

»Ach, aber du darfst die Kleine nehmen, was?! Wer bist du denn, dass du's einfach so kannst, he?«

»Wir haben nicht gevögelt.«

Roy ließ wieder eine Lachsalve hören. »Klar, die Frau steht nackt mit geröteten Wangen vor mir, aber ihr habt nix getan. Was habt ihr sonst getrieben, Mann? Strip-Poker gespielt?«

»Mach deinen Job und lass die Frau in Ruhe. Ich bin dir keine Rechenschaft schuldig!«

Roy ging mit gezogener Waffe auf Lewis zu und presste sie ihm gegen die Brust. »Pass ma' auf, Hosenscheißer …«

»Was ist hier los?«, donnerte eine tiefe Stimme durch den Raum.

Sofort zuckte Roy zurück und nahm Haltung an. »Wir, also Lewis, er hat … wir sind, also, die Puppe … – Scheiße, Mann …«

»Wie wär's mit einem anständigen Satz, du Trottel! Und du sollst keine Namen nennen, verdammt! Was ist mit der Frau? Wieso hat sie nichts an? Habt ihr sie …«

Lewis übernahm die Erklärung: »Nein, haben wir nicht. Sie ist nur etwas aus der Reihe getanzt. Das ist alles.«

»Aha, na toll. Dann bindet sie fest, wenn ihr sie nicht in Schach halten könnt. Und zieht ihr verdammt noch mal etwas über. Wir sind doch keine Strauchdiebe! So, und du«, der Boss zeigte auf Roy, »kommst mit, ich brauche dich.« Dann drehte er sich zu Lewis um. »Du kommst ja wohl mit dem Weib klar, oder?«

Lewis nickte. »Sicher.«

»Idiot«, zischte Roy und ging mit dem Boss nach draußen.

Terry atmete erleichtert auf. Lewis nahm das T-Shirt und warf es ihr zu. »Los, zieh das an.«

»Warum hast du nichts gesagt?«, fragte Terry.

»Was gesagt?«

»Dass ich telefoniert habe.«

»Weil ich dachte, da wäre deine Großmutter dran gewesen, und sie braucht noch ein bisschen Futter für ihren nächsten Kriminalroman.«

»Wie bitte? Das verstehe ich nicht ...«

»Los, geh schon raus.«

»Bist du ein Police-Officer?«

»Nein, nicht mehr. War ich mal.«

Terry schüttelte verständnislos den Kopf. Er hielt sie am Arm zurück. »Bevor du dir dein hübsches Köpfchen zerbrichst und dir falsche Hoffnungen machst: Hätte ich gesagt, dass du bei den Bullen angerufen hast, dann hätten sie mir eine Kugel in den Kopf gejagt. Und wer sollte dann auf dich aufpassen? Roy? Der Anruf ist getan. Die Bullen werden kommen und wir können nichts tun. Sollten wir vielleicht alle ins Meer springen und Richtung Hawaii davonschwimmen?«

Terry musste bei der Vorstellung unwillkürlich lächeln.

»Du bist die Gute und ich der Böse. So wird es auch bleiben. Ich werde mich nicht mehr ändern.«

»Vielleicht, wenn …«

»Nein! Pass auf, Süße, ich verdiene gutes Geld, und ich versuche möglichst wenig Schaden anzurichten. So ist mein Leben. Und was ich gar nicht gebrauchen kann, ist jemand, der in meinem Leben herumpfuscht. So, und nun geh los.«

»Diesmal wirst du nicht nach Hause gehen können. Es sei denn, du schwimmst wirklich nach Hawaii.«

»Wir werden ja sehen …«

***

Terry saß auf dem Boden der Wäschekammer, während Lewis ihr die Hände auf dem Rücken mit einem Seil zusammenband. Er war ruhig und tat seinen Job. Mehr schien es für ihn nicht zu sein. Terry hatte schon viele Gangster in ihrem Leben gesehen. Die meisten hingen mit ihrem Herzblut an diesem Mist-Job und hätten alles dafür getan.

Als Lewis fertig war, blickte er sie einen Augenblick an, etwas zu lange für Terrys Geschmack, und riss sich dann los. Ihr wurde warm ums Herz. Warum hatte dieser Mann es ihr so angetan? Das war doch überhaupt nicht ihre Art. Noch nie hatte sie Gefühle für einen Mann der Gegenseite entwickelt, und bisher hätte sie sich das auch nicht vorstellen können. Doch es musste noch etwas anderes sein, was sie so handeln und fühlen ließ. Vielleicht trug er doch noch einen Rest guten Anstandes in sich … Wenn Terry an ihrer beider Annäherung dachte, dann wurde ihr heiß und kalt.

Als sie zu ihm hinüberblickte, bemerkte Terry, dass Lewis sie beobachtete. Sofort beschleunigte sich ihr Herzschlag. Dachte er vielleicht an dieselbe Situation wie sie gerade? Warum hatte sie bloß nicht weitergemacht? Das FBI hätte sie immer noch anrufen können, aber einen Mann, der sie so unanständig berührte und ihr Innerstes nachhaltig aufwühlte, das war etwas Besonderes.

Roy meldete sich hektisch über Lewis Funkgerät. »Jeremy ist tot.«

»Was? Wie konnte passieren?«, fragte Lewis mit echtem Entsetzen.

Roy zögerte kurz, bevor er antwortete. »Ein bewaffneter Matrose kam durch'n Seiteneingang und hat Jeremy abgestochen. Hat nich lange gelebt. Tut mir echt leid, Mann.«

Lewis starrte auf den Boden, kniff die Lippen zusammen und versuchte zu begreifen, was er soeben gehört hatte. »Schon okay«, sagte er gepresst, »habt ihr wieder alles unter Kontrolle?«

»Ja. Aber der Boss will, dass du mit'n Geiseln raufkommst, damit wir nich zwei Orte gleichzeitig bewachen müssen.«

»Wie stellt er sich das vor? Soll ich mit gezückter Waffe und den Geiseln durch die anderen Passagiere spazieren? Mit Sicherheit wird Panik ausbrechen!«

»Kann ja mal'n Boss anhau'n.«

Lewis seufzte: »Ich bitte darum.« Er wartete und blickte kurz zu den Geiseln hinüber. Sein Blick blieb an Terry hängen.

Roy meldete sich zurück. »Er will, dass andere Passagiere es mitbekomm'. Auch die Presse soll's jetzt wissen – das is vorgeseh'n.«

Lewis schüttelte den Kopf und murmelte: »Das hätte man auch wirklich geschickter lösen können«, und ins Funkgerät: »Alles klar, ich komme rauf.« Lewis wandte sich an die Geiseln. »So Leute, ihr habt es gehört. Steht auf. Wir gehen gemeinsam auf die Brücke zur Kommandozentrale, und ich möchte, dass ihr zusammenbleibt. Wer nicht folgt, bekommt eine Kugel in den Hinterkopf. Das war die Verwarnung, es folgt keine mehr

– nur noch meine Ausführung. Los jetzt. Ihr beiden auch.« Lewis zeigte auf die Angestellten der Wäscherei.

Die Geiseln rappelten sich stöhnend auf und gingen einer nach der anderen im Gänsemarsch aus dem Raum.

»Was haben Sie mit uns vor?«, fragte eine Frau ängstlich.

»Mund halten und weiter gehen. Wenn ihr tut, was ich sage, passiert keinem etwas«, sagte Lewis und verfolgte, wie die Geiseln den Raum verließen.

Als Terry durch die Türöffnung gehen wollte, verstellte Lewis ihr den Weg, sodass sie mit ihren Brüsten gegen ihn prallte. Erschrocken blickte sie ihn an.

»Nicht so schnell«, flüsterte er. »Zuerst möchte ich noch zu Ende führen, was ich angefangen habe.«

»Aber …«

»Hey, Pete, geht' schon mal los, ich komme gleich hinterher. Hab noch eine Kleinigkeit zu erledigen.«

»Okay.«

»Schafft ihr beiden es, die Geiseln in Schach zu halten?«

»Klar, kein Problem, sind ja keine Anfänger mehr.« Damit schlug Pete dem anderen Geiselnehmer auf die Schulter. Dieser nickte.

»Wunderbar.« Lewis rollte genervt mit den Augen.

Terry schlug das Herz bis zum Hals, als er die Tür leise drückte und abschloss. Langsam drehte er sich um und blickte ihr in die Augen. »Na, schon mal in der Wäschekammer Sex gehabt?«

»Du willst es hier mit mir treiben?«, fragte Terry verunsichert.

»Sieht wohl so aus.«

»Willst du mich zwingen?«

Lewis kam dicht zu ihr, legte seine Hände auf ihre Schultern und fuhr langsam an ihren Armen nach unten zu den

Fesseln. Seine Hände legten sich um ihre Handgelenke, und ihr Busen drückte sich an seine starke Brust. Ihre Gesichter waren sich nahe.

Er flüsterte: »Ich glaube, das muss ich gar nicht, oder?«

Seine Lippen waren so dicht bei ihren, dass sie seine Wärme spürte und seinen männlichen Duft wahrnahm. Auch wenn sie ständig an die Situation im Waschraum denken musste, so hatte Terry sich vorgenommen, es nicht noch einmal so weit kommen zu lassen. Wie konnte sie sich einem Mann hingeben, der andere Menschen bedrohte und wenn es nötig war, sogar tötete!

Und dennoch war sie momentan nicht in der Lage, sich seinem Verlangen zu widersetzen. Terry legte den Kopf in den Nacken. Sofort spürte sie seinen Mund auf ihrem Hals. Die Berührung war genau das, was sie jetzt brauchte. Lüstern drückte sie sich an ihn.

»Na, bitte«, bestätigte er ihre Lust und knetete ihre Brüste. Darauf war sich nicht gefasst und stöhnte laut. Sofort schloss er ihren Mund mit einem tiefen Zungenkuss, während seine Daumen und Zeigefinger ihre Brustwarzen drückten und zwirbelten. Terry atmete schwer und wich unter diesem Lustansturm zurück, bis sie an eine Wand stieß. Ihre Hände, immer noch gefesselt, stützten ihren Körper ab.

Lewis verstärkte den Druck auf ihre steifen Nippel und zog an ihnen. Das war eine neue Erfahrung für Terry, und sie keuchte in seinen Mund. Als er sich mit dem Körper an sie presste, spürte sie seinen harten Schwanz in der Hose. Sofort schoss eine heiße Welle auf ihren Unterleib zu und machte sie noch verlangender. Als sie sich vorstellte, wie dieser harte Penis sich einfach in sie reinschob, biss sie ihm vor Lust in die Schulter.

»Au!«, rief er. »Was tust du da?«

»Dich fressen! Du machst mich einfach unglaublich geil.«

Er rieb sich die Schulter. »Das merke ich.« Er drehte ihren Körper, um die Stricke zu lösen.

»Nein, warte«, hielt Terry ihn zurück. »Ich finde es gar nicht schlecht so …«

Lewis drehte sie wieder zurück und blickte in ihre Augen, dann lächelte er. »So, so … verstehe! Kleines, geiles Luder!«

Terry lächelte zurück. Dann ließ sie ihren Blick auf seine Hose gleiten. »Und, willst du mich mal probieren lassen? Vielleicht bringt mein Mund dich ja um den Verstand.«

Lewis hob die Augenbrauen. »Damit du fliehen kannst?«

»Vielleicht!« Terry lächelte.

Mit laszivem Blick zog Lewis die Hose hinunter und ließ einen prächtigen Schwanz hervorschnellen. Rot und glühend stand die Spitze vor ihr.

Terry flüsterte: »Komm näher.« Sie drehte sich zur Seite und stützte sich auf einen Berg frisch gewaschener Bettwäsche, während sie sinnlich ihren Mund öffnete. Lewis schob ihr sein Becken entgegen und ließ seinen steifen Schwanz in ihren Mund gleiten. Rhythmisch bewegte er das Becken vor und zurück. Unterdessen hielt er ihr Gesicht in beiden Händen und seufzte tief.

Sein Schwanz war hart und geil – begierig, ihren Mund auszufüllen. Flink umkreiste Terrys Zunge die samtene Spitze und flatterte über das kleine Loch in der Mitte. Lewis stöhnte.

Dann schob Terry sich seinen Schwanz tief in den Rachen. Immer wieder stieß sie dort hinten an, war kurz davor, ihn noch tiefer zu drücken. Währenddessen zog sich Lewis aus ihrem Mund zurück, um schnellstmöglich wieder reinzukommen. Er nahm die Hände von ihrem Gesicht, legte eine Hand auf ihre

Schulter und mit der anderen griff er in ihre Haare, zog je nach Begierde ihren Kopf schneller oder langsamer zu sich heran.

Terry hatte seinen geilen Schwanz nun voll im Griff und lutschte, saugte und massierte ihn, wie sie wollte. Als sein Atem immer schneller ging, wollte sie ihn aus ihrem Mund entlassen, doch Lewis war nicht mehr in der Lage, diese Züchtigung zu beenden. Breitbeinig stellte er sich vor sie, schob ihr sein Becken dicht vors Gesicht und zog ihren Kopf so schnell er konnte an sich heran. Er holte sich, was er brauchte und explodierte kurz darauf in ihrem Mund.

Terry nahm seinen heißen Saft in sich auf und saugte noch weiter an seinem Schwanz, was Lewis erneut aufjaulen ließ. Schließlich zog er sich aus ihr zurück und legte mit geschlossenen Augen den Kopf in den Nacken. Dann blickte er sie an und sagte: »Du hast es echt drauf, Süße!«

Lewis sammelte sich erst, bevor er sagte: »Ich vermute, du weißt, was dir jetzt blüht …«

Für einen Moment war Terry erschrocken und wusste nicht, ob er den Sex meinte oder ihr Leben.

Das Funkgerät unterbrach ihrer beider Gedanken. »Lewis? Was is'n los, Mann! Wo bist'n?«, schnarrte Roy.

»Verdammter Mist!«, fluchte Lewis. »Alles in Ordnung. Bin gleich oben.«

»Na schön«, knurrte Roy.

»Tja, Süße, du hast es gehört. Wir haben wohl keine Chance auf Runde Nummer zwei.« Er zog seine Hose hoch und ging zu ihr. »Komm.«

Erleichtert, dass er es nicht auf ihr Leben abgesehen hatte und enttäuscht, dass ihre innere, aufgewühlte Lust nicht befriedigt worden war, nickte Terry. Lewis half ihr hoch und löste die Fesseln.

»Warum tust du das?«, wollte Terry wissen.

»Ich möchte kein Aufsehen erregen«, brummte er und führte sie am Arm nach draußen auf den Gang.

»Und, wo bringst du mich hin?«

Er blickte stur geradeaus. »Zu den anderen auf die Kommandobrücke.«

»Zu den anderen? Bin ich denn nach wie vor eine Geisel?«

»Sieht wohl so aus.«

»Aber Lewis, wir haben …«

»Bitte …«, unterbrach er sie und stockte.

Sie schaltete sofort: »Terry!«

Lewis nickte kurz und sagte: »Ich habe keine andere Wahl, Terry. Ich kann dich nicht freilassen. Zumal ich weiß, dass du ein Officer bist oder irgendetwas in der Richtung. Mit deinem Telefonat hast du uns schon genug geschadet.«

»Wir könnten uns zusammen verstecken. Wenn ich dem FBI beteuere …«

»Vom FBI bist du also!« Sein Blick durchbohrte sie.

Doch es war ihr unmöglich zu deuten, was er dachte. Darum fuhr sie fort: »… wenn ich dem FBI beteuere, dass du nichts damit zu tun hast, mir sogar geholfen …«

»Terry!« Lewis blieb stehen, zog sie am Arm zu sich herum und hielt sie so stark fest, dass sie ihn ansehen musste. Gepresst sagte er: »Ich kämpfe für eine gute Sache, da bin ich mir sicher, aber am Ende bin ich dann doch nur einer der Schurken, weil ich Menschen für meine Sache sterben lassen würde. Und weißt du was, Terry, ich stehe dazu! Das ist mein Job, das ist mein Leben.«

»Wie ist das möglich? Du warst mal auf unserer Seite! Es kann doch nicht alles Gute in dir verschwunden sein!«

»Es ist ja noch etwas Gutes geblieben, wie du vorhin gemerkt hast.« Er lächelte und wurde sofort wieder ernst. »Aber letztendlich habe ich mich für *dieses* Leben entschieden.«

»Es ist noch nicht zu spät, wenn du …«

»Nein, Schluss damit! Ich habe meine Entscheidung getroffen. Und jetzt komm!«

Sie nickte stumm und ging weiter. Ein älteres Ehepaar kam ihnen entgegen. Dahinter ein junger, gut aussehender Mann. Terry überlegte, ob sie sich losreißen und ihn bitten sollte, ihr zu helfen. Anscheinend hatte sich ihr Körper gespannt, denn Lewis verstärkte auf einmal den Druck an ihrem Arm so immens, dass Terry fast vor Schmerz aufjaulte. Sie blieb still, die Chance verstrich, und sie schalt sich im Stillen. Erst nach einer schier unendlich langen Zeit, ließ Lewis locker und flüsterte: »Nicht noch einmal!«

Terry schluckte und ging schweigend weiter.

Um zur Kommandobrücke zu gelangen, mussten sie eine Außentür passieren und ein Stück auf dem Außendeck laufen. Hier hielten sich einige der Passagiere auf. Sie schlenderten herum, sonnten sich auf den Liegen oder standen an der Reling und blickten aufs Meer, um den Sonnenaufgang zu genießen.

Diesen Augenblick nutzte Terry! Sie riss sich von Lewis los und rannte durch die Menschen. Geschickt schlängelte sie sich hier und da vorbei, wagte aber nicht zurückzublicken. Sie wusste, Lewis war hinter ihr her, denn ein paar Mal hatte er ihren Namen gerufen und Leuten zugebrüllt, sie mögen Terry aufhalten. Doch ehe die Leute verstanden hatten, wen Lewis meinte, war sie längst an den Passagieren vorbeigesprintet.

Im Laufen blickte Terry auf die Uhr. Es waren seit der Geiselnahme zwei Stunden vergangen. Normalerweise ging der Rettungseinsatz der Marines schnell über die Bühne. Doch sie durfte nicht ungeduldig sein, zumal das Schiff einige Kilometer von der Kalifornischen Küste entfernt war und erst geortet werden musste. Terry war natürlich nicht in der Lage, Koordinaten durchzugeben. Vielleicht wusste Joseph Crowley nicht, auf welchem Schiff Terry fuhr und es gab keine Chance, sie ausfindig zu machen …

Terry musste an ein Handy kommen, so schnell wie möglich! Außerdem wäre es sinnvoll, sich zur Brücke durchzuschlagen, um zu sehen, wie viele Geiselnehmer sich überhaupt dort befanden. Auch, ob noch mehr Geiseln genommen worden waren.

Aber zunächst musste Terry sich irgendwo informieren, auf welchem Deck die Kommandobrücke überhaupt lag. Sie riss eine Tür auf und rannte hinein. Schnell atmend blieb sie stehen und blickte sich um. Kein Steward weit und breit, nur Passagiere. Da, hinter ihr wurde die Tür aufgerissen und Lewis erschien. Terry erschrak, obwohl sie mit ihm gerechnet hatte.

»Terry, bleib stehen!«

Sie lief wieder los, öffnete eine Seitentür und rannte weiter. Plötzlich befand sie sich in einem Theater. Der riesige Raum war in ein spärliches, dunkles Blau getaucht. Er war so gigantisch, dass Terry für einen kurzen Augenblick staunend stehenblieb, um die roten Sitzreihen und den Bühnenvorhang, in gleicher Farbe, mit leicht geöffnetem Mund zu betrachten. Schließlich besann sie sich und lief zu den Sitzreihen, wo sie schnaufend in die Hocke ging. Wenn doch bloß jemand hier wäre, den sie nach der Kommandobrücke hätte fragen können! Leise und geduckt schlich sie die Sitze entlang. Bisher hatte sie noch keine Tür gehört. Ihre Neugierde siegte über den Verstand, und so blickte sie vorsichtig hinter ihrer Reihe hervor. Niemand war zu sehen. Es schien, als hätte sie Lewis abgehängt. Erleichtert ließ Terry sich zurücksinken und dachte erneut nach, wie sie an die Information vom Deck, wo sich die Brücke befand, herankommen könnte. Dann fiel ihr ein, dass sich auf jeder Etage Deckpläne befanden und zwar an der Mitteltreppe. Einerseits ärgerte sie sich, dass ihr das nicht früher eingefallen war, andererseits war sie erleichtert über diesen Geistesblitz. Sie rappelte sich hoch und schrie auf. Jemand beugte sich über Terry.

»Na, Süße, gemütliches Plätzchen!« Lewis blickte auf sie hinunter.

Ihr Herz raste.

»Los, steh auf.« Sein Revolver war auf sie gerichtet.

»Was hast du vor?«

»Beenden, was ich nicht geschafft habe.«

»Mich erschießen?«, fragte Terry geschockt.

Lewis lachte und steckte den Revolver in seinen Hosenbund. »Ich kann doch nicht eine Frau erschießen, mit der ich sensationellen Sex haben kann.«

Terrys Herz hatte sich gerade beruhigt, um erneut laut zu schlagen. Die Vorstellung, dass er es hier mit ihr treiben würde, war sehr verlockend. Wenn sie an seinen harten, steifen Schwanz dachte und wie sie ihn zum Stöhnen gebracht hatte …

Augenblicklich knöpfte Terry sich die Bluse auf.

Lewis guckte irritiert. »Du willst es hier machen?«

»Du nicht? Ich dachte, du wolltest …«

Er lachte. »Nein. Aber es ist eine fabelhafte Idee!«

Langsam zog Terry sich aus, ließ ihre Brüste im blauen Licht schimmern. Den Rock ließ sie an. Provokativ beugte sie sich nach vorne, so dass ihr Rock den Po nicht mehr bedecken konnte. Lewis starrte ihr Hinterteil an.

Endlich besaß Terry wieder die Oberhand und fühlte sich gut damit, da es ihr die Sicherheit zurückgab, die sie brauchte. Doch lange währte dieser Gemütszustand nicht, denn Lewis kam auf sie zu, packte sie am Arm, riss sie zu sich herum, griff ihr unter die Arme und hob sie zwischen zwei Sitzreihen hoch. »Mach die Beine breit.«

Terry klammerte sich an ihn und gehorchte mit laut pochendem Herzen. Nun saß sie breitbeinig zwischen zwei Reihen. Lewis hob ihren Rock an und hatte nun vollen Einblick auf ihre nackte, gespreizte Scham. Er ging in die Hocke und griff mit beiden Armen von unten um ihre Oberschenkel, so dass seine Hände sich auf ihren Po legten. Dann leckte seine Zunge durch ihre Spalte.

»Oh mein Gott«, seufzte Terry.

Er glitt mit der Zunge hin und her, flatterte über den kleinen Knopf in der Mitte, drückte sich tief in ihre Muschi und fuhr zur Klitoris. Dort hielt er sich einige Zeit auf und umkreiste die empfindliche Perle immer wieder. Terry klammerte sich krampfhaft an den Sitzreihen fest und keuchte. Gerne hätte sie ihre Position verändert, um ihm nicht den vollen Einblick in ihre Grotte zu gewähren, doch eine Bewegung in die falsche Richtung und sie wäre hinuntergefallen. Terry hatte keine Wahl, sie musste ihn gewähren und mit ihrer Spalte spielen lassen, wie er wollte.

»Du bist nass, Baby«, murmelte er.

Terry ärgerte sich, dass sie ihm signalisierte, wie geil sein Lecken sie machte, und wie geil sie auf ihn war. Seine Zunge leckte sanft und ausdauernd. Doch nach und nach steigerte er den Druck und wurde schneller. Er glitt zwischen der Klitoris und dem Eingang der feurigen Möse hin und her, gönnte Terry keine Atempause. Sie keuchte und spürte, dass ihre Brustwarzen steinhart waren. So geil hatte ein Mann sie lange nicht mehr gemacht. Als sie zu Lewis guckte, machte sie der Anblick, ihn zwischen ihren weit gespreizten Schenkeln lecken zu sehen, noch lüsterner. Auch, dass er eigentlich jemand war, den sie sofort hinter Gitter sperren sollte und der es so gut drauf hatte, sie zu lecken, geilte sie auf. Ein Gangster besorgte es ihr, ließ sie zittern und beben.

Als Lewis ihre Klitoris mit den Lippen in den Mund saugte und an ihr mit Druck lutschte, konnte sie nichts mehr davon abhalten, mit einem heftigen Orgasmus zu kommen. Er ließ nicht von ihrem Kitzler ab, flatterte nun mit seiner Zunge darüber und machte noch weiter, als Terry längst aufgeschrieen hatte und wild stöhnte.

Als sie sich etwas gesammelt hatte, hob Lewis sie ohne Worte hoch und stellte sie vorsichtig auf den Boden. Er umschlang Terry und gab ihr einen Zungenkuss. Sie schloss die Augen, um seine Wärme und Weichheit zu genießen. Sie konnte ihm einfach nicht widerstehen.

Lewis machte sich von ihr los und drehte sie mit einem Ruck um, drückte sie nach unten, sodass sie ihm ihr Hinterteil darbot. Er befühlte von hinten durch ihre Beine die nasse Muschi und rieb noch mal an der Klitoris. Terry stöhnte.

»Gut«, sagte Lewis und öffnete schnell seine Hose. Mit einem einzigen Stoss war er in ihr. Terry schrie auf. Aus Schreck und Wonne. Wie sehr hatte sie sich seinen harten, steifen Schwanz in sich gewünscht. Nun war er da und pumpte in ihr. Was für ein unbeschreibliches Gefühl! Auch Lewis schien ihre enge Spalte nicht ungerührt zu lassen. Er brummte und stöhnte. Im Gegensatz zu ihr, konnte er sich kaum noch beherrschen, das spürte sie. Kaum hatte sie das gedacht, bemerkte sie seine Fingerspitzen auf ihrer empfindlichen Perle. Er kreiste darauf und schob seinen heißen Schaft wieder tief in ihre nasse Möse. Terry keuchte und merkte den zweiten Orgasmus auf sich zurollen. Ihr Versucch, ihn noch länger hinauszuzögern, war unmöglich. Die Reibung mit seinem steifen Prügel von hinten war so intensiv, dass sie sich nicht dagegen wehren konnte.

Lewis musste das gemerkt haben, ließ die Klitoris los, packte ihre Hüften und zog sie mit schnellen Schüben an seinen Unterleib. Sein geiler Schwanz bohrte sich bei jedem Hieb tief in die glühende Spalte. Terry jaulte auf und krallte sich an der Rückenlehne der Sitzreihe fest. Sie nahm seinen Schwanz und die heißen Strahlen tief in sich auf und genoss die Lust. Lewis Finger hatten sich in ihr Fleisch gebohrt und hielten sie krampfhaft fest. Erst nach und nach lockerte er seinen Griff.

Bevor Lewis sich aus Terry zurückzog, gab er ihr einen leichten Kuss auf den Rücken und flüsterte: »Das war verdammt gut!«

Es war so leise, dass Terry es beinahe nicht gehört hatte. Anscheinend war der Satz nicht für ihre Ohren bestimmt gewesen. Deshalb genoss sie ihn umso mehr.

»Lewis …«, begann sie. Da vernahm sie, wie die Tür abgeschlossen wurde. »Oh mein Gott. Was soll das?«

Jemand versuchte, die Tür aufzudrücken. Es klappte nicht. Dann hörte Terry wieder den Schlüssel im Schloss. Schließlich wurde sie aufgezogen.

Ein Steward trat ein und erschrak. »Was machen *Sie* denn hier?«

Als er Lewis ohne Hose sah, dämmerte es ihm. »Hey, das ist hier drin nicht gestattet. Gehen Sie bitte in Ihre Kabine, wenn Sie Sex haben wollen.«

»Schon klar. Verzeihen Sie, Sir«, sagte Lewis gelassen, während er sich seine Hose wieder hochzog.

Terry überlegte kurz, ob sie den Steward um Hilfe bitten sollte, doch Lewis hatte seinen Revolver dabei und würde von ihm mit Sicherheit umgehend Gebrauch machen. Nicht bei ihr, aber den Steward abzuknallen, bedeutete für Lewis bestimmt keine Hürde. Wie konnte sie nach so einem verdammt guten Sexabenteuer an Hilfe von außen denken?

»Hätten Sie vielleicht ein Handy für mich?«, fragte Terry mit einem lieblichen Augenaufschlag den Steward.

»Bedaure, Ma'am, leider nicht. Aber ich könnte Ihnen …«

»Nein, das ist nicht nötig«, fuhr Lewis dazwischen, »vielen Dank, aber ich habe eins auf der Kabine. So lange kannst du doch bestimmt warten, Liebling, oder?«

Terry blickte den Steward an und wollte gerade etwas sagen, als sie etwas Festes an ihren Rippen spürte. Automatisch sog sie scharf die Luft ein, während sie ihren Rücken noch ein Stückchen streckte und die Schultern zurückzog. »Ja, natürlich«, sagte sie schwach.

»Komm, Darling«, raunte Lewis und schob Terry vor sich her zum Ausgang. Er öffnete die Tür und ließ sie durchgehen. Ein schneller Blick auf ihn und den Bund der Hose sagte ihr, dass er den Revolver dort nicht mehr stecken hatte. Aber in den Händen hielt er die Waffe auch nicht. Sicher hatte er sie über dem Gesäß im Hosenbund. Terry verfluchte sich innerlich. Sie war auf seinen Finger hereingefallen, dachte, es wäre sein Revolver. Wie konnte sie sich dadurch nur täuschen lassen!

»Das machst du nicht noch mal, Süße«, zischte Lewis ihr zu, als sie einen der Kabinengänge entlangliefen.

»Was meinst du?«

»Was ich meine? Wo ist dein Verstand geblieben? Habe ich ihn dir weggevögelt?«

Ruckartig blieb sie stehen. »Wie bitte?«

»Los, komm!«

Widerstrebend ging Terry weiter. Ihr kam plötzlich der Gedanke, dass sie vielleicht doch nur eine von vielen war. Er hatte wahrscheinlich bei jeder Geiselnahme ein bis zwei willige

Frauen, die sich die Finger nach ihm leckten. Denn so einen verdammt smarten Geiselnehmer bekam man nicht jeden Tag zu sehen und schon gar nicht zwischen seinen Schenkeln zu spüren.

Terry ärgerte sich. Nicht nur über ihn, sondern auch über sich. Was hatte sie sich bloß vorgestellt, wer sie für ihn war und was das für ihn war? Mehr als eine willkommene Abwechslung schien es nicht zu sein.

»Hey, alles okay bei dir?«

Diese Frage wunderte sie allerdings. Machte er sich wirklich diese Gedanken? Oder wollte er sie nur bei Laune halten?

»Ja, ja, alles gut.«

Schweigend gingen beide weiter.

***

Lewis wusste anscheinend genau, wo die Kommandobrücke lag. Sie erklommen ein paar Decks und wandten sich zum Bug. Dort stand ein Chief Mate, der Erste Offizier, und lächelte freundlich. In Terry glomm die Hoffnung, dass die Geiselnehmer nur Passagiere in Gewahrsam genommen hatten. Aber dem war nicht so, denn es stellte sich sehr bald heraus, dass der Chief Mate kein Chief Mate war, sondern einer der Geiselnehmer in Uniform des Ersten Offiziers. Terrys Hoffnungen schwanden vollends, als sie sah, wie der Kapitän mit einer Waffe bedroht wurde und auch der echte Erste Offizier, so vermutete sie, gefesselt und geknebelt auf einem Stuhl hockte. Neben ihm der Leitende Ingenieur.

Suchend blickte Terry sich um. »Wo sind die Geiseln?«

»Klappe halten!«, fuhr Roy sie an. »Hast schon genug Ärger gemacht.«

»Was soll sie hier?«, fragte ein breitschultriger, bärtiger Mann, der wohl der Boss zu sein schien.

»Sag mir, wo die anderen Geiseln sind und ich bringe sie hin«, antwortete Lewis.

In diesem Augenblick hörten sie ein sich näherndes Fluggeräusch. *Der Hubschrauber kommt,* schoss es Terry durch den Kopf und sie frohlockte innerlich.

»Aha«, sagte der Bärtige, »da kommt Jason. Endlich! Hab mich schon gefragt, wo der so lange bleibt«

»Jason?«, fragte Roy mit gerunzelter Stirn.

»Ich weiß, du magst ihn nicht, aber er bringt die Kamera-Ausrüstung, damit wir meine Forderungen aufnehmen und uns damit an die Öffentlichkeit wenden können. Ihr seid ja leider so gut wie keinem Passagier begegnet, der eine Massenpanik hätte auslösen können. Dann müssen wir eben anders an die Öffentlichkeit treten.«

»Sorry, wenn ich das so sag, aber hättest das nich' schon vorher aufnehmen könn', dann hätten wir jetzt nich' den Stress an Bord«, bemerkte Roy.

»Stress an Bord?«, fragte der Boss gefährlich ruhig nach.

»Ja, ich mein' die verängstigten Leute und so. Und das Hierhergebringe im Hubschrauber, total aufwendig, Mann.«

»Pass mal auf, Minihirn! Wenn ich das in LA aufgenommen hätte, dann wären keine Geiseln mit auf dem Band gewesen. Was meinst du wohl, warum wir den ganzen Aufwand betreiben? Wir brauchen ein verdammtes Druckmittel!« Der Boss schien sich nur mit Mühe beherrschen zu können, um nicht laut zu werden.

»Okay, sorry, hab nich' nachgedacht.«

»Du meinst wohl: wieder, wie immer, nicht nachgedacht!«

»Ich sagte schon sorry, Mann. Was denn noch?«

Mit einem Grunzen drehte der Boss sich weg.

Terry war geschockt. Sie hatte nicht mit einem Hubschrauber

der Gangster gerechnet. Die waren anscheinend auch nicht blöd! Sie musste versuchen, schnellstmöglich an ein Handy zu kommen.

Unauffällig wollte sie sich ihm entziehen. Doch kaum hatte Lewis den Druck gespürt, hielt er sie stärker fest. Als er wieder locker ließ, wollte sie seine Unaufmerksamkeit nutzen, um sich loszureißen. Sie atmete dreimal tief durch, spannte ihren Körper und schoss zur Seite. Der Schwung war so groß, dass sie Lewis tatsächlich entwischte und etwa zwei Meter weit kam. Seine Reaktion war blitzschnell: mit einem Hechtsprung landete er sofort bei ihr. Kaum hatte Terry die Tür erreicht, keiner der anderen Männer schien sie aufhalten zu wollen, packte Lewis sie. Es war ihr nicht möglich, die Tür noch vor seinem Zugreifen aufzustoßen. Lewis umschlang ihren Oberkörper von hinten, fasste dabei auf ihre Brüste und presste sie gegen die Wand. Keuchend drückten sie sich eng aneinander, wobei Terry ihren Kopf krampfhaft zur Seite drehte, um Luft zu bekommen. Lewis hielt sie nun an den Oberarmen und presste sein ganzes Gewicht gegen sie.

»Na, Lewis, wirst' ja wohl schaffen, die Puppe zu zähmen, oder?«, lachte Roy. Die anderen Männer lachten mit.

»Ich bringe sie zu den restlichen Geiseln«, schlug Lewis vor.

Der Boss schüttelte den Kopf: »Kommt nicht in Frage. Gerade jetzt, wo Jason kommt, brauche ich dich hier.«

»Bin ja gleich zurück.«

»Nichts da! Du bist vorhin auch schon so lange mit ihr weggeblieben. Das können wir uns nicht leisten. Weiß der Teufel, wo du so lange mit ihr warst.«

»Die ham' gevögelt, ich sag's euch, Mann«, mischte Roy sich ein.

»Halt die Klappe, Roy. Los, binde sie hier an den Stuhl

neben den Leitenden Ingenieur. Von mir aus auch neben dem Toten, aber lass sie verdammt noch mal hier!«, befahl der Boss.

Terry erschrak, als sie jetzt erst den Toten erblickte. Bisher war er ihr entgangen. Er lag auf dem Boden an der Seite. Sein Hemd hatte sich von seinem eigenen Blut rot gefärbt. Lewis führte sie dorthin, aber Terry fasste ihn schnell am Arm und sah ihn flehend an. Fragend blickte Lewis ihr in die Augen.

»Bitte, nicht dahin«, flüsterte sie.

Lewis registrierte die reglose Gestalt. »Na schön.« Er scheuchte den Leitenden Ingenieur hoch, so dass Terry etwas zum Sitzen hatte und wollte sie gerade daran festbinden, als der Boss rief: »Oh, Shit! Das ist nicht Jason!«

Terry blickte durch die Brückenfenster und konnte noch gerade erkennen, wie der Hubschrauber über sie brauste, um wahrscheinlich auf dem »Sun Deck« zu landen. Mehr konnten sie von der Kommandobrücke aus nicht erkennen.

»Wenn das nich Jason is', wer zum Teufel is' das dann?!«, stieß Roy hervor.

»Das FBI«, sagte Lewis ruhig, den Kopf leicht schräggelegt.

Alle blickten ihn entsetzt an.

»Wie bitte?«, fand der Boss die Sprache als erster wieder.

»DAS FBI???«, wiederholte Roy mit geweiteten Augen.

Verärgert blickte der Boss ihn an. »Schnauze, Roy, das hab ich auch gehört. Warum zum Teufel? Lewis, wie konnten die wissen, wo wir stecken?«

»Frag doch mal die Maus hier!« Er deutete mit einem Kopfnicken zu Terry.

»Was soll das heißen?«, wollte der Boss wissen.

»Sie hat mich mit der Waffe bedroht und telefoniert.«

»Mit wem?«, fragte Roy.

Lewis blickte kurz gen Himmel. »Mit wem wohl, du Trottel! Mit dem Wetterdienst von Los Angeles … Mit dem FBI natürlich!«

»Ach, du Scheiße!«

»Halt die Klappe, Roy! Lewis, wie konnte dir das passieren! Du hast dich von einer Frau austricksen lassen? Das ist ja unfassbar! Jetzt haben wir die Bullen am Hals. Das könnte das Ende unserer Mission sein, du Vollidiot! Am liebsten würde ich dich jetzt abknallen!« Der Boss stampfte mit dem Fuß auf. Dann rieb er sich seinen Bart. »Na schön, wir brauchen dich lebend. Je mehr Leute, desto besser. Aber die Kleine, die brauchen wir nicht mehr. Los, Lewis: jag ihr eine Kugel in den Kopf!«

Terry spürte, wie alle Farbe aus ihrem Gesicht wich. Während Lewis sie anblickte und zog er langsam seinen Revolver aus dem Hosenbund.

»Oh mein Gott! Bitte nicht!«, flüsterte Terry und zerrte an den Fesseln.

»Tut mir leid, Süße, aber du hast meinen Boss gehört.«

Schwer atmend starrte Terry auf die Waffe in Lewis Händen. Für den Bruchteil einer Sekunde hatte sie das Gefühl, als zögere er deshalb so lange, um sich etwas einfallen zu lassen, sie nicht zu töten. Oder wollte er Zeit gewinnen?

»Los, mach schon! Worauf wartest du, verdammt! Gleich sind die Bullen hier.«

»Wie wäre es, wenn wir sie …«

»Hör schon auf zu quatschen. Wenn du das nicht hinbekommst, dann macht es Roy.«

»Schon gut, ich krieg das hin, wäre ja nicht die erste Frau, die ich umlege. Aber hört mal, Leute, wir könnten die Kleine als Druckmittel fürs FBI benutzen«, schlug Lewis vor.

»Unsinn! Dafür haben wir den Kapitän. Der reicht!«, schmetterte der Boss zurück. »Na los, jetzt!«

Wieder zögerte Lewis, hob dann aber seinen Revolver in Terrys Brusthöhe und verharrte einen kurzen Augenblick so.

Terry zwang sich, ihm in die Augen zu sehen. Ihr Atem ging flach, sie bekam kaum Luft, konnte nicht glauben, dass Lewis das tun würde. Sie kam nicht umhin, dass sich ihre Augen mit Wasser füllten. Mit allen Mitteln kämpfte sie gegen den Drang an, Lewis um Gnade anzuflehen, ihm zu sagen, was für fantastischen Sex sie gehabt hatten. Stattdessen tat sie etwas, was eine FBI-Agentin niemals tun sollte: Sie schloss zitternd die Augen. Es war ihr nicht möglich, Lewis dabei anzusehen.

»Nun knall sie endlich ab, Mann!«, brüllte der Boss.

Terry riss die Augen auf, während der Boss seinen eigenen Revolver zog.

Lewis guckte rasch aus dem Fenster der Seitentür. Mit eiserner Mine kam sein Blick zurück, und er knallte mit Entschlossenheit den Boss ab. Dieser stürzte zu Boden und war sofort tot.

Roy, sonst so schwer von Begriff, kapierte sofort, hechtete zu Terry, zog sie samt Stuhl zu sich herum, legte einen Arm von hinten um ihren Hals und drückte den Lauf seiner Waffe gegen ihre Schläfe.

»Waffe fallen lassen, Hände hinter den Kopf!«, brüllte Roy.

Lewis zögerte nicht, ließ sofort den Revolver fallen und hob die Hände.

»Hinter den Kopf, hab ich gesagt und umdrehen, los, mach schon!«

Lewis tat es. Terry spürte, wie die Hand von Roy zu zittern begann. »Bob, komm her und bring den Kapitän mit. Er soll sich ans Fenster der Tür stellen, damit die blöden Bullen erst ihn sehen, bevor sie ihre Schießspielchen starten. Mann, Lewis, du bist ein Arsch! Wie konntest du den Boss abknallen!«

Terry verstand die Welt auch nicht mehr. Sie hatte mit allem gerechnet, nur damit nicht. Hatten ihre Worte vielleicht doch etwas bei ihm bewirkt? Oder wollte er sie nur schützen und verriet dafür seine eigenen Leute?

Ohne Vorwarnung duckte Lewis sich plötzlich und blieb in der Hocke. Noch ehe Roy verstand, wieso er das tat, fegte eine Kugel durch die Kommandobrücke und traf den Geiselnehmer, der den Kapitän in der Gewalt hatte, direkt in den Kopf. Er wurde nach hinten geschleudert, prallte an der Wand ab und knallte auf den Boden. Regungslos blieb er liegen. Eine rote Lache bildete sich um seinen Kopf.

»Noch ein' Schuss und die Kleine ist tot, Mann!«, brüllte Roy.

Sechs uniformierte Männer des FBI umringten die Kommandobrücke von außen und blickten ins Innere. Fünf Maschinenpistolen waren im Anschlag. Der sechste Mann war ein Scharfschütze und zielte auf Roys Stirn.

»Ich werd' die Kleine abknalln', das is' kein Witz, Mann!«, brüllte Roy erneut.

»Roy, hör auf damit. Du wirst nichts von dem erreichen, was du erreichen wolltest. Der Boss und alle anderen sind tot. Nur Kyle und du seid noch am Leben«, redete Lewis ruhig auf ihn ein.

»Nein, wir haben noch die Geiseln«, stieß Roy hervor.

»Das stimmt leider nicht. Das FBI hat aufgeräumt. Die Jungs sind schon im Hubschrauber und kommen in LA ins Gefängnis. Die Geiseln sind frei.«

Terry blickte Lewis erstaunt an. Sie wollte etwas fragen, besann sich aber, dass ihr eine extrem nervöse Hand einen Revolver an den Kopf hielt.

»Verdammt, was soll das alles?! Lewis, was'n los mit dir?

Wir wollten gemeinsame Sache machen, Mann!«

»Ich hatte nie vor, mit dir gemeinsame Sache zu machen.«

»WAS???«

»Ich war zwar lange bei euch, aber ich wollte nur wissen, wie ihr tickt und was euer nächstes Ziel ist.«

»Warum, verdammt! Wer bist du?«

»FBI.«

Terry klappte der Unterkiefer herunter. »Wie bitte?!«

»Schnauze!«, brüllte Roy Terry an. »Ja, kannst ma' sehen, Schlampe. Der Typ hat uns beide an der Nase rumgeführt.«

»Ja, dafür muss er sterben!«, presste Terry hervor. »Los, leg ihn um, dieses Schwein!« Sie merkte wie die Worte in Roys Kopf etwas bewirkten.

»Verdammt, Mann! Jetzt hört doch ma alle auf, so einen Scheiß zu labern! Ich dreh gleich durch!«

»Niemand hat gesagt, dass es einfach wird«, sagte Lewis lapidar.

»Er soll die Klappe halten, los knall ihn ab, mach schon!«, rief Terry.

Roy keuchte, riss seinen Revolver hoch und drückte ab. In dem Augenblick schoss der Scharfschütze und traf Roy in den Arm. Roys Schuss streifte Lewis, der aufstöhnte.

Roy jaulte auf. »Scheiße, Mann! Ich bin getroffen!« Er ließ die Waffe fallen und hielt sich jammernd die schmerzende Stelle.

Die FBI-Leute kamen herein, nahmen Roy und den provisorischen Steuermann Kyle fest. Terry wurden die Fesseln abgenommen und dann hinausgeführt, wo ein Sanitäter sie in Empfang nahm. Nach und nach kamen auch der Kapitän und der Leitende Ingenieur aus der Kommandobrücke in die Sonne. Der Erste Offizier war tot. Seine Leiche wurde gerade geborgen.

Der Sanitäter forderte Terry auf, sich hinzusetzten. Ihr gegenüber saß Lewis. Sakko und T-Shirt lagen neben ihm, während die Schusswunde an seiner Schulter behandelt wurde. Sein Gesicht wirkte verzerrt. »Schon schön, so eine Kreuzfahrt«, presste er unter zusammengebissenen Zähnen hervor.

Terry musste gegen ihren Willen lachen. Der Sanitäter behandelte ihre Platzwunde an der Wange. Er maß ihren Blutdruck und nickte, als er mit ihr fertig war. Terry lächelte ihm dankend zu. Sogleich widmete der Sanitäter sich einer der Geiseln.

Terry blickte auf Lewis. Dieser hatte die Augen geschlossen und den Kopf angelehnt. Sie beobachtete ihn eine Weile. Plötzlich öffneten sich seine Augen und sahen direkt in ihre. Erschrocken schlug ihr Herz schneller. Lewis betrachtete sie, dann zwinkerte er kaum sichtlich und schloss wieder die Lider, während einer der Sanitäter einen Verband um seine nackte Brust wickelte. Mit einem letzten Blick auf Lewis gebräunte Haut und den starken Brustmuskeln erhob Terry sich.

Sie gesellte sich zu ihren FBI-Leuten, schüttelte ihnen die Hände und bedankte sich. Dann wandte sie sich an einen untersetzten Mann, der im Laufschritt auf sie zugeeilt kam. Es war Joseph Crowley, der Leiter des FBI. Er umarmte sie kurz.

»Terry, ich freue mich, Sie gesund und wohlauf zu sehen.«

»Danke, Joseph. Aber, was machen *Sie* hier? Sie sind doch normalerweise nicht an so einem Einsatzort, oder?«

»Ich wusste schon länger von der Schiffsentführung. Wir hatten die Infos von Lewis. Er war seit etwa sechs Monaten Undercover bei ihnen eingeschleust und kannte die Details.«

»Warum hat Valerie mir das nicht am Telefon gesagt? Ich habe doch vorhin angerufen.«

»Ich weiß. Aber Valerie war nicht in den Fall involviert. Und ein Rückruf meinerseits war nicht möglich – sorry!«

»Und warum haben Sie mir im Vorfeld nicht über Lewis Bescheid gegeben?«

»Es war eine streng geheime Operation, bei der nur wenige FBI-Leute informiert waren.«

»Und warum hat Lewis nicht gesagt, wer er ist?«

»Ich glaube, das kann er Ihnen selbst sagen, da kommt er. Ich muss nämlich gleich wieder los.«

»Verstehe.«

»Danke für Ihre Hilfe, Terry. Gut, dass Sie hier waren!« Er winkte und verschwand auf dem »Sun Deck«.

»Na, alles okay?«, fragte Lewis, als er bei ihr war.

Terry drehte sich um. »Ich wollte kein Wort mehr mit dir sprechen. Wie konntest du mich so in die Irre führen?«

»Terry, du weißt doch am besten, wie es ist, wenn man seine Deckung nicht aufgeben darf.«

»Wir sind beide vom FBI, sitzen in einem Boot, und du verschweigst es mir!«

»Sorry, tut mir wirklich leid! Aber du kennst ja die Vorschriften.«

Terry nickte langsam. »Wie kommt es eigentlich …?«

Fragend blickte er sie an. »Wie kommt was?«

»Wie kommt es, dass ich dich noch nie gesehen habe?«

»Ich habe ständig Außeneinsätze. Einige nennen mich auch MOVER. Weil ich immer irgendwo unterwegs bin.«

»Ach, *du* bist der MOVER!« Sie ließ die Neuigkeit einen Moment sacken und sagte dann: »Trotzdem wäre eine Andeutung von dir, dass du einer von uns bist, nett gewesen. Beinahe hätte ich dich erschossen.«

Er lachte. »Na ja, ich hatte schon noch das eine oder andere As im Ärmel.«

»So, hattest du das?«

»Untergräbt das jetzt deine Autorität?«

Terry lachte.

»Und außerdem hat es dir doch bestimmt einen gewissen Kick gegeben.«

»Was meinst du?«

Lewis grinste sie an: »Es mit einem, wie du so schön sagst, ›Gangster‹ zu treiben.«

»Ach, so ist das! Du denkst, ich war nur deshalb scharf auf dich!«

»Kann sein. Ich würde mich allerdings freuen, wenn es nicht so wäre.«

Prüfend blickte Terry ihn an. »Es war also mehr als ein Abenteuer für dich?«

Er nickte. »Wie wäre es, wenn du jetzt deinen Urlaub weiter genießt und ich dir dabei helfe?«

Terry lachte. »Also, ich weiß nicht so recht.«

Lewis rückte näher zu ihr heran und stütze sich mit beiden Händen an der Reling ab, Terry stand dazwischen. Seine breite Brust schmiegte sich an ihre erigierten Nippel, als er ihr einen innigen Zungenkuss gab. Terry schlang die Arme um ihn und sie spürte, wie ihre Lust in Wallung kam.

»Na, wie wär's?«, fragte Lewis leise, und eine Hand von ihm stahl sich zu einer ihrer harten Brustwarzen.

Terry lächelte genussvoll. »Ich bin gespannt, wie deine Urlaubhilfestellung aussieht.«

Fortsetzung im Buch
»Trinity Taylor - Ich will dich ganz & gar«

Ungestillte Lust

An John kommst du nicht ran, hallte es in Kellys Kopf. Genau das hatte ihre Freundin Ruby gesagt.

Damals hatte Kelly Ruby beweisen wollen, dass sie eine attraktive Frau Anfang zwanzig war und es sehr wohl schaffen würde, an John heranzukommen. John und sie waren zusammen in einer Tanzgruppe. Standard und Latein. Es war der Fortgeschrittenen-Kurs. Sehr zum Bedauern Kellys war nicht *sie* Johns Tanzpartnerin, sondern eine eher nüchterne Frau, die stringent die Schritte zählte und sich nicht aus der Ruhe bringen ließ. Diese Person war sich anscheinend nicht im Klaren darüber, mit welchem Goldjungen sie tanzte und was sich ihr für Möglichkeiten hätten bieten können!

Kelly war jung, schlank, clever, hatte blonde, lange Haare und bot weitere äußerliche Reize einer attraktiven Frau. Ihre Hoffnung war, sie bräuchte John nur schmachtend in die Augen zu blicken, damit er sofort über sie herfiel. Doch da hatte Kelly sich getäuscht, denn John war hinter einer anderen Frau her. Und als diese Frau wohl nicht mehr anregend war, wurde es eine neue.

Kelly wagte sich so weit vor, dass sie ihn eines Abends zum Essen einlud. Das Schlimmste, was ihr passieren konnte, war eine Absage seinerseits. Optimistisch, mit offenen Haaren, einem verdammt kurzen Rock und ihrem charmantesten Lächeln auf den Lippen fragte sie ihn nach einer der Tanzstunden. John gab ihr einen Korb! Fast wäre Kelly in Ohnmacht gefallen. So etwas war ihr noch nie passiert. Sie war beschämt, und es war ihr peinlich. Leider hatte sie mit ihrer Freundin Ruby um zwanzig Dollar gewettet, ihn auf jeden Fall für sich gewinnen zu können. Deshalb fragte Ruby neugierig nach. Sonst hätte Kelly ihrer Freundin diese Schmach niemals berichtet. Daraufhin meinte Ruby schlicht: »An John kommst du nicht ran!«

***

»Kelly? Alles okay mit dir?«, fragte ihr Freund Andrew.

Sie holte ihren Blick aus weiter Ferne zurück. »Ja, ja, klar, alles okay.«

»Du bist so nachdenklich. Ist irgendetwas?«

Kelly nahm ihre Coke, zog am Strohhalm und schüttelte den Kopf.

Um sie herum tobte das Leben, denn sie waren bei einem Baseball-Spiel. Die Spielpause vertrieben sich sich, indem beide einen Burger im Schnellrestaurant aßen.

»Ich habe das Gefühl, seit ich dir vor einem Monat den Heiratsantrag gemacht habe, bist du in dich gekehrter. Macht dir die Vorstellung Angst?«, fragte Andrew.

»Ach, Darling, wie kommst du denn darauf?«

»Du siehst so aus, als wärst du mit deinen Gedanken ständig woanders.«

»Das kommt dir nur so vor. Außerdem ist ein Baseball-Stadion wohl kaum der richtige Ort, um über so ein Thema zu sprechen, oder?«

»Ich finde, es gibt nie einen richtigen Ort.«

Kelly schob sich den letzten Happen Burger in den Mund, nur, um nicht mit ihm sprechen zu müssen.

»Kelly, du würdest es mir doch sagen, oder?«, hakte Andrew nach.

»Mein Gott, nun lass mich doch bitte mit deinen Hirngespinsten in Ruhe. Ja, ich würde es dir sagen. Aber, es ist nichts! Wirklich nichts. Ich freue mich, dass wir hier sind und dass unsere Jungs am Gewinnen sind. Du hast noch gar nichts zu meinem Rock gesagt, den hatte ich nur für dich angezogen.«

»In den Trikotfarben der Spieler, cool!«

Kelly zog wieder am Strohhalm und beobachtete die Zuschauer, wie sie sich als bunte Masse durch die Gänge schoben. Hier eine Cola in der rechten, dort einen Hot Dog in der linken. Kinder, die aufgeregt in die Sonne blinzelten. Mütter, die ihnen Hüte und Sonnenbrillen zurechtrückten.

An John kommst du nicht ran!, hörte Kelly es wieder in ihrem Kopf. »Verdammt!«, rief sie, in der Hoffnung, der Satz würde sich aus ihrem Hirn verflüchtigen.

»Was ist denn, Schatz?«, fragte Andrew.

»Tut mir leid, ich glaube, ich bekomme meine Regel. Ich geh' mal schnell auf die Toilette, okay?«

»Klar, aber komm bald wieder, denn das Spiel geht in fünf Minuten weiter und wir müssen noch zu unserem Platz.«

»Bis dahin bin ich längst zurück.« Kelly erhob sich, hielt Ausschau nach den WC-Schildern, fand sie und zog los. Es dauerte doch ziemlich lange, ehe sie sich durch die Masse von Leuten gewühlt hatte. Als sie bei den Toiletten ankam, stöhnte sie. Eine ellenlange Schlange hatte sich vor der Damen-Tür gebildet. Nicht aber vor der Tür der Männer. Mutig ging sie darauf zu und betrat das Herren-WC. Ein Mann befand sich dort. Erschrocken zuckte er zusammen und blickte sie sprachlos an.

»Sorry, muss mal für kleine Mädchen und bei den großen

Mädchen nebenan ist die Hölle los.« Damit schritt sie an ihm vorbei, blickte noch mal kurz auf das, was er da in den Händen hielt und winkte dem Verdutzten, als sie die Tür schloss.

Mit einem Seufzer setzte sie sich in voller Montur auf den geschlossenen Klodeckel und stützte den Kopf in die Hände. So verharrte sie eine Weile. Zur Toilette musste sie ja nicht, nur auf andere Gedanken kommen. Wieso dachte sie in den letzten Wochen ständig an John? Vielleicht hatte Andrew Recht und es lag wirklich daran, dass er ihr einen Heiratsantrag gemacht hatte. Nun bekam sie die so genannte Torschlusspanik und zog ein Resümee, was sie in ihrem Leben alles noch nicht gemacht oder bekommen hatte. Anscheinend war es das. Und anscheinend stand John in ihrem Hinterkopf ganz oben auf der Liste. Wollte sie ihn wirklich? Bisher hatte sie ihn nicht bekommen. Kein Mann hatte ihr widerstehen können. Fast war es langweilig für sie, dass jedes männliche Wesen ihr erlegen war. Nun gab es da einen Mann, der ›nein‹ zu ihr sagte und sie wollte ihn haben. Verrückte Welt!

»Hey Lady, alles okay da bei Ihnen?«, fragte jemand von außen. Vermutlich der Typ, dem sie auf den Schwanz gestarrt hatte.

»Ja, vielen Dank. Alles bestens.«

»Gut, dann gehe ich jetzt.«

»Okay.«

Das Verrückte an der Sache war: Selbst wenn Kelly John noch vor ihrer Ehe vögeln wollte, sie wüsste ja nicht einmal, wo sie ihn finden sollte. Weder besaß sie Adresse noch Handy-Nummer. *Sinnlose Zeit, darüber sich den Kopf zu zerbrechen,* dachte Kelly und atmete tief durch, während sie vom Klodeckel rutschte. Mit Bestimmtheit schloss sie auf und bekam einen Schock! Zwei Männer tummelten sich in dem viel zu engen Raum. Einer wusch sich die Hände, der andere entleerte gerade seine Blase. Der Mann am Waschtisch war, ohne Kelly eines Blickes zu würdigen, schnell verschwunden. Dafür fielen dem anderen fast die Augen aus dem Kopf.

»Hey verdammt, was machen *Sie* denn hier?«

»Ich … ich war zur Toilette.«

»Sie können wohl nicht lesen!«

»Doch, aber auf der Frauentoilette war es mir zu voll. Und wie man sieht, benutzt niemand von Ihnen das abzuschließende Männerklo.« Kelly traute ihren Augen kaum. Da stand doch tatsächlich John mit heruntergelassenen Hosen vor ihr und erkannte sie nicht.

»So eine blöde Ausrede habe ich ja noch nie gehört«, wetterte er weiter.

»Mein Gott, John! Jetzt hör doch mal auf über dieses blöde Klo zu reden. Ich bin es, Kelly. Erinnerst du dich?«

Er sah noch immer sehr gut aus, doch im Augenblick, da er versuchte, einen klaren Gedanken zu fassen, zweifelte Kelly an ihrer Schwärmerei für ihn.

Endlich fiel der Penny. »Ja, doch, Kelly. Das Mädchen aus der Tanzschule …«

»Bingo!«

Er verstaute sein bestes Stück in der Hose und wusch sich die Hände. Zwar hatte Kelly erwartet, dass er ein kleines Stück auf sie zukommen würde, doch weit gefehlt. Er war noch immer der Unnahbare. Genau das machte sie an. Sollte sie ihn hier und jetzt gegen die Wand drücken? Ihre Entscheidung war getroffen: sie würde sich ebenfalls die Hände waschen. Auf dem Weg zum Handtuchhalter stieß sie ihn absichtlich mit ihren Brüsten an. »Oh, tut mir leid. Das ist mir unangenehm.«

»Macht doch nichts. Passiert eben«, sagte er trocken und lächelte.

An John kommst du nicht ran, hallte es in Kellys Kopf.

»Und, wie geht es dir, Kelly?«, fragte er, als sie geknickt schwieg.

Überrascht, dass er sie tatsächlich noch mal ansprach rief sie: »Gut, prima. Und dir? Siehst du dir auch das Baseballspiel an?«

Nein, ich habe die fünfunddreißig Dollar Eintritt nur ausgegeben, um hier mal aufs Klo zugehen, kam Kelly seine Antwort in den Sinn. Blöde Frage!

»Klar. Ist ein tolles Spiel, nicht wahr?«

»Ja, finde ich auch. Unsere Jungs sind am Gewinnen, da muss es ein gutes Spiel sein.«

»Dann sind wir für die gleiche Mannschaft.« Er lachte. »Sag mal, tanzt du eigentlich noch?«

»Nein und du?«

»Leider nicht. Aber ich würde gerne. Hättest du Lust, mal wieder zu tanzen?«

»Ja, unbedingt«, schoss es aus Kelly heraus.

»Das klingt gut. Wir könnten ja unsere Handy-Nummern tauschen. Ich rufe dich an.«

Kelly traute ihren Ohren kaum. »Gute Idee.« Sie wühlte in ihrer Handtasche.

»Ich hoffe, ich überfalle dich jetzt nicht so sehr damit. Wir haben uns lange nicht gesehen und nun frage ich dich gleich nach einem Tanzkurs …«

»Aber das macht doch nichts. Hey, John, da bin ich doch locker, du kennst mich!«

»Das stimmt. Hier, ich habe dir meine Nummer aufgeschrieben.« Er reichte ihr einen Zettel.

Kelly schrieb ihre Nummer ebenfalls auf und gab sie ihm. »Aber vergiss nicht anzurufen, okay?«

»Bestimmt nicht.« Er lächelte und in seinen Augen blitzte

es. Hatte sie sich das nur eingebildet, oder lag da doch ein Zug des Verruchten in seinen Augen?

»Also, bis dann«, flötete sie und öffnete die Tür, denn sie wollte ihm den Eindruck vermitteln, nicht auf ihn gewartet zu haben.

»Ja, bis dann.«

***

»Meine Güte, Kelly, das hat ja eine Ewigkeit gedauert. Das Spiel ist schon seit dreizehn Minuten wieder im Gange!«

»Tut mir leid, Andrew. Aber die Schlange vor den Toiletten war schier unendlich. Ich musste wirklich lange warten.« Und damit hatte sie nicht gelogen.

»Na schön. Dann komm jetzt, sonst brauchen wir überhaupt nicht mehr zu unseren Plätzen zu gehen.« Sauer nahm er sie bei der Hand und kämpfte sich durch die Menschen.

Kaum am Platz angekommen, war Andrew voll in seinem Element. Er feuerte seine Mannschaft lautstark an, schwenkte das Cap und rief Tipps und Spieltaktiken übers Feld. Kelly ließ sich auf ihren Klappstuhl plumpsen und sah dem hektischen Treiben zu. Dabei hätte sie liebend gerne etwas anderes getrieben. Als die andere Mannschaft mit Werfen und Laufen am Zuge war, ließ Andrew sich ebenfalls auf seinen Stuhl fallen und blickte mit ausdrucksloser Miene zu.

Kelly ergriff die Initiative und legte ihm unauffällig die Hand zwischen seine Beine und fing dort an zu massieren.

»Hey, was machst du denn da?«

Kelly verzog den Mund. »Noch lauter, Andrew. Ich glaube, die Leute vom gegenüberliegenden Rang haben dich noch nicht gehört.«

»Dann erklär es mir bitte. Wir sind mitten in einem wichtigen Spiel.«

»Wir? Stehst *du* etwa auf dem Spielfeld?« Beleidigt lehnte sich Kelly in ihren Sitz zurück. »Du bist echt langweilig!«

Andrew seufzte und setzte sich ebenfalls zurück, während er ihr einen Arm um die Schultern legte. »Tut mir leid, Schatz.«

So sahen sie dem Spiel weiter zu. Schweigend, beide genervt nebeneinander sitzend. Gerade, als es Kelly zu blöde wurde und sie aufstehen wollte, rutschte Andrews Hand unauffällig nach vorne und knetete eine Brust von ihr. Dankbar reckte sich die Brustwarze den Streicheleinheiten entgegen. Andrew schien auf den Geschmack zu kommen. Er nahm den Arm von ihr weg und glitt unter ihr Top. Dort konnte er intensiver fühlen, was seine geschickten Hände auslösten. Mit Daumen und Zeigefinger umschloss er eine Brustwarze und drehte sie leicht hin und her. Da er sich trotzdem aufs Spiel konzentrierte, vollführte er diese Bewegung immer wieder. Kelly musste sich zwingen, nicht laut zu stöhnen. Er machte sie damit schier wahnsinnig. In ihrem Unterleib fing es an zu brodeln. Als Andrew mit einem der Spieler fieberte, drückte er die Brustwarze fest zusammen.

Kelly keuchte. »Andrew, bitte, du weißt nicht, was du da in mir anrichtest.«

Erst jetzt blickte er seine Freundin an. Dann lächelte er breit. »Das ist gut so.« Mit diesen Worten kam seine Hand unter ihrem Top wieder zum Vorschein.

»Das habe ich nicht gemeint. Du sollst ja nicht aufhören, ich wollte nur … Andrew, oh mein Gott!«

Andrew hatte zwar seine Hand unter ihrem Top hervorgeholt, sie aber unter ihren Rock geschoben. Dort glitt er kundig vorwärts, streichelte ihre Innenschenkel und ließ sich viel Zeit damit. Kellys heiße Muschi pochte ungeduldig. Endlich wagte seine Hand sich weiter vorwärts und berührte den Rand des

Höschens. Schneller als erwartet, schob sie sich darunter und fand die pochende Mitte. Andrews Finger pressten sich auf die Klitoris und führten kreisende Bewegungen aus. Kelly spürte, wie sie schlagartig feucht wurde. Nun doch unsicher geworden, blickte sie langsam erst zur rechten, dann zur linken Seite, ob jemand ihrer beider Werk beobachtete. Doch das Spiel schien alle Zuschauer in ihren Bann zu ziehen.

Erleichtert ließ Kelly sich mehr auf Andrews Finger ein, die zwischen ihre Schamlippen tauchten und dort auf der Suche nach ihrer feuchten Spalte waren. Kelly öffnete für Andrew ihre Beine noch ein Stückchen mehr, soweit es ihr Rock zuließ. Dankbar glitten zwei der Finger in ihr kleines Loch und stießen unermüdlich, genau wissend, welchen Punkt sie bei jeder der Bewegungen berühren mussten, in sie. Kelly biss sich auf die Wangeninnenseiten und atmete schwer. Sie war froh, dass es nun immer lauter im Stadion wurde und die Jungs auf dem Spielfeld sehr zu kämpfen hatten. Außerdem verkroch die Sonne sich gerade hinter dem Stadiondach, somit wurde es auch noch dunkler.

Kelly drängte sich der Hand in ihrem Schoß entgegen und hätte sich am liebsten noch mehr geöffnet. Doch die Enge des Rockes ließ es nicht zu. Das einzige, was sie tun konnte, war, etwas nach vorne zu rutschen und den Kopf an den Stuhl zu lehnen.

Gut, dass niemand direkt neben ihr saß. Doch, oh Schreck, ein Mann, der schräg hinter ihr seinen Platz hatte, stieg mühelos über die Sitzreihe nach vorne und ließ sich direkt neben ihr nieder. Er war ihr nun so nahe, dass niemand seine Hand in den hinteren Rängen und neben ihnen bemerken konnte, wie sie sich unter ihr Top stahl. Prüfend blickte der Fremde Kelly an, dann zu Andrew. Wie zwei Stiere hatten sie sich in

Augenschein genommen. Schließlich legte der Mann einen Arm um Kelly und kreiste auf ihren Brüsten weiter. Als er Andrew angrinste, lächelte dieser zurück.

Kelly war geschockt. Die beiden Männer hatten über ihren Kopf hinweg entschieden, dass sie zur Verfügung stand, auch für Fremde. Gerade wollte sie protestieren, da tauchte Andrew seine Finger wieder rhythmisch in ihre heiße Spalte, massierte mit dem Daumen die Klitoris, während der Fremde beide Brustwarzen zwischen seine Finger genommen hatte und zwirbelte. Diese Doppelanstachelung war zu viel für Kelly. Sie wand sich auf ihrem Sitz, versuchte, einem der kundigen Finger zu entkommen. Aber sie hatte keine Chance. Die Lust in ihrem Köper wurde immer stärker und durchströmte nun jede Faser ihrer Nervenzellen. Sie ließ den Kopf zurücksinken und gab sich ganz den in ihr entfachten Gefühlen der beiden Männer hin.

Immer wieder zwirbelte, drückte und presste der Fremde ihre Nippel, die hart und rot hervorstachen. Andrew gönnte ihr ebenfalls keine Pause und während er permanent in ihre Vagina tauchte, kreiste er mit dem Daumen auf ihrer Klitoris, mal sanft, mal stärker.

Es dauerte nicht lange, da durchströmte sie die Welle des Orgasmus. Noch nie hatte sie eine so intensive Empfindung gehabt, wie in diesem Augenblick. Mit geschlossenen Augen hechelte sie ihre Lust hinaus, vollführte zuckende Bewegungen mit ihrem Schoß und drückte ihren Oberkörper den quälenden Angriffen des Fremden entgegen. Sie biss die Zähne aufeinander, um nicht laut zu schreien und genoss den Ausklang.

***

»Das ist ja Wahnsinn! Und das hat Andrew zugelassen?!« Kellys Freundin Ruby war ganz außer sich.

»Ja, das war schon cool!«

»Cool? Wenn mein Mann so etwas wenigstens einmal in seinem Leben zulassen würde, wäre ich ihm mehr als dankbar. Aber der ist so prüde … Im Kino fasst er mir nicht mal auf den Oberschenkel, geschweige denn dazwischen! Wenn wir es zu Hause im Bett machen, dann nur im Dunklen!«

»Ohne Licht? Und wie macht ihr es im Sommer?«

»Schätzchen, das ist die falsche Frage: nicht *wie*, sondern *wann*! Vor halb zwölf nachts gibt es bei uns im Sommer keinen Sex – und wehe, der Mond scheint!«

Beide mussten darüber lachen. Ruby hörte als erste auf und seufzte. »Also von daher hast du großes Glück, Kelly.«

»Das stimmt schon. Aber sag mal, was hältst du denn von der Situation, dass ich John wiedergetroffen habe, und, dass er mit mir tanzen möchte?«

»Gar nichts.«

»Wie bitte?«

»Gar nichts.«

»Das kann nicht dein Ernst sein!«

»Doch Kelly. Hör auf mit diesem John! Er hat dich früher auch schon nicht anziehend gefunden.«

»Oh, vielen Dank!«

»Sei nicht beleidigt. Es ist die Wahrheit. Man kann nicht immer jedermanns Typ sein. Du bist eben nicht der von John.«

»Vielleicht ist er nur schüchtern. Vielleicht hatte er bisher keine Freundin und vielleicht bin ich diejenige, die ihn aus seiner Jungfräulichkeit erweckt.«

»Und vielleicht hat er eine Freundin und ist vielleicht ein anständiger junger Mann.«

»Willst *du* ihn etwa haben?«

Ruby lachte laut auf. »Ach, Quatsch! Was sollte ich mit

einem anderen Mann?! Ich habe doch einen. Es geht mir ganz alleine um dich.«

»So?«

»Ja, wirklich. Es hat keinen Sinn, dass du dich an einen Typen heranschmeißt, jetzt, wo dein Freund um deine Hand angehalten hat. Was willst du mit John?«

»Ich weiß nicht. Er ist süß.«

»Reicht das?«

»Und schüchtern.«

»Kelly, du machst einen Fehler, wenn du mit ihm tanzt und auch noch versuchst, ihm an die Wäsche zu gehen.«

»Ich will ihm ja nicht gleich an die Wäsche gehen. Ich möchte nur wissen, ob er mich attraktiv findet. Ob er es mit mir treiben würde.«

»Und wozu? Du hast Andrew, der sehr offen ist. Verspiele dir doch nicht seine Zuneigung.«

»Ach Ruby, du verstehst das nicht. Ich habe nicht vor, untreu zu werden, ich will John doch nur ein bisschen locken. Ich will verstehen, warum er mir gegenüber so zurückhaltend war und ist.«

»Du machst einen Fehler und ich kann dir nur sagen: An John kommst du nicht ran.«

Kelly lachte laut ins Telefon.

»Was ist daran so komisch?«, wollte Ruby wissen.

»Das hast du früher schon gesagt.«

»Na bitte. Anscheinend hatte ich schon früher Recht. Aber bitte, mach, was du willst – ich habe dich auf jeden Fall gewarnt.«

»Du wirst doch Andrew nichts erzählen, oder?«

»Nein, wenn du willst, dann bin ich still.«

»Danke.«

»Aber treib es nicht zu weit.«

Kelly lächelte. »Keine Sorge.«

***

»Du willst *was*?« Andrew blickte Kelly irritiert an und ließ die Zeitung sinken. »Du willst einen Tanzkurs machen?«

»Ja, was ist so schlimm daran?« Kelly hockte sich vor ihn auf den Teppich und kreuzte die Beine.

»Also, Schatz, dazu habe ich nun wirklich keine Lust! Davon abgesehen, habe ich auch gar keine Zeit dafür. Wann sollte ich das noch hinbekommen? Vor zwanzig Uhr bin ich nicht zu Hause.«

»Ich weiß, und darum habe ich mir schon einen Tanzpartner gesucht.«

Andrew guckte ausdruckslos. »Ach.«

»Das heißt, ich habe mich vorerst erkundigt.«

»Sag mal, hast du nicht vor unserer Zeit einen Tanzkurs gemacht?«

»Stimmt. Aber der war nicht so prickelnd.« Kelly spielte mit einer Teppichfranse. »Nun wollte ich mal richtig loslegen. Vielleicht schaffe ich es ja bis zum Goldstar.«

Andrew schüttelte ungläubig den Kopf. »Wie kommst du denn auf diese Idee? Ich habe dich davon noch nie sprechen hören.«

»Ja, ich weiß. Aber Tanzen fand ich immer schon klasse. Hast du denn etwas dagegen, dass ich das tue?«

Andrew fuhr sich durch die Haare und ließ sich einen Augenblick Zeit, ehe er sprach. »So, so … Du möchtest also mit einem anderen Kerl auf Tuchfühlung gehen. Hat dir wohl im Stadion gefallen, was?«

Kelly schoss die Röte ins Gesicht. Sofort blickte sie auf den Boden.

»Hey, musst dich nicht schämen. Ich habe es ja zugelassen.«

»Es hat auch nichts damit zu tun, Andrew.«

»Okay. Also, schön, dann mach deinen Kurs.«

»Wirklich?« Kelly strahlte übers ganze Gesicht.

»Na klar. Was sollte ich auch anderes sagen …«

»Du hast auch nichts dagegen, dass ich abends mal mit den Leuten was trinken gehe?«

»Nein, natürlich nicht. Was sollte ich dagegen haben?«

»Danke, Andrew! Du bist wirklich ein Schatz!«

»Endlich erkennst du es mal an.«

Sie knuffte ihn in die Seite und gab ihm einen langen Kuss auf den Mund.

***

So aufgeregt war Kelly schon lange nicht mehr. Unschlüssig stand sie vor ihrem Kleiderschrank. Anscheinend plagte jede Frau dasselbe Problem: Was sollte sie bloß anziehen?

Nach einigen fehlgeschlagenen Versuchen, hatte sie sich für ein langes, hellblaues Kleid mit tiefem Ausschnitt entschieden. Es war züchtig, wegen der Länge und gewagt, wegen des Ausschnitts. Eine gesunde Mischung, wie Kelly fand. Schwarze Pumps, schwarze Handtasche und schwarze Stola machten das Bild vollkommen. Ihre blonden Haare trug sie zu einem braven Zopf gebunden.

»Wiedersehen Darling«, rief sie ihrem Freund zu und wollte aus der Haustür verschwinden.

Er hielt sie zurück und stand extra dafür auf.

»Was ist denn? Ich bin spät dran …«, moserte Kelly.

»Wir haben uns bisher noch nie ohne einen Kuss voneinander verabschiedet.«

»Also schön.« Sie gab ihm einen kurzen Kuss.

»Du hast wohl etwas zu verbergen.«

»Ach, Andrew, was sollte ich zu verbergen haben?«

»Dein gewagtes Äußeres!«

»Was ist bitte an diesem fast bodenlangen Kleid gewagt?«

»Der Ausschnitt, in den dein Tanzpartner die ganze Zeit glotzen und seine Tanzschritte darüber hinaus vergessen wird.«

»Unsinn! Und nun lass mich gehen. Du hast versprochen, dass es dir nichts ausmachen würde.«

»Stimmt. Aber ich überlege gerade, ob ich nicht doch lieber dein Tanzpartner sein sollte.«

Kelly lachte. Sie gab sich Mühe, es echt klingen zu lassen. *Bloß das nicht!*, dachte sie und schob ihn vorsichtig beiseite. »Nun komm, Andrew-Darling, du hast es mir versprochen.«

»Also schön. Dann viel Spaß!« Er klapste ihr liebevoll auf den Po.

Als sie aus der Haustür trat, war sie erleichtert, diese Hürde geschafft zu haben. Nun konnte der Abend beginnen!

***

Kelly schwitzte und versuchte, sich auf ihre Schritte zu konzentrieren. Dabei ging ihre coole Anmache völlig verloren. Sowieso war alles anders gekommen, als sie gedacht hatte. John war nicht auf der Bildfläche erschienen. Er hatte ihr kurz vorher übers Handy abgesagt und ließ sich wegen einer Erkältung entschuldigen. Kelly war fassungslos. So ein Weichei! Wie konnte er den von ihm selber ins Leben gerufenen Tanzkurs einfach absagen? Auch noch, wo er dringend darauf bestanden hatte, diesen Tanzkurs zu machen und sie dazu diverse Male angerufen hatte, um sicher zu gehen, ob sie auch wirklich kommen würde!

Nun hatte Kelly einen etwa zehn Jahre jüngeren Kerl an ihrer Seite, der sich Gasttänzer nannte, aber vom Tanzen nicht sehr viel verstand. Ständig trat er ihr auf den linken Fuß und entschuldigte sich leise. Wenn dieser gut aussehende Jüngling nur ein bisschen geschickter gewesen wäre, dann hätte sie ihm aller Wahrscheinlichkeit nach gezeigt, was es bedeutet, einer reifen Frau Lust zu bescheren. Sie hätte ihn sich einfach als Ersatz geschnappt und seinen dünnen, strammen Penis zum Glühen gebracht.

Kelly rempelte gegen ihren Tanzpartner und presste ihm dabei ihre festen Brüste auf den Oberkörper. Sauer blickte sie ihn an. »Warum bleibst du einfach stehen?«

»Weil wir schon seit einigen Schritten aufhören sollen zu tanzen«, verteidigte er sich.

Genervt blickte sie in die Runde. Und tatsächlich, alle vier Pärchen waren stehengeblieben und gucken zu ihnen beiden herüber. Leise zickte sie ihren Partner an: »Sag das doch gleich.«

»Hab ich, aber du hast nicht reagiert.«

»Wahrscheinlich hast du wieder vor dich hin geflüstert.«

Kelly seufzte. Wie konnte John es nur so weit bringen, dass Kelly mit diesem Kerl gestraft wurde. Das würde sie sich in anderer Form wiederholen.

Sie schaffte es kaum, sich auf die nächste Grundfigur zu konzentrieren, so sauer war sie. Nach zwei Musikstücken war der Kurs zu Ende, und sie war heilfroh darum. In Windeseile packte sie ihre Sachen, dankte dem Tanzlehrer und verabschiedete sich mit einem kurzen Gruß.

Zu Hause angekommen, ließ sie sich in einen Sessel fallen und zog ein Gesicht.

»Wie siehst du denn aus? War es nicht gut?«, fragte Andrew.

»Nein, total bescheuert. Langweilig und blöd.«

»Hört sich ja schlimm an!«

»War's auch. Mein Tanzpartner war nicht da. Stattdessen musste ich mit so einem jungen Typen vorlieb nehmen, der nicht mal tanzen konnte. Und so etwas nennt sich Gasttänzer.«

»Vielleicht ist dein Tanzpartner ja auch ein Reinfall.«

»Auf gar keinen Fall!«

»Wieso? Ich dachte, du kennst ihn noch nicht.«

Kelly biss sich von innen unauffällig auf die Lippe. »Nein, äh, tu ich auch nicht, aber ich weiß, dass er erstens vom Telefon her eine nette Stimme hat und zweitens drei Jahre älter ist als ich. Die Grundvoraussetzungen sind also geschaffen.«

»Soll ich das nächste Mal mit dir hingehen, falls dein ach so zuverlässiger Tanzpartner wieder nicht aufkreuzt?«

»Nein, Darling, vielen Dank. Ich denke, er wird kommen. Er hat es mir versprochen.«

»Und wenn nicht, tanzt du wieder mit dem Bubi?«

»Ich habe wohl keine andere Wahl.«

»Wieso hat der Typ denn abgesagt?«

»Erkältung.«

»Weichei.«

»Hab ich auch gedacht.«

Andrew lachte. »Jetzt weiß ich auch, warum ich dich heiraten möchte.«

Kelly lächelte das erste Mal an diesem Abend und legte die Arme um seinen Hals. Als sie den Kopf an seine Brust lehnte und er ihren Oberkörper mit seinen Armen umschlang, schloss sie die Augen.

***

Und wieder hatte Kelly sich in Schale geworfen. Mit einem schwarzen, eng geschnittenen Minikleid, einem rosafarbenen Jäckchen, passenden rosa Schuhen und Handtasche erschien sie eine Woche später bei der Tanzschule. Sogar ihre Spitzenunterwäsche war in rosa.

Wehe, er kommt heute nicht, dachte Kelly, während sie die vielen Stufen der Tanzschule erklomm. Was, wenn sie sich schon wieder für diesen Jüngling herausgeputzt hatte? Sollte das heute noch mal der Fall sein, dann würde sie nicht mehr erscheinen. Das wäre dann wirklich ihre letzte Tanzstunde. Und John? Was war dann mit John? Wo konnte sie ihn wiedersehen, wo ihn betören, wie ihn herumkriegen? Sie erschrak. Eigentlich wollte sie ihn doch gar nicht herumbekommen. Sie hatte es sich versprochen und sie war es ihrem Ehemann in Spe schuldig, anständig in die Ehe zu gehen. Doch ihr tiefstes Innerstes sehnte sich danach, diesen einen Mann für eine Nacht zu haben. Ihn zu reizen, ihn unschuldig anzusehen und dann schwach werden zu sehen.

»Hey, Kelly«, sagte eine tiefe Stimme hinter ihr.

Sie drehte sich um und wäre beinahe die Treppe hinuntergefallen. Da war er. Zwei Stufen auf einmal nehmend, kam er hinter ihr her. Sie keuchte, er nicht. Gut sah er aus. Wie aus dem Bilderbuch. Groß, kräftig, kurze dunkelbraune Haare, braune Augen, kantiges Gesicht, hübsche Hände. Er trug eine schwarze Jeans, darüber ein schwarz, grün gestreiftes Hemd, das am Hals offen stand. Schwarze Slipper vollendeten das perfekte Bild.

»Hallo, John.« Ihre Stimme wirkte schwach. Hatte sie sich so sehr von ihm beeindrucken lassen? Sie spürte, wie sich ihre Brustwarzen aufstellen, als sie sich vorstellte, wie er sie nach langem Zieren hart rannehmen würde. Wie er stark in sie eindrang, wie sein Körper sich auf ihren presste.

»Tut mir leid, dass ich letzte Woche nicht konnte. War es denn trotzdem ganz nett?«

»Nein«, sagte sie wahrheitsgetreu.

»Oh.«

»Na ja, so schlimm war es auch nicht. Wenn man auf Jungs steht, die nicht wissen, was sie wollen, dann war es ein sehr schöner Abend.«

John ging neben ihr den langen Gang zum Tanzraum. »Tja, daran merke auch ich, dass ich älter werde.«

»Bei einer Frau ist das doch nicht so schlimm, wenn sie jünger und schüchterner ist, oder?«, fragte Kelly.

»Kommt darauf an, was man möchte …«

Kelly schluckte. Sie wagte nicht nachzufragen, was er damit meinte. Ob er diese Aussage vielleicht auf sie bezog?

Sie betraten den Tanzraum.

Kelly tat sich schwer, ihm die Schritte beizubringen, die er das letzte Mal versäumt hatte. Als der Tanzlehrer Erbarmen mit beiden hatte und ihnen fast eine private Einzelstunde gab, sagte er irgendwann: »Kelly, ich kann nicht verstehen, dass du das nicht mehr weißt. Du warst doch vorige Woche anwesend, oder?«

»Ja, schon. Aber irgendwie scheint das Merken von Tanzschritten nicht meine Stärke zu sein. Sorry.«

»Schon gut. Dann zeige ich euch gleich noch mal die Linksdrehung. So, seht ihr?«

Beide nickten.

Kelly konnte es kaum erwarten, dass diese Stunde endlich zu Ende ging. Wichtig war, dass sie ihn rumkriegen konnte, etwas Trinken zu gehen. Der Rest würde sich ergeben. Während des Tanzkurses krallte sie sich an ihm fest und ließ sich führen. Sofort hatte er die Schritte begriffen und umgesetzt. Neben ihm kam Kelly sich wie ein untalentiertes, trampeliges Wesen vor.

Aber sie hatte es nun mal auf etwas ganz anderes abgesehen. War sie zu berechnend? Konnte es so gut gehen? Sie wollte es wagen. So felsenfest überzeugt, John schwach werden zu lassen, war sie lange nicht gewesen. Inständig hoffte sie, dass er auch der Mann war, für den sie ihn hielt. Es machte keinen Sinn, ihn zu verführen und später im Bett gänzlich alleine den Ton angeben zu müssen, während er sich nur von ihr bedienen ließ. Vielleicht war sie tatsächlich nicht sein Typ? Viel zu dominant? Aber dann hätte er bei ihr doch sicherlich schon viel eher zugeschlagen und sie sich für sein Bett genommen.

»So, meine Damen, meine Herren, noch eine kleine Rumba zum Abschluss und zur Entspannung, dann war's das für heute.«

Kelly atmete auf. Sie kam ihrem Ziel immer näher. Er musste nur noch Ja zu einem Drink sagen.

»Ja, gerne«, sagte John, nachdem Kelly ihn gefragt hatte. »Wir könnten auch noch ein paar Leute aus dem Kurs fragen.«

Kellys Strahlen verwandelte sich blitzartig in eine eiserne Maske. *NEIN,* schrie ihr Innerstes! »Wenn du gerne möchtest …«

»Es macht nur Sinn, wenn wir beide es wollen.«

»Stimmt.«

»Und, was meinst du?«

»Vielleicht sollten wir den Abend für uns nutzen. Denn es ist lange her, seit wir uns das letzte Mal gesehen haben. Ich glaube, es gibt einiges zu erzählen, oder?«

»Schön, wie du magst. Ich kenne da eine nette Bar gleich um die Ecke.«

»Das hört sich gut an.«

***

John war sehr redselig. Er fand kaum ein Ende. Sie saßen am langen Tresen einer Bar und John führte Monologe. Es war doch nicht zu fassen! Kelly sah sich unbefriedigt und mürrisch nach Hause gehen. John ließ nicht den kleinsten Platz für tiefe Blicke und Berührungen.

Kelly war klar, dass sie handeln musste und zwar schnellstens. Unauffällig ließ sie ihre Handtasche vom Schoß gleiten.

In seinem Redeschwall merkte John es nicht, so bückte Kelly sich mit einem kurzen »'tschuldigung« unter die Bar und kam mit einem betörenden Augenaufschlag, den sie zu Hause des Öfteren geübt hatte, wieder hoch. Dass es zwischen seinen Beinen geschah, war ihr durchaus bewusst. Eng drückte sie die Arme an ihren Oberkörper und presste somit ihre Brüste noch weiter aus dem Dekollete heraus. Dann zog sie sich auf ihren Barhocker und setzte sich so, dass ihre Beine mehr als nötig gespreizt waren. Das war seine letzte Chance! Und er biss an! Sofort stoppte er mit dem nächsten Satz und blickte ihr auf die Brüste. Eine Hand legte sich auf ihren nackten Oberschenkel.

»Du siehst klasse aus«, hauchte er.

Kellys Herzschlag beschleunigte sich und ihr Innerstes jubilierte. Sie hatte es geschafft. Es waren die ersten Worte, die sie betrafen und sie hoffte, es würden für heute nicht die letzten bleiben.

»Danke.« Sie schob sich ein kleines Stück an ihn heran.

Er begriff sofort und seine Hand glitt höher. In diesem Moment dachte Kelly an die Stadionsituation, wie Andrew und der Fremde es ihr so richtig besorgt hatten. Ausgerechnet jetzt musste sie daran denken! Sie schalt sich im Stillen. Doch die Vorstellung konnte sie nicht wegschieben, dafür war die Situation einfach zu geil gewesen.

»Du willst es wohl unbedingt wissen, oder?«, fragte John.

Diesen Ton hatte sie bei ihm nicht erwartet. Ihr Herz machte einen Hüpfer. Endlich nahm er sie ernst. Endlich legte sich ein dominanter, männlicher Zug um seine Lippen.

»Vielleicht«, ließ sie sich bitten.

»Du hast es schon damals wissen wollen.« Es klang, als spräche er laut seine Gedanken aus.

»Und trotzdem hast du aus irgendwelchen Gründen nicht gewollt. Schüchternheit?«

Langsam schüttelte er den Kopf und nahm seinen Tequila Sunrise in die Hand. Ein großzügiger Schluck folgte, während er ihr unverwandt in die Augen blickte. »Vielleicht habe ich mich ja doch in dir getäuscht.«

»Was meinst du damit?«, wollte Kelly wissen.

»Hm … bisher konnte ich die Frauen immer recht gut einschätzen, aber bei dir, muss ich sagen, fiel es mir von Anfang an schwer. Deshalb habe ich lieber meine Finger von dir gelassen.«

»Aha.«

»Bist du denn bereit?«, fragte John.

»Bereit? Sieht man mir das nicht an?«

»Äußerlich schon. Ich meine innerlich.«

Für einen Augenblick war Kelly irritiert, ob sie ihn richtig verstand. Warum machte er so ein Aufheben darum? Dachte er am Ende an ihren Freund? Sie hatte ihm nichts davon erzählt. Außerdem war es ihr verhasst, wenn andere Menschen versuchten, für sie mitzudenken und ihr aufzeigen wollten, was für ein sündiges Leben sie führte.

»Ich weiß, was ich will und ich weiß, was ich tue!«

»Sorry, ich wollte dir nicht zu nahe treten. Zahlen bitte.«

Kelly fühlte sich auf einmal sehr gut. Denn sie merkte, dass sie es mit einem stärkeren Mann zu tun hatte, als sie dachte, und diesem Mann die Stirn zu bieten, das machte sie innerlich groß.

***

Schweigend verließen sie die Bar. Auf dem Weg zum Auto legte er ihr den Arm um die Schultern und tat so, als gehöre sie zu ihm. Das gefiel ihr. Sie hätte sich nie träumen lassen, dass er sich um einhundertachtzig Grad drehen konnte und vor allem, auch würde. Allerdings fehlte ihr etwas – sie wusste bloß nicht, was.

Diese Gedanken aus dem Bauch heraus schob sie schnell von sich, denn die Vorstellung, er brächte sie zu seinem Auto, um mit ihr zur Liebeshöhle zu fahren, machte sie an. Es war genau das, was sie sich immer gewünscht hatte.

Leider verbrachten sie die Autofahrt auch schweigend. Kelly wusste nicht, was sie sagen sollte, und er machte keine Anstalten, ihr wenigstens einmal übers Bein zu streichen. Dabei war sie absichtlich so eingestiegen, dass ihr Kleid etwas zu hoch gerutscht war, um noch als züchtig durchgehen zu können.

***

Johns Haus war in einer abgelegenen Wohnsiedlung. Als sie ausstiegen, hielt ein Bus an der gegenüberliegenden Straßenseite. Die Landschaft war herrlich grün und die untergehende Abendsonne tauchte die Gegend in ein warmes Orange. Hier würde Kelly auch gerne wohnen.

»Alles okay mit dir?«, fragte John.

»Ja, ja, alles bestens. Ich habe gerade die Natur bewundert.«

»Mir gefällt es hier auch immer wieder. Komm, gehen wir rein.«

John schloss auf und ließ ihr den Vortritt. Das Haus war großzügig eingerichtet. Moderne Elemente kreuzten alte antike Möbelstücke. Es war so sauber und adrett, dass man hätte vom Boden essen können. So penibel hatte Kelly ihn sich gar nicht vorgestellt. Auf jeden Fall verkörperte er hier eine ganz andere Art Mann, als er nach außen hin, wenn man ihn auf der Straße traf, wirkte. Ein Kribbeln durchlief ihren Körper.

John trat an Kelly heran. Er nahm sie auf einmal in die Arme und gab ihr einen Kuss auf den Mund. Langsam und vorsichtig, dann ungestümer. Kelly fühlte, wie ihr Blut in Wallung geriet. Ihr Mund antwortete seinem und die Zungen umschlangen sich. Endlich konnte sie sich ein bisschen fallen lassen und ihre alt bekannte Lust breitete sich in ihrem Körper aus. Sie presste ihre festen Brüste an seinen Oberkörper und rieb sich an ihm. Sofort verstand er, was sie wollte. Ohne zu zögern, zog er ihr die rosa Jacke aus und die schwarzen Träger von den Schultern. Mit beiden Händen umfasste er ihre Brüste, legte die Finger um die leicht erigierten Nippel und rieb sie hart. Kelly stöhnte. Sie drückte ihm ihren Unterleib entgegen und ließ den Kopf in den Nacken fallen. Feuchtigkeit breitete sich sekündlich in ihrem Slip aus.

»Hey, nicht so schnell, kleines Fräulein … Wir wollen doch nichts überstürzen. Du bist bestimmt noch nicht da, wo du im Moment zeigst, hinzugehören.«

Wie durch einen Schleier der Lust vernahm sie seine Worte, verstand sie aber nicht. Lahm fragte sie nach. »Was meinst du denn, John?«

Er schob sie ein Stück von sich. »Hey Baby, du bist ja schon richtig geil.«

»Natürlich bin ich das. In den Armen eines so starken Mannes …«

»Das meine ich aber nicht.«

»Sondern?«

»Darfst du denn schon so geil sein?«

»Wie bitte?« Kelly versuchte, aus ihrem Lustzustand aufzutauchen. »Ich verstehe nicht. Was meinst du mit: ob ich das darf?«

John lachte herzlich. »Du bist süß. Komm, wir gehen nach unten ins Schlafzimmer. Dort ist auch ein Badezimmer, wo du dich frisch machen kannst und wo alles parat liegt.«

Kelly folgte John ein paar Stufen nach unten ins Souterrain. Sie war sich nicht sicher, was er mit seinen Aussagen meinte.

Was wird unten parat liegen, fragte sie sich. Unsicherheit ergriff plötzlich von ihr Besitz. Konnte sie ihm trauen? Doch sie hatte sich selber so tief in diese Situation hineinmanövriert, dass sie vorerst das Spiel mitmachen musste.

»Hier ist das Bad. Ich lege dir gleich die Sachen rein.«

Kelly wagte nicht zu fragen, welche Sachen er denn meinte. Vorsichtshalber schloss sie ab. Sie kühlte sich die Wangen mit kaltem Wasser und blickte in den großen Spiegel. Sie machte sich völlig verrückt. Wahrscheinlich hatte er aufreizende Wäsche für sie. Ganz Gentleman.

»Kelly?« Er klopfte kurz. »Ich habe die Sachen hier.«

Sie atmete tief durch, nahm sich ein Herz und schloss die Tür auf. Sie blickte auf seinen Arm. Dort hielt er einen Stapel mit Klamotten.

Er lächelte, als er ihn ihr übergab. »Lass dir Zeit.«

Kelly nickte, nahm die Kleidung entgegen und verschloss die Tür wieder. Mit klopfendem Herzen untersuchte sie die Wäsche und bekam einen Schock. Das waren SM-Klamotten! Schwarze, hautenge Latexware. Ein schwarzes, enges Bustier, wo die Mitte für die Brustwarzen frei gelassen war und eine entsprechend enge Lackshorts, die im Schritt ebenfalls eine Öffnung aufwies. Kelly starrte sekundenlang auf diese obszönen Teile, die sie in der Hand hielt und war unschlüssig, was sie tun sollte. Das alles anziehen? Und, wenn sie so etwas anhatte, was trug John dann? Und, wer war John dann auf einmal, und, wer war sie auf einmal …? Fragen über Fragen stürzten durch ihren Kopf und sie war unfähig, einen klaren Gedanken zu fassen.

Sie wollte John. Sie bekam John. Doch er war ein SM-ler. Was taten diese Leute eigentlich? Sie wusste nur, dass man Schmerzen aushalten musste. Das war nun gar nicht ihre Welt.

Sollte sie ihm das einfach sagen? Aber wie? Einfach aus dem Bad mit ihrem Kleid und rosa Jäckchen heraustreten und ihm sagen: ›Sorry, aber so ein Typ bin ich nicht‹ und ›good bye‹?

»Kelly? Alles okay?«, fragte John.

Kellys Herz fing stark an zu klopfen. »Ja, ja, alles bestens!«

»Passen dir die Sachen? Ich hätte sonst noch etwas Engeres.«

»Nein, das ist schon in Ordnung. Enger auf keinen Fall.«

»Ich habe dich so schmal in Erinnerung.«

»Bin gleich soweit.«

Nun hatte sie es selber verpatzt. Anstatt ehrlich zu sagen, dass SM nicht ihr Ding ist, tat sie so, als sei es das Selbstverständlichste von der Welt, diesen Fummel zu tragen. Sie nahm sich ein Herz und zog das Kleid aus. Dann probierte sie das Bustier über. Es passte tatsächlich. Eng, aber es klappte. Verrucht stachen ihre Nippel im tiefen Schwarz hervor. Durch den kühlen Latex waren ihre Brüste sofort angeturnt. Kelly zog den rosa Slip aus und stattdessen die schwarze Hot Pan an. Sie betrachtete sich im Spiegel. Noch heute Morgen hatte sie sich die Muschi rasiert. Nun leuchteten die rosa Lippen aus dem Schlitz der Shorts. Sie strich sich darüber und erschauderte. Das Gefühl war umwerfend. Sofort stellte sie sich vor, wie es sein mochte, wenn John mit seiner Zunge über die gereizten und zusammengepressten Schamlippen leckte, oder noch besser, seinen harten Schaft dazwischen drängte. Kelly wurde feucht. Noch vor wenigen Sekunden hätte sie das nicht erwartet.

Gestärkt durch ihre neuen Gedanken verließ sie das Bad. Dort fiel sie in den nächsten Schock. John stand ihr mit einem hautengen Catsuit gegenüber, ebenfalls in Schwarz. Sein Gesicht wurde von einer schwarzen Maske bedeckt, bei der nur Mund, Nase und Augen frei gelassen waren. In den Händen hielt er eine Peitsche.

Kelly schluckte. So, wie John jetzt aussah, machte er sie leider gar nicht an. Sollte sie ihm das sagen?

»John, ich finde, dass …«

»Schweig«, donnerte er.

Erschrocken wich Kelly einen Schritt zurück.

»Ich rede, du schweigst! Du hast hier überhaupt nichts zu finden! Los, leg dich hin.«

Kelly war zu geschockt, um nachzufragen. Doch als sie die eisernen Fesseln auf dem Bett sah, regte sich ihr Verstand. »John, ich möchte das so nicht.«

»Was du willst, interessiert nicht. Hast du nicht gehört? Du hast zu schweigen!«

»Aber ich möchte nicht …«

Die Peitsche surrte durch die Luft und traf ihren Rücken.

Kelly schrie auf, vor Schreck und Schmerz. »Bist du irre?«, schrie sie ihn an.

Mit einem Satz war er bei ihr, zog ihr die Shorts mit einem Ruck hinunter, legte sie über seine Beine und schlug ihr mit der flachen Hand auf den nackten Po.

Kelly schrie und wand sich unter seiner Hand. »Aufhören! Hör sofort auf damit! Du bist ja wahnsinnig! Was ist bloß los mit dir?«

»Was ist bloß los mit dir? Du hast wohl nie richtig gelernt, unterwürfig zu sein. Aber keine Bange, ich werde es dir schon beibringen. Für jeden Schrei und jede Bemerkung bekommst du eine weitere Bestrafung.«

Kelly traute ihren Ohren kaum. Plötzlich wurde sie so wütend, dass sie ungeheure Kräfte entwickelte und sich aus seinem Griff befreite. Angriffslustig stand sie wieder auf den Füßen und ballte die Fäuste. »Wenn du mich noch einmal anrührst, dann schlage ich dir in deine dreckige Visage!«

Ein paar Sekunden vergingen, wo keiner der beiden sich rührte. Kelly dachte nicht darüber nach, wie lächerlich sie ausgesehen haben musste mit den heruntergelassenen Shorts, aber ihre Drohung schien die Wirkung nicht zu verfehlen. Denn John regte sich nach einer Weile, zog die Maske herunter und sagte: »Ich wusste, dass du es nicht bist.«

»Was? Eine SM-lerin?«

»Nein, bereit.«

»Falsch, mein Lieber. Ich bin für alles bereit. Ich habe mit SM bloß nichts am Hut. Und wenn du mich nicht auf der Stelle gehen lässt, dann werde ich meine Drohung wahr machen. Ich habe zehn Jahre Karate hinter mir und an deiner Stelle würde ich nicht testen, ob es wirklich stimmt.«

»Schon gut, Kelly, komm wieder runter von deinem Trip. Ich werde dir nichts tun. Es hat keinen Sinn, wenn jemand nicht so veranlagt ist. Ich war mir nicht sicher, ob du wüsstest, dass ich darauf stehe. Leider hast du mir heute Abend einen anderen Eindruck vermittelt, als an den Tagen in den Jahren zuvor.«

»Jetzt verstehe ich auch, warum du mich immer verschmäht hast.«

»Genau.«

Eine Weile standen sie sich schweigend gegenüber. Kelly war sich noch immer nicht sicher, ob sie ihm trauen konnte.

Schließlich sagte er: »Komm, ich fahre dich zur Tanzschule zu deinem Auto.«

»Nein danke, ich nehme den Bus.«

»Aber Kelly, das ist doch albern.«

»Nein, ist es nicht. Ich brauche jetzt meine Ruhe. Bitte akzeptiere das.«

»Na schön. Wie du meinst.«

***

Als Kelly im Bus saß, dachte sie über die Geschehnisse nach. Sie hatte ihre Unterwäsche einfach in die Handtasche gestopft und sich das Kleid übergeworfen, die rosa Jacke verdeckte die letzten Latexspuren. John war sehr fair zu ihr gewesen. Er hatte sie nicht weiter belästigt und in einigem Abstand zur Tür begleitet. Dort hatte sie ihn gefragt, ob er auch anders könne. »Wie? Vanilla? Nein!«, lautete seine Antwort.

***

»Hallo, Schatz, du bist spät«, rief Andrew ihr aus dem Wohnzimmer entgegen.

»Ja, ich weiß.«

»Wart ihr noch etwas trinken?«

»Ja.«

»Und, war's nett?«

»Andrew, ich komme gleich zu dir. Ich mach mich nur kurz frisch.« Mit diesen Worten verschwand Kelly im Badezimmer. Dort blickte sie etwa eine Minute ihrem Spiegelbild entgegen und schämte sich. Schließlich wusch sie sich das Gesicht und zog das Kleid aus. Ein letztes Mal betrachtete sie die Latexwäsche, die sie einfach mitgenommen hatte, an ihrem Körper. Sie stand ihr. Aber sie hasste sie, weil sie einen Zweck erfüllte, den Kelly nicht erfüllen wollte.

»Schatz?« Die Tür öffnete sich und Andrews Kopf erschien.

»Andrew!«, schrie sie. »Mach sofort die Tür zu!«

Geschockt über ihren Ton und über das, was seine Freundin trug, blieb er in der geöffneten Tür wie angewurzelt stehen. »Wie siehst *du* denn aus?«, schaffte er zu sagen.

Kelly zog sich ein Handtuch vom Halter und bedeckte provisorisch ihre obzönen Klamotten.

»Was machst du hier? Ich wollte mal kurz alleine sein.«

»Aha. Und was ist das für'n Zeug, das du da trägst?«

»Ach, nichts. Jetzt mach die Tür wieder zu.«

»Nicht, bevor du mir gesagt hast, was das zu bedeuten hat.«

»Es ist nichts«, winkte Kelly ab.

»Nichts? Dafür finde ich es aber verdammt viel! Warst du vielleicht anschaffen?«

»Ach Quatsch! Wie kommst du denn darauf?!«

»Na, so ganz von der Hand zu weisen ist es ja wohl nicht.«

»So dürfen die Prostituierten doch gar nicht herumlaufen«, sagte Kelly und verschränkte die Arme vor ihrem Handtuch.

»Ach nein? Weißt du das so genau?«

»Du etwa?«

»Ja.«

»Wie bitte? Hast du es etwa schon mal mit einer Nutte getan?«

»Ja. Was ist so schlimm daran? Ich war jung und unerfahren. Aber jetzt bist du dran. Sag mir, warum du so angezogen bist.«

»Weil … ich kann es dir nicht sagen.«

Andrew kam ins Badezimmer.

»Bitte, komm nicht näher. Ich habe sonst das Gefühl, du würdest mich bedrohen, mich schlagen oder sonstiges«, stieß Kelly hervor.

Irritiert blickte Andrew sie an. »Was redest du denn da? Ich wollte mich nur auf den Wannenrand setzen. Denn ich befürchte, dass es eine endlose Diskussion werden wird, mit dem Hauptbestandteil, dass ich dich auffordere zu reden und du mir ständig sagst, dass du es nicht kannst. Wahrscheinlich werden mir dabei meine Beine den Dienst versagen.« Andrew setzte sich tatsächlich auf den Wannenrand. Interessiert sah er sie an. Nicht sauer oder gereizt.

Kelly stöhnte. »Ach, Andrew. Wenn ich dir das sage, dann wirst du es mir entweder nicht glauben, oder du ziehst deinen Heiratsantrag zurück.«

»Das überlass bitte mir.«

»Ich will dich aber nicht verlieren.«

»War dir das auch schon vorher klar?«

»Ja.«

»Hm …«

»Ich werde es dir erzählen, weil ich dich liebe und hoffe, dass du mir verzeihen wirst.« Kelly machte eine Pause, in der sie auf eine Reaktion Andrews wartete, doch dieser hatte lediglich eine interessierte Miene aufgesetzt. »Ich habe einen Mann getroffen, den ich noch von früher kannte. Damals hat er mich komplett ignoriert, was mich sehr gekränkt hatte. Nun wollte ich beweisen, dass ich auch diesen Mann nach mir verrückt machen kann.«

»Aha, darum die Tanzschule.«

»Das war seine Idee. Damit habe ich nichts zu tun. Ich habe lediglich die Gunst der Stunde genutzt. Als ich heute mit zu ihm fuhr … « Kelly betrachtete ganz genau Andrews Gesicht und hatte das Gefühl, dass es zunehmend blasser wurde. »… da legte er mir diese Klamotten hin. Es stellte sich heraus, dass er auf SM stand. Und ich tue das ja nun nicht. Wir brachen das ganze auf der Stelle ab, weil er mich … Also er wollte … Ich fand es einfach nicht gut.«

»Hat er dich geschlagen?«, fragte Andrew mit steinernem Gesicht.

»Er wusste doch nicht, dass ich keine SM-lerin bin.«

»Hat er dich geschlagen?«

»Andrew, was soll das? Willst du hinfahren und ihm die Fresse polieren? Bitte mach kein Fass auf. Es war mein Fehler!«

Andrew stieß scharf die Luft durch die Nase aus und schüttelte den Kopf.

»Es tut mir leid. Ich habe ein sehr schlechtes Gewissen

und hoffe, du kannst mir noch einmal verzeihen. Aber, ich versichere dir, es ist zu nichts gekommen.«

Andrew saß auf dem Wannenrand und blickte sie nur an.

»Bitte, Darling. Kannst du mir verzeihen?«, flehte sie.

Andrews Blick wanderte zu ihrem Handtuch. Eine Weile betrachtete er es. Dann beugte er sich leicht vor und zog am untersten Zipfel. Kelly hielt erst dagegen, ließ ihn dann aber doch das Handtuch wegziehen. Er blickte zu ihren Brüsten mit den Löchern für die Nippel, dann tiefer zu dem Ausschnitt im Höschen.

»Andrew?«

Er ging in die Knie und presste seine Lippen auf eine ihrer Brustwarzen. Gierig saugte er daran und als sie sich aufstellten, biss er sanft hinein. Kelly stöhnte, ohne es zu wollen.

»Wie fühlt sich das an?«, fragte Andrew.

»Verdammt gut«, stieß Kelly hervor.

Bevor sie wusste, wie ihr geschah, hatte Andrew seine Freundin gepackt und ins Schlafzimmer getragen. Dort warf er sie aufs Bett und riss sich die Kleidung vom Leib.

»Andrew …!«, schaffte Kelly noch zu sagen, bevor er ihre Schenkel spreizte und sich dazwischen legte. Kurz betrachtete er ihre geröteten Schamlippen und leckte dann sanft darüber. Sofort fing ihr Unterleib an zu kribbeln und die Schamlippen zu pulsieren. So ein gigantisches Gefühl hatte Kelly noch nie gespürt. Es war unglaublich intensiv, da sich das ganze Blut dort gesammelt hatte. Jede weitere Berührung mit seiner Zuge ließ sie lustvoller werden. Als wenn er das bemerkt hatte, ließ er sich viel Zeit, leckte und saugte an den roten Lippen. Kelly ruckte mit ihrer Hüfte hin und her, wollte, dass er mehr dazu beitrug, sie auszufüllen, anstatt sie permanent zu quälen. Doch nicht nur, dass er ihre geschwollenen Schamlippen maßlos reizte, er langte auch zu ihren Brüsten. Sofort fand er die steifen Warzen, die mit Kellys Körper fieberten, und zwirbelte an ihnen. Kelly stöhnte laut auf.

Da die Brustwarzen schon vorher die ganze Zeit an Kellys Kleid geschubbert hatten, waren sie bis aufs Äußerste sensibilisiert. Nun von Andrews Fingern zusammengedrückt zu werden, war zu viel für sie. Wie Blitze schoss das Gefühl auf ihren Unterleib zu und ließ die Besitzerin wimmern.

Endlich hatte Andrew Mitleid mit ihr und ließ die geilen Nippel los. Er richtete sich langsam auf, so dass Kelly seinen steifen Schwanz sehen konnte. Genauso langsam ließ er sich zwischen ihren gespreizten Schenkeln nieder und befingerte ihre nasse Scham.

Kelly seufzte laut. »Oh, Andrew, was tust du denn da?«

»Ich mach dich geil, Baby.«

Unaufhörlich befummelte er mit vier Fingern die Schamlippen, die aus dem schwarzen Latexslip herauslugten und Kelly die Lust ihres Lebens beschafften.

»Oh bitte, komm endlich zu mir, sonst explodiere ich.«

Andrew lächelte, dann wurde seine Miene ernst und er stieß gekonnt in sie. Kelly schrie auf vor Wonne und klammerte sich an ihn. Seine schnellen Stöße konnte sie kaum noch in sich aufnehmen, so weit war sie schon. Sein harter Schwanz bearbeitete ihre nasse Muschi und stieß immer wieder tief in sie. Als Andrews Mund sich auf einen ihrer heißen Nippel senkte und hineinbiss, konnte sie sich nicht mehr zurückhalten. Sie warf Andrew ihren Unterleib entgegen und keuchte. Mit einem Aufschrei war sie da, spürte, wie die Welle der Lust sie durchflutete und kein Ende zu nehmen schien. Andrew hatte viel Zeit ebenfalls zu kommen, die er nicht benötigte, denn Kelly hörte seinen Aufstöhnen nur wenige Sekunden nach ihrem.

»Wir müssen es gleich noch mal machen«, sagte Kelly atemlos.

»Wieso? War es so gut?«

»Ja, und ich bin noch so verdammt scharf. Ich habe das Gefühl, ich kann heute nicht befriedigt werden.«

»Das lass mal meine Sorge sein«, flüsterte Andrew und biss ihr ins Ohr.

Nach einer Weile befingerte er wieder ihre Brustwarzen.

»Oh nein, bitte fang nicht dort an. Sie sind so empfindlich …«

»Gut so, genau das wollte ich, kleines geiles Stück.«

Seine Worte machten sie an und sie fühlte, wie das Feuer wieder in ihr aufstieg. Ein Knie von ihm rieb sanft auf ihrer Klitoris, während seine Finger nicht von ihren harten Nippeln lassen konnten. Je mehr Druck er auf ihre sensiblen Warzen und die geschwollene Klitoris ausübte, umso mehr machte er sie willenlos. Mit einem lauten Aufbäumen war Kelly ein zweites Mal da. Andrew drückte sie mit dem Knie nieder und massierte mit der Hand, so lange weiter, wie der Sinnesrausch anhielt.

Lange schwiegen sie und genossen den Ausklang.

Schließlich fand Kelly als erste ihre Sprache wieder. »Verzeihst du mir eigentlich?«

»Wenn du diese geilen Sachen öfter für unser Liebespiel anziehst – auf jeden Fall!«

Karibik Abenteuer No. 2: Machtlos

Jana stieß einen Schrei aus.

»Haltet die Klappe, Mädchen«, rief Captain Pablo. »Ganz eindeutig habt Ihr gegen eine Regel verstoßen. Wisst Ihr auch gegen welche?«

Jana war unfähig zu sprechen. In ihrem Kopf raste es und sie war sich keiner Schuld bewusst. Sie wollte doch nur eine zweitägige Abenteuerreise auf einem Piratenschiff mitmachen, von dem sie ja nicht wusste, dass es hier zuging, wie auf einem echten Schiff vor ein paar hundert Jahren. Miguel, einer der Besatzung, den sie sehr mochte, hatte sie vom Schiff entführt, damit sie als Ärztin seine Famile retten konnte, die von Gelbfieber befallen waren. Ihre Herz begann zu klopfen, als sie an die erotischen Stunden mit ihm im Bootshaus dachte ... Doch kaum waren sie zum Piratenschiff zurückgekehrt, wurde Miguel brutal von Bootsmann Rodney zusammengeschlagen. Jana starrte auf Miguel, der noch immer reglos auf den Planken lag, und schluckte hart.

Captain Pablo riss Jana zu sich herum: »Ihr habt das Schiff verlassen, ohne vorher um Erlaubnis gefragt zu haben! Deshalb werdet Ihr eine satte Strafe bekommen!«

Die Schiffsmannschaft hatte sich stumm versammelt und scharrte sich nun um die Schiffsereignis.

»Mal sehen, wie gut Ihr mit Haien umgehen könnt«, lachte

Captain Pablo und kam dicht an Jana heran, sodass sie seinen schlechten Atem riechen konnte. Er raunte: »Ich habe gehört, Ihr habt ein ganz besonders *gutes* Verhältnis zu ihnen.«

Janas Blut stockte ihr in den Adern. Panik kroch in ihr hoch. Nicht schon wieder!

»Holt ein Seil, wir werden die Lady ein bisschen zum Schwimmen schicken«, befahl der Captain.

»Nein!«, schrie Jana. »Nein! Bitte nicht! Nicht ins Wasser! Ich nehme jede Strafe auf mich, aber nicht ins Wasser!«

Captain Pablo drehte sich zu ihr um und blickte sie mit schräg gelegtem Kopf an. »Aha, jede Strafe also. Hm, da wird sich doch etwas anderes finden lassen, das dem Strafmaß entspricht.« Er lachte wieder. »Mein Gott, ich hätte Richter werden sollen.« Er schüttete sich weiter aus, während einige der Zuschauer leicht mitlachten. Nur Jana verzog keine Mine.

»Keine Bange, Lady, ich werde mir für Euch etwas Schönes ausdenken. So, nun zu diesem Fahnenflüchtigen. Miguel. Ich schlage vor: sieben Peitschenhiebe! José, findet Ihr das auch angemessen?«

Dieser nickte eilig. »Auf jeden Fall, Captain! Das ist sogar noch zu wenig.«

»Na, na. Wir wollen ja nicht, dass ihm gleich die ganze Haut abfällt. So, ich möchte jetzt frühstücken und dabei nicht gestört werden. Macht Euren Job. Alles klar soweit?«

»Aye, Captain«, sagte José und als Captain Pablo unter Deck verschwunden war: »So, meine lieben Piratenfreunde. Ihr habt den Captain gehört. Sieben Hiebe! Und damit das Ganze aber noch mehr Spaß macht, werden wir den guten Miguel aufwecken. Er soll, genau wie wir, etwas davon haben.«

Jana konnte nicht glauben, was sie zu sehen bekommen sollte. Es musste sich um einen Scherz handeln. Niemand wurde heutzutage wegen irgendeines Vergehens ausgepeitscht! Noch dazu wegen einer Sache, die absolut nicht strafbar war. Miguel und sie hatten niemandem ein Haar gekrümmt, sie hatten lediglich das Schiff für ein paar Stunden verlassen.

»Und Ihr, Prinzessin«, frohlockte José, »dürft im Krähennest Platz nehmen. Von dort oben habt ihr einen wunderbaren Blick auf die Zeremonie.« Es war klar, dass er sich wieder eine Bosheit für sie ausgedacht hatte. Nur lag er diesmal damit völlig falsch. Es machte Jana nicht im Geringsten etwas aus. Bevor sie jedoch ihren Rock raffen konnte, bedeutete er ihr zu warten, bis eine Frau, die bereits im Krähennest saß, dort ausstieg. Diese klammerte sich in die Wanten, der Teil der netzartig gespannten Taue, und schluchzte.

»Was ist los? Warum kommt Ihr nicht herunter«, rief José hinauf.

»Ich kann nicht. Das ist einfach zu viel für mich gewesen. Die ganze Nacht und …« Sie schluchzte wieder.

»Los, kommt schon herunter. Aber zack, zack! Nicht so anstellen, Lady.«

Doch sie rührte sich nicht von der Stelle, ihr Körper wurde geschüttelt von Schluchzern. José stöhnte und rief: »Rodney, komm her und hol die Frau da runter.«

»Aye!« Rodney kletterte katzengleich die Wanten hoch. Jana bemerkte, dass sein Arm nicht mehr in der Schlinge lag. Stattdessen war ein Verband um seinen Oberarm gewickelt. Vorsichtig brachte er die Frau mit.

Jana fragte sich, warum ihr nur negative Dinge passierten, warum sie ständig bestraft wurde und die anderen anscheinend ungeschoren davonkamen. Wobei, eine ganze Nacht in der Mastspitze zu kauern, wie die schluchzende Frau, klang auch nicht gerade verlockend.

Kaum auf dem Deck angekommen, knickten der Frau die Knie ein. Jana fasste sie spontan an einen Arm. »Soll ich ihr helfen?«

»Warum?«, fragte José. »Ihr wollt wohl nicht ins Krähennest.«

»Doch, kein Problem. Ich frage nur deshalb, weil ich Ärztin bin.«

»Aha«, José überlegte einen Augenblick und nickte dann. »Na schön, kann nicht schaden. Sonst bekomme ich wieder den Ärger, wenn's etwas Schlimmes ist!« Und zu den anderen: »Okay, dann bindet mal den guten Miguel an den Mast, er bekommt jetzt seine kleine Strafe.«

Jana gefror das Blut in den Adern. Sie schloss kurz die Augen und legte die Hand um den Stein an der Halskette, die Miguel ihr geschenkt hatte. Vielleicht war es ganz gut, dass sie das nicht mit ansehen musste. Sie griff nach dem Arm der Frau und wollte gerade unter Deck mit ihr gehen, als Rodney Jana festhielt.

Schnell blickte sie ihn an. »Was ist?«

»Ihr solltet Euch auf keinen Fall entgehen lassen, wie Euer Retter bestraft wird.«

»Ich mache mir nichts aus ihm, falls Sie das meinen«, versuchte Jana gleichgültig zu sagen.

»Klar, erst springt er Euch beim Plankenlauf hinterher, dann fahrt ihr beide mit dem Boot sonst wohin und nun ist es Euch plötzlich egal, ob er leidet.«

»Tja, so ist es wohl.« Jana zeigte ein kurzes gespieltes Lächeln und stieg die erste Stufe hinab.

»Halt, Schätzchen, nicht so schnell. Wenn es Euch nichts ausmacht, dann könnt Ihr auch getrost zusehen.«

»Kein Problem!«, sagte Jana und unterdrückte den Drang zu schreien. »Aber wie Sie wohl unschwer erkennen können, habe ich gerade eine Patientin.«

»Mir geht es wieder besser«, sagte die Frau und Jana hätte sie für diesen Satz am liebsten gelyncht.

»Wunderbar, dann steht dem Spektakel mit Eurer Anwesenheit nichts mehr im Wege.« José lachte und zog Jana mit sich. Er stellte sie bei der Reling ab und platzierte sich mit verschränkten Armen daneben. »Ein richtiger Logenplatz, findet Ihr nicht auch?!«

Jana schwieg. Sie war nur etwa drei Schritte von Miguel entfernt. Er war mit dem Bauch am Mast stehend gefesselt worden. Hinter ihm wartete José und hielt die Neunschwänzige in der Hand.

»Wollen Sie ihn wirklich auspeitschen?«, fragte ein Mann.

»Sicher, was dachtet Ihr denn, Kaulquappe!«, feixte José.

»Es war doch kein allzu großes Vergehen …«

»Ja, finde ich auch!«, rief eine Frau.

»Wir wissen jetzt, wie es aussehen kann, aber Sie müssen ihm doch keine wirklichen Schmerzen zufügen. Wir sind doch nur auf einem nachgestellten Schiff«, rief ein anderer.

»Hey Leute, was ist los mit euch?«, fragte José und guckte grimmig. »Ihr seid hier auf *DEM* Piratenschiff schlechthin. Hier wird alles echt und richtig gemacht. Ich sagte bereits zu Anfang: Ihr sollt Euch fühlen, als wärt Ihr auf einem *echten* Piratenschiff. Und wenn jemand die Regeln nicht befolgt, dann bekommt er eben seine Strafe. Und da Miguel einer von der Piratenmannschaft ist und es eigentlich besser wissen müsste, bekommt er ein bisschen mehr Strafe als Ihr Landratten. Ist das jetzt angekommen? Es kann auch gerne jemand für Miguel einspringen. Mir ist egal, wem ich ein Muster auf den Rücken setze.«

Es herrschte betretenes Schweigen.

»Na also, geht doch!« Josés Blick glitt zu Jana. »Oder wollt Ihr Eure hübsche Haut für ihn verschandeln lassen, Prinzessin?«

Janas Herz pochte laut in ihrer Brust. Sie wusste nicht, welcher Teufel sie ritt, als sie mit hochgerecktem Kinn antwortete: »Ich würde es tun.«

»Oh!«, sagte José.

»Und ich würde es nicht zulassen!«, sagte Miguel schwach.

Jana erschrak und riss den Kopf zu ihm herum. Zugleich war sie erleichtert.

»Aha, der Flüchtige ist erwacht. Wie ritterlich von Euch. Passt in die Zeit. Wie wäre es mit einem lagen Blick und einem Zungenkuss?«, witzelte José.

»Kein Problem«, sagte Miguel.

»Okay, Schluss mit den Sperenzchen. Dir stehen sieben Peitschenhiebe bevor.«

»*Was?* Seid ihr völlig irre?«, rief Miguel hellwach.

»Sei still. Konzentrier dich lieber auf den Schmerz, der durch deinen Körper schießen wird.«

»Elender Bastard!« Miguel zerrte an den Fesseln. Doch sie ließen sich nicht lockern.

José ließ die Peitsche auf Miguels Rücken sausen. Miguel unterdrückte den Aufschrei, und José lächelte fies. Sofort ließ er die Peitsche wieder schwingen. Jana zuckte gemeinsam mit Miguel zusammen. Zwei hatte er schon geschafft. Der nächste Hieb ließ etwas auf sich warten, dafür kam der vierte sofort dahinter, sodass Miguel aufschrie. Seine Hände krampften sich in die Fesseln, und er atmete schwer. Jana konnte kaum hinsehen, es zerriss ihr das Herz. Nach dem fünften Peitschenschlag liefen ihr die Tränen über die Wangen, sie konnte sie nicht zurückhalten.

»So, Rodney, die letzen beiden darfst du austeilen.«

Jana sah durch einen Tränenschleier, dass Rodney, so sehr er Miguel auch verabscheuen mochte, nicht sehr begeistert von dem Aufruf war.

»Ach, lass mal. Ich nehme den nächsten Regelverstößler«, versuchte Rodney sich herauszuwinden.

»Das war keine Frage, sondern ein Befehl! Und wenn du es nicht sofort tust, stelle ich dich an seiner statt an den Mast«, bellte José.

»Schon gut, schon gut. Bleib cool. Ich mach's ja.«

Miguel nutzte die Zeit, um Kraft zu tanken, doch er hing schon durch. Mit einem hämischen Grinsen trat José zur Seite und machte Rodney Platz. Jana sah ihm sofort an, dass er sich sichtlich unwohl fühlte.

»Na los, mach schon!«, feuerte José ihn an.

Noch immer waren die Zuschauer still und beschämt, dass sie nichts ausrichten konnten. Jana ging es genauso. Sie machte sich mit dem Gedanken froh, dass er nur noch zwei Hiebe vor sich hatte.

Die Neunschwänzige surrte durch die Luft und Jana vernahm den unterdrückten Schmerzenslaut. Miguel keuchte und presste die Augen zusammen. Schweiß rann ihm über den Rücken und vermischte sich mit Blut. Nach dem letzten Treffer auf seinem geschundenen Rücken, fiel sein Kopf zur Seite. Jana schluchzte auf und hielt sich beide Hände vor den Mund.

Sie wollte zu ihm, doch José hielt sie zurück. »Nicht so schnell, Prinzessin. Er wird da erst mal ein bisschen hängen gelassen, als abschreckendes Beispiel. So hat man das früher gehandhabt.«

»Ja, früher, aber heutzutage nicht mehr! Es ist das Letzte, was Sie hier tun! Unfassbar!«

»Wollt Ihr auch ausprobieren, wie sich die Neunschwänzige anfühlt? Ich habe kein Problem damit, eine Frau auszupeitschen. Vielleicht schafft Ihr ja mehr Peitschenhiebe durchzuhalten, als dieser Jammerlappen.«

Janas Entsetzen verwandelte sich in grenzenlose Wut. Sie setzte an, doch er hob warnend die Hand. »Passt auf, was Ihr sagt, Mylady, es könnte Euch sehr schaden.«

Jana starrte ihn wuterfüllt an und schluckte ihre Worte hinunter.

»Gut gemacht! Wenn einer in die Nähe von Miguel kommt oder ihn auch nur anrührt, dann ist eine weitere Strafe fällig. Habt Ihr das verstanden?«, donnerte José. »Ich werde schon Zucht und Ordnung in diesen Haufen bekommen, darauf könnt Ihr Gift nehmen!«

Ein Raunen ging durch die Mannschaft.

»Gut. Dann geht jetzt an Eure Arbeit. So, wie ich Euch vorhin eingeteilt habe. Ihr, Prinzessin, Ihr werdet den Boden schrubben. Los, ihr Landratten – arbeitet!«

Mit einem letzten schmerzlichen Blick auf Miguel, wandte Jana sich ab. Sie war froh, nicht ins Krähennest zu müssen, doch den Boden zu schrubben, war auch nicht sehr angenehm.

Es war unverantwortlich, die Leute in der prallen Mittagshitze schuften zu lassen. Eigentlich konnte Jana erleichtert sein, denn heute Abend würden sie auf der Insel Margarita landen, Jana konnte in Garys Arme fallen, und der Piraten-Spuk hatte ein Ende. Dann würde sie ihren Anwalt anrufen und die Piraten-Gesellschaft verklagen. Doch bis dahin war noch lange Zeit und sie musste erst ihre Arbeit machen.

Eine Stunde später legte Jana den alten, dreckigen Putzlappen zur Seite und besah sich ihre Finger. Sie waren rot und geschunden. Auch ihre Knie taten weh, aber das war nichts im Vergleich zu dem, was Miguel hatte durchmachen müssen. Sie blickte zu ihm. Seine Beine waren leicht eingeknickt, sein Körper wurde von den Stricken, die um seine Handgelenke und den Mast gebunden waren, gehalten. Seine Augen waren geschlossen und der Kopf ruhte auf seiner rechten Schulter. Den Rücken hatte Jana seit dem Auspeitschen nicht mehr sehen können. José hütete Miguel wie eine kostbare Beute.

Gerade als José sich umdrehte und über die Reling auf das blaue, endlose Meer hinausblickte, schlich sich eine der Reisenden heran. Jana erkannte in ihr Susan. Susan war eine von den etwas freizügigeren Damen und sie konnte sich gut vorstellen, dass sie eine von ihnen war, die nackt auf Deck getanzt hatten, als Jana in ihrer Koje im Halbschlaf lag. Oder hatte sie das nur geträumt mit dem Tanz? Träumte sie überhaupt das alles? Jana war sich nicht mehr sicher. Doch worin sie ganz sicher war, dass Susan sich nicht an die Regel hielt, denn diese ging um Miguel herum, betrachtete ihn mit einem ihr ins Gesicht geschriebenen Entsetzen und streichelte seinen Kopf. Rasch blickte sie zu José, der noch immer ihr abgewandt stand. Dann redete sie auf Miguel ein, schüttelte ihn leicht und schließlich presste sie ihre Lippen auf Miguels Mund. Jana stockte der Atem.

»Hey, was machst du da?!«, polterte José.

Sofort ließ sie von Miguel ab und versuchte davonzulaufen. Doch José war schnell hinter ihr und packte sie. Susan schrie, dann trat und boxte sie nach ihm. Es nützte nichts, gnadenlos zog er sie immer wieder zu sich heran. Da änderte Susan ihre Taktik, ließ sich gegen ihn fallen und biss mit aller Kraft in seine Schulter. José jaulte laut auf und schlug ihr ins Gesicht. Susan fiel auf den Boden. Stille.

Alle Leute blickten gebannt auf die Szene.

Dann legte sich ein breites Grinsen auf sein Gesicht. »Ihr schreit förmlich nach Bestrafung. Ich muss sagen, ich komme heute wirklich voll und ganz auf meine Kosten. Steht auf!«

Captain Pablo erschien an Deck. »Was ist hier los?«

»Unsere kleine Lady war aufmüpfig, hat sich nicht an die Abmachung gehalten und mich zusätzlich getreten und gebissen.«

Der Captain fuhr sich immer wieder durch seinen Bart und sagte schließlich: »Sie soll die Tochter des Kanoniers küssen!«

»Aye, Captain, sehr gerne!« Ein zufriedenes Lächeln legte sich auf Josés Gesicht, als er Susan hochzog. »Ihr wisst wahrscheinlich nicht, was das heißt, oder? Es bedeutet, dass derjenige über die Kanone gelegt und ausgepeitscht wird.«

Susan stieß einen Schreckensschrei aus.

»Macht das unter Euch aus, ich bin in meiner Kajüte. Aber, José, ich möchte, dass du nicht die harte Variante anwendest. Verstanden?«

»Aye, Captain«, sagte er mit einem Grinsen in der Stimme.

Janas Herz klopfte wie wild. Sie dachte an Miguel, wie er, obwohl er ein starker Mann war, dem Auspeitschen nicht lange standgehalten hatte. Fassungslos schüttelte sie den Kopf.

»Los, keine langen Diskussionen, packt sie und rauf auf die Kanone mit ihr«, rief José und wandte sich dann an Susan: »Kommt Lady, ich werde zu Euren Gunsten die Spielregeln ein wenig ändern. Wie würde es Euch gefallen, wenn wir das Auspeitschen weglassen und stattdessen auf eine kleine Tuchfühlung von jedem Besatzungsmitglied dieses Schiffes gehen würden?«

»Überhaupt nicht.«

Die Mannschaft grölte und jubelte.

»Beruhigt euch wieder, Leute«, lachte José und blickte Susan an. »Wie Ihr seht, sind alle anderen mehr als einverstanden damit, Euch ein bisschen zu befummeln. Mike, Eddy, bindet die Kleine fest. Sie ziert sich bloß ein bisschen.«

»Aye.«

Susan schrie und trat wild um sich, dabei traf sie Mike, den Steuermann und Ed, den Schiffskoch, die Schmerzensrufe ausstießen, in die sich diverse Lachsalven der Umstehenden mischten.

Ein Mann rief: »Hey, José, gibt es Aufzeichnungen über Eure Regeln?«

José trat näher an den Mann heran. »Aber sicher, Ihr Schlauberger. Es ist alles in einem großen, dicken Buch aufgeschrieben. Wollt Ihr es sehen?«

Der Mann nickte. »Ja.«

José knurrte. »Na schön. Eddy, hol' das verdammte Buch aus der Captains-Kajüte und frag ihn höflich um Erlaubnis. Aber beeil dich!«

»Aye.« Er lief los.

Jana war schockiert. Sie musste etwas unternehmen. Aber was, wenn sie alleine war? Wie konnte sie es schaffen, ein paar Leute auf ihre Seite zu bekommen, um dem Ganzen ein Ende zu setzen? Da fiel ihr der gut aussehende Mann ein, der sich ihr als Leon vorgestellt hatte. In der Nacht, als sie auf Miguel gewartet hatte, war Leon in ihr Zimmer getreten und hatte sich nett mit ihr unterhalten, ihr außderem gut zugeredet, was die Umstände an Bord anbelangte. Er hatte ein paar Annährungsversuche gestartet, doch sie hatte ihn sanft, aber bestimmt, abgewiesen. Zum Glück gab es Verständnis von seiner Seite. Er hatte ihr trotzdem seine Hilfe angeboten, sollte sie in einer auswegslosen Situation stecken. Diese Situation war jetzt gerade. Jana suchte das Deck nach Leon ab, fand ihn aber nicht unter den Leuten. So lief sie unter Deck zu seiner

Kajüte, die genau neben ihrer lag und trommelte an die Tür.

»Herein!«, ertönte es von drinnen.

Sie trat augenblicklich ein. Leon hatte sich auf seiner Koje ausgestreckt. Er trug nur eine Hose. Es war eine Piratenhose. Jana war etwas verwirrt, ließ sich davon aber nicht abschrecken.

»Na, Schätzchen, was verschafft mir die Ehre?«

Hatte er sich schon den Piraten angeglichen, oder kam es ihr nur so vor?

»Ich …« Sie geriet ins Stocken.

»Ja?«

»Ich brauche deine Hilfe.«

»Oh, worum geht's?«

»Auf Deck wird Susan gerade …« Wie sollte sie ihm das bloß sagen? Gefesselt, begafft, befummelt?

»Wird gerade … *was*?«

»Auf eine Kanone gefesselt. Wir müssen etwas tun!«

»Das ist dumm gelaufen für sie, aber was kann ich schon ausrichten? Hingehen und sagen: ›Hey Leute, hört auf damit!‹?« Er lächelte amüsiert und schälte dabei eine Mango.

»Du hast gesagt, du könntest mir helfen, wenn ich in Not bin.«

»Richtig. Aber, wie ich sehe, bist *du* nicht in Not, sondern Susan.«

»Das ist egal. Wir müssen dem Ganzen ein Ende setzen. Kannst du nicht irgendetwas tun? Bitte!«

»Ich könnte etwas tun, aber das kostet natürlich auch eine Kleinigkeit.«

»Das kostet eine Kleinigkeit?«

»Blas mir einen und ich werde es hinbekommen, dass Susan verschont bleibt.«

Entsetzt starrte sie ihn an. »Bist du von allen guten Geistern verlassen?« Dann dachte sie an den Kuss, den Susan Miguel gegeben hat. »Auf gar keinen Fall – du bist ja irre!«

Sie wollte sich umdrehen und schleunigst die Kajüte verlassen, als er sagte: »Ich habe gehört, dass Miguel auf einer verlassenen Insel ausgesetzt und sich selber überlassen werden soll. Der Arme, da wird er wohl krepieren. Denn sein blutiger Rücken wird den einen oder anderen Aasfresser-Vogel unweigerlich anlocken. Vielleicht schmeißen sie ihn auch ins Meer. Die Haie haben ein leichtes Spiel mit ihm …«

Entsetzt fixierte Jana ihn. »Du lügst. Niemals würde der Captain das zulassen! Das würde ihm und der Besatzung den Job kosten und alle hinter Gitter bringen.«

»Wer soll das beweisen?«

»Ich!«

»Aussage gegen Aussage. Der Rest der Leute ist manipulierbar.«

Jana starrte ihn erschüttert an. »Das glaube ich nicht!«

»Ich werde dir helfen, ihn am Leben zu lassen, denn ich habe einen guten Stand bei José und Rodney. Wie gesagt, es kostet dich nur eine Kleinigkeit.« Er biss in ein Stück Mango. Sein Dreitagebart und seine kurzen schwarzen Haare, die auch auf seiner muskulösen Brust zu sehen waren, ließen sein Äußeres blendend erscheinen. Er war ein absoluter Hingucker.

Jana ertappte sich dabei, wie sie sich fragte, wie wohl sein Schwanz gebaut war. Noch während sie sich diese Frage stellte, zuckte es in seiner Hose. Ohne Umschweife stand Leon auf, zog die Hose aus und setzte sich wieder aufs Bett. Sein Schwanz wurde immer steifer und ragte schließlich steil nach oben. Automatisch beschleunigte sich Janas Herzschlag. Sie stellte sich vor, diesen langen Prügel in ihren Mund zu saugen, ihn mit der Zunge zu umspielen.

»Komm schon, kleine Lady. Ich verspreche dir meine Hilfe.«

Jana dachte an Miguel. Wenn sie ihm dadurch helfen konnte …

Doch das war es nicht ausschließlich. Sie war neugierig, wie es sich anfühlte, so einen Prachtschwanz zwischen ihren Lippen zu haben. Vielleicht kam es ja auch zu mehr. Jana erschrak über ihre intimen Gedanken.

Sie wollte das hier nur tun, um Miguel zu retten und dem Treiben an Deck ein Ende zu bereiten. Entschlossen ging sie auf ihn zu und schob ohne Umschweife den dicken Schwanz in ihren Mund. Leon seufzte und griff ihr sofort in die Haare.

Er roch gut und er schmeckte gut, seine Haut war weich und sein gieriges Glied hart. Jana schloss die Augen und genoss, was sie tat. Leon schien das zu spüren und entspannte sich, indem er langsam nach unten rutschte und sich hinlegte. Wohlig seufzte er, während Jana seine steife Rute lutschte und die Hoden mit der Hand leicht knetete.

In diesem Augenblick wurde die Kajütentür mit einem Ruck aufgerissen. Jana erschrak und ließ sofort ihre Arbeit sein. In der Tür stand Rodney. Ein schmutziges Grinsen umspielte seine Lippen. »Hier seid Ihr, Lady, dacht ich's mir doch, dass Ihr eine Nummer mit unserem Co-Quartiermeister schiebt.«

»Wie bitte, mit wem?« Entsetzt blickte Jana sich nach Leon um. Dieser lächelte vergnügt, nahm sich ein Stück Mango und biss hinein. Es war ihm keinesfalls peinlich, so erwischt worden zu sein. »Auch eins?«, bot er ihr an.

Sie schüttelte schnell und kurz den Kopf.

Da riss Rodney sie auch schon aus der Kajüte. »Kommt mit, da oben wird Euch ein wenig mehr geboten, als hier. Da könnt ihr vielleicht noch was lernen.«

Grob wurde Jana am Oberarm gepackt. »Leon!«, rief sie.

»Adiós muchacha und viel Vergnügen da oben. Werde bestimmt gleich nachkommen. Ich muss mich erst mal von meinem eigenen Spaß erholen.« Lachend blieb er auf seinem Bett sitzen.

»Ihr habt versprochen, mir zu helfen!«, rief sie zurück.

»Aber, Schätzchen, du hast dein Werk doch noch gar nicht beendet. Zahlung gibt es erst nach Vollendung der Arbeit.« Er lachte belustigt.

»Mistkerl!«, schrie sie.

Rodney zerrte sie aufs Deck. Jana fühlte sich bis ins Tiefste verletzt, und Scham stieg in ihr auf. Wie hatte sie ihm nur trauen und einen blasen können!

Ihr widerstrebte, dem Spektakel mit Susan beizuwohnen. In den letzten beiden Tagen hatte sie einfach schon zu viel mitgemacht und zu viel gesehen.

Rodney stieß Jana gegen einen Mast, genau jenen, an dem Miguel noch immer bewusstlos hing. Der Anblick versetzte ihr einen Stich ins Herz. Sein Kopf ruhte auf der rechten Schulter wie zuvor.

»Wie können Sie ihn hier immer noch hängen lassen!«

»Nun bleibt mal ganz ruhig, Lady! Seid froh, dass Ihr nicht an seiner statt dort hängt.« Rodney schob sich hinter sie und schlang die Arme um ihren Körper, sodass seine Hände genau unter ihren Brüsten lagen.

Jana schwieg und wehrte sich nicht, während sie auf Susan blickte, die nun auf der Kanone festgebunden war. Sie trug ein dünnes Trägertop ohne BH und einen weißen Rock. Was Jana nicht für möglich gehalten hätte: Susans Brustwarzen waren steif und stachen durch den dünnen, hellblauen Stoff. Es war in ihrer liegenden Position auf der Rundung der Kanone deutlich zu sehen, da die Arme sowie die Beine seitlich zur Seite hingen und unter der Kanone gefesselt waren.

Auch wenn Susan zappelte, es half nichts. Die Fesseln saßen fest und ließen ihr keine Möglichkeit, in die Freiheit zu kommen.

»Na los, Leute, ran an die Braut. Traut euch! Haltet euch vor Augen, sie hat einen Regelverstoß begangen, dafür muss sie nun bestraft werden! Jeder, der die Regeln nicht beachtet, muss dafür büßen.« Er lachte laut und wedelte mit den Händen, um die Leute zu ihr zu scheuchen. Es schien ihm großen Spaß zu machen, Regelverstöße zu rächen.

Ein mutiger Mann trat vor. Er wankte leicht. Ob es vom Wellengang oder einem Becher Grog zu viel kam, konnte Jana nicht deuten. Auf jeden Fall legte er seine Hände auf Susans Brüste und ließ sie dort ruhen, während seine Augen leuchteten. Die Männer grölten. Ein anderer Mann kam heran und sagte leise: »Hey, lass mich mal.« Damit schob er seine Hände auf die Brüste. Jana konnte erkennen, dass die Nippel so steif waren, als wären sie durch die Berührungen noch größer geworden, als sie ohnehin schon waren. Der erste mutige Mann streichelte über den Rock und kreiste ganz leicht dort, wo er ihre Scham vermutete. Susan begann sich zu winden und schien gewillt, ihren Körper von den Männern wegzudrehen. Aber wenn, dann wollte sie das anscheinend nur, weil es ihr vor der restlichen Mannschaft peinlich war, dass ihr Körper so auf die beiden Männerhände reagierte.

Der zweite Mann winkte zur Seite. Jana blickte hin. Dort stand der Schiffsjunge, den sie kaum älter als achtzehn schätzte.

»Na komm schon, oder brauchst du's schriftlich? Vor der brauchst du keine Angst zu haben, die ist ganz zahm.«

Die anderen lachten.

Langsam schob der Junge sich nach vorne, die Leute machten ihm Platz. Noch langsamer hob er seine Hände und legte sie behutsam auf die geilen Brüste, deren Nippel sich seinen Händen entgegenzurecken schienen. Susan stieß einen leisen Seufzer aus, und Jana konnte ihr das sehr gut nachfühlen. Auch ihre Brustwarzen hatten sich verhärtet und sehnten sich nach einer Berührung wie dieser. Als hätte Rodney ihre Gedanken gelesen, schoben sich seine Hände nach oben und legten sich ebenfalls auf ihre Brüste. Sie stöhnte leise.

»Keinen Laut!«, flüsterte er in ihr Ohr. »Du weißt, wozu ich fähig bin. In niemandem wirst du einen Fürsprecher haben. Der einzige, den du hast, hängt bewusstlos neben uns.«

Widerwillig gehorchte Jana. Sie ließ es zu, dass er ganz sanft ihre Brüste drückte. Mit Leichtigkeit fand er ihre Brustspitzen und presste sie zusammen. Jana konnte es nicht glauben, aber alles in ihrem Unterleib zog sich zusammen und hinterließ ein Sehnen nach mehr.

Während der Junge nach und nach mutiger mit Susan wurde und auch die anderen beiden Männer ihr inzwischen über den freigelegten Oberschenkel streichelten, so wurde auch Rodney immer forscher. Sehr zur Beunruhigung Janas ließ er ihre Nippel einfach nicht mehr los. Sie ertappte sich dabei, wie sie ihr Becken kurz und unauffällig hatte kreisen lassen.

Rodney lachte leise. »Na bitte, geht doch. Jede Frau wird in meinen Händen weich. Frauen wollen eben einen richtigen Kerl, nicht so einen Waschlappen wie Miguel. Ja, Baby, los, beweg dich noch einmal. Ich will deinen Hintern an meinem Schwanz spüren.«

Unfähig, irgendetwas zu tun, stand Jana einfach nur da. Sie war hin- und hergerissen zwischen der Bereitschaft für Rodney, der eine brennende Lust in ihrem Unterleib auslöste und dem bisschen Verstand, der ihr sagte, sich mit allen Mitteln gegen Rodney zu wehren. Doch ihr Verstand, so schien es ihr, nahm mit jeder Minute ab.

Als hätte jemand Jana vorerst die Entscheidung abnehmen wollen, bekam sie kaltes Wasser ab und japste auf. Sofort ruckte ihr Kopf zur Seite. José hatte Miguel einen Eimer Meereswasser ins Gesicht geschüttet. Dieser riss den Mund auf und holte tief Luft. Dann atmete er erschöpft weiter.

»Hey, aufwachen Miguel. Du hast genug geschlafen«, rief José. »Wird Zeit, dass du wieder ein bisschen Spaß hast. Den solltest du dir auf gar keinen Fall entgehen lassen.« Die anderen Leute lachten und riefen ihm etwas zu.

Unter halb geschlossenen Augen erblickte Miguel als erstes Jana. Ihr Herz fing an zu hämmern. Am liebsten hätte sie die Hand nach ihm ausgestreckt und sein Gesicht berührt. Langsam sah er an ihrem Körper hinunter und schien die Hände Rodneys zu bemerken.

»Hey, reißt Euch zusammen Lady, da vorne spielt die Musik. Immer schön dahin gucken«, zischte Rodney.

Jana beobachtete Miguel, wie er das Erotikspiel Susans entdeckte, und seine Gesichtszüge entgleisten ihm. Jana blickte nun auch zu Susan hinüber. Sie hatten ihr das Top bereits hochgeschoben, den Rock über den Bauch gelegt und waren gerade dabei, den Slip abzustreifen. Durch die gefesselten Beine ging es nicht, also ließ der Mann ihn einfach hängen. Als er Susan kurz betrachtete, wie sie mit halb gespreizten Beinen, den Köper durch die Rundung der Kanone nach oben gedrückt, so vor ihm lag, zuckte die dicke Beule in seiner Hose. Susan stöhnte auf, als seine Hand ihr Schamdreieck berührte. Vorsichtig strich er darüber und befühlte sie dann mit seinem Daumen in ihrer Spalte. Erneut seufzte sie.

Im gleichen Augenblick spürte auch Jana, wie sich eine Hand Rodneys von ihren Brüsten löste, von oben in den Rock glitt und sogleich in ihren Slip fuhr. Sie spürte, wie sich sein harter Schaft an ihre Poritze drückte. Um dem Nachdruck zu verleihen, zog er Jana so dicht wie möglich zu sich heran.

Seine Hand bahnte sich einen Weg zwischen ihre Schenkel, wo er ihre Klitoris fand und leicht massierte. Jana konnte nicht anders, sie seufzte leise und ihr Atem beschleunigte sich.

»Los, guck weiter auf die ›Tochter des Kanoniers‹. Die hat es heute verdammt nötig, gevögelt zu werden«, raunte ihr Rodney ins Ohr.

Kurz blickte Jana zu Miguel. Der schien vom Spiel mit Susan gefangen zu sein. So sah auch Jana wieder zu ihr hinüber. Inzwischen hatte sich der Schiffsjunge über eine Brust Susans gebeugt und saugte und knabberte an ihr. Der mutige Mann war einen Schritt näher an Susan herangetreten, damit er seinen Finger tiefer in ihren Schlitz schieben konnte. Susan wand sich unter der Doppelbearbeitung. Stimmen aus den Zuschauerreihen wurden laut, sie wollten auch ran an die Frau. Einer löste sich aus dem Publikum und schob den mutigen Mann beiseite. Ohne zu zögern tauchte er mit seiner Hand zwischen Susans Beine und entlockte ihr einen weitern Seufzer.

Jana atmete schwer. Auch sie wurde in die Mangel genommen, indem Rodney ihr zwei Finger in die nasse Höhle schob. »Geiles Luder, du triefst ja vor Nässe.«

Sie bemerkte, wie er an seiner Hose fummelte. Dann zog er hinten langsam ihren Rock hoch. Als das passiert war, spürte sie sein steifes Glied. Er drückte ihr mit den Knien die Beine auseinander und schob seinen harten Säbel dazwischen. Reinkommen konnte er nicht, dazu hätte sie sich nach vorne beugen müssen. Aber es reichte, dass er mit der Penisspitze permanent auf ihre Klitoris traf. Ihre Brustwarzen waren so steif wie sein Schwanz. Das schlimmste für Jana war, dass Rodney sie anmachte. Ihr gefiel, was er da tat und wie er es tat. Es hätte nicht viel gefehlt und sie hätte ihn zu Boden geworfen, sich auf seinen langen Schwanz geschwungen und ihn bis zur Besinnungslosigkeit geritten. Während sie zu Susan blickte, die nun einige Männerhände gleichzeitig auf und in ihrem Geschlecht ertragen musste, bewegte Jana sich leicht vor und zurück. Rodney glitt unter ihr Top und zwirbelte ihre Brustwarzen. Jana rekelte sich und blickte, mit einem plötzlichen Gefühl des Ertapptwerdens, zu Miguel. Dieser hatte den Mund leicht geöffnet und blickte schwer atmend auf ihr Becken.

Die Seufzer von Susan wurden lauter. Jana blickte hinüber und sah, dass Susan nun von sechs Männern und einer mutigen Frau in die Mangel genommen wurde. Alle strichen über ihren Körper und in ihrer Spalte. Ständig wurden diverse Finger in ihren Schlitz geschoben und sie zwischen den Pobacken befühlt. Susan keuchte und wand sich hin und her. Sie stöhnte und hechelte, konnte sich einfach nicht mehr beherrschen. Mit einem lauten Aufschrei kam sie. Ein Mann hatte sich zwischen ihre Beine gehockt und stieß schnell seine Zunge in ihre Spalte, als wäre es sein Schwanz. Susans Höhepunkt währte lange. Alle Hände blieben währenddessen bei ihr und befummelten sie an Brüsten, Brustwarzen, Scham und Anus weiter. Endlich klang der Orgasmus ab. Doch niemand wollte gehen. Nach einer kleinen Verschnaufpause rührten die Hände sich wieder und brachten Susan erneut in Fahrt, auch wenn sie wild dagegen protestierte.

Jana war so angeheizt von der Situation, dass sie auch ihren Höhepunkt kommen spürte. Doch sie wollte ihn auf keinen Fall mit Rodney erleben. Sie konnte unmöglich zulassen, dass er es schaffte, sie zum Höhepunkt zu bringen. Aber ihr stillschweigendes Flehen brachte nichts. Rodney wusste genau, worauf Jana ansprang. Er griff ihr von vorne unter dem Rock zwischen die Beine, nahm ihre Lustperle zwischen zwei Finger und rollte sie hin und her. Jana wurde es heiß und kalt. Sie spürte, dass sie nun, seinen harten Schwanz zwischen den Schamlippen, seine geübten Finger auf ihrer Klitoris, den Orgasmus nicht mehr zurückhalten konnte. Sie fasste nach hinten zu ihm und krallte sich in seine Unterarme, biss sich auf die Zähne und keuchte leise, während es ihr kam. Ihr Blick galt Miguel. Sie sah, trotz seiner Schmerzen, die lodernde Lust in seinen Augen.

Kurz nach ihr, kam noch mal Susan. Die Männer ließen immer noch nicht von ihr ab.

Rodney drückte Jana nach vorne. Sie schnappte nach Luft. Bisher hatte niemand der Leute, da sie anscheinend so von Susan abgelenkt waren, sie und Rodney bemerkt. Doch nun wollte er wohl seinen Drang befriedigen und in ihr eintauchen. Mit einem Ruck riss er ihr den kleinen Slip auf und warf ihn achtlos zur Seite.

Jana spürte die harte Penisspitze an ihrem Eingang, als Captain Pablo ihm einen Strich durch die Rechnung machte. »Rodney«, bellte er. »Was machst du da?«

Augenblicklich ließ er den Rock fallen und schloss seine Hose. »Tut mir leid, Captain. Es kam so über mich.«

»Es kam so über dich? Wir haben schon genug nacktes Fleisch auf dem Schiff. Wir wollen es nicht Überhand nehmen lassen.«

»Aye, Captain.«

»Was ist mit Miguel?«

»Alles okay, er ist wach.«

»Gut, dann nehmt ihm die Fesseln ab und bringt ihn runter in seine Kajüte. Eddy soll sich die Striemen ansehen. Und José! Macht das Mädchen von der Kanone los! Sie ist für heute schon genug zum Himmel geschwebt.«

»Aye, Captain«, rief José.

***

Jana klopfte leise an Miguels Kajütentür. Als er nicht antwortete, öffnete sie einfach. Die Kajüte war wesentlich geräumiger als ihre, aber sehr viel mehr Platz bot sie nicht. Außerdem fehlte das Bullauge und somit das Licht von außen. Es war stickig und heiß, eine Öllampe stand auf dem Boden und erhellte schwach den Raum.

Miguel lag nackt ausgestreckt auf dem Bauch seiner Pritsche.

Jana erschrak. Vor ihm hockte eine Frau, die ihr als Karen bekannt war. Diese wischte mit einem Lappen vorsichtig um Miguels Blessuren und glitt dann weiter über seinen hübschen Po. Verträumt beugte sie sich über ihn und hauchte einen Kuss auf die blanken Pobacken. Sanft fuhr sie mit der Hand dazwischen. Miguel, von dem Jana angenommen hatte, er schliefe, seufzte leise.

»Was machen Sie hier?«, giftete Jana.

Erschrocken blickte Karen hoch. Miguel rührte sich nicht.

»Ich bin … ich wollte die Wunden ...«, stotterte Karen.

»Ist mir egal. Ich bin die Ärztin. Bitte gehen Sie jetzt, Karen.«

Diese nickte ergeben und verließ schleunigst die Kajüte.

Jana hockte sich neben Miguels Bett und berührte seinen Arm. »Wie geht es dir?«, fragte sie behutsam.

»Was willst du?«, fragte er schroff.

Jana zuckte zurück. »Was ist mit dir?«

»Was willst du?«, wiederholte er.

»Wollen wir jetzt beide ständig Fragen stellen?«

»Beantworte meine, dann ist es keine Frage mehr.«

»Ich wollte sehen, wie es dir geht.«

»Gut. Und jetzt raus!«

Jana konnte nicht glauben, was er da sagte. »Miguel, was ist denn los mit dir?«

Er schwieg.

»Ich habe dir das nicht angetan, verdammt!«

»Ich weiß, du hattest besseres zu tun in der Zeit.«

»Das ist wirklich unfair!«

»Unfair?« Er drehte sich mit schmerzverzerrtem Gesicht halb um, sodass er sie sehen konnte. »Du lässt dich von dem Piraten vögeln, der mich ausgepeitscht hat!«

»Ich hatte keine Wahl, verdammt!«

»Man hat immer eine Wahl, Jana!« Eine Weile sahen sich beide an. Janas Blick flog kurz zu seinem halb erigierten Schwanz. Gerade verspürte sie den Drang, sich zu ihm zu beugen, als Miguel leise sagte: »Und jetzt geh aus meinem Zimmer. Sag Eddy, dass er sich meine Striemen ansehen soll.«

»Miguel …«

»Verschwinde!«

»Ich würde gerne als Ärztin deine Wunden behandeln. Es hätte nichts mit meiner Person zu tun, nur rein beruflich.«

»Nein! Geh!«

Jana war den Tränen nahe. Verzweifelt stand sie auf und verließ ohne ein Wort die Kajüte. Sie sagte Ed Bescheid, gab ihm eine Jod-Tinktur und einen sauberen Verband mit. Ed nickte und verschwand in Miguels Zimmer.

Janas Enttäuschung verwandelte sich in Wut. Je mehr sie darüber nachdachte, desto wütender wurde sie. Wie konnte er sie einfach so aus seiner Kajüte werfen! *Sie* war es, die *ihn* mit dieser Karen in seiner Kajüte erwischt hatte. Er hatte es sich gefallen lassen, dass sie ihn streichelte und mit Sicherheit noch mehr gemacht hätte, wenn sie, Jana, nicht hereingekommen wäre. Jana war so sauer, dass sie nicht mehr an sich halten konnte. Kurz entschlossen stapfte sie zurück zu seiner Kabine und riss die Tür auf. Ed schaute erschrocken hoch. Miguel blieb auf dem Bauch liegen.

»Du hattest völlig recht, Miguel, ich *hatte* eine Wahl! *Ich* habe die Entscheidung getroffen und *ich* wollte, dass Rodney mich nimmt. Ich habe mich danach gesehnt, seinen harten Schwanz in mir zu spüren. Er hatte es verdammt gut drauf, mich in Sekundenschnelle zum Höhepunkt zu bringen. Was für ein Mann!«

Miguel drehte sich langsam zu ihr um.

»Ach ja, bevor ich es vergesse«, fügte Jana noch hinzu, »Leon habe ich einen geblasen. Der hatte einen Granaten-Schwanz, dahinter kannst du dich nur verstecken! Ich gehe jetzt zu Rodney und lass es mir richtig besorgen. Du warst ja nicht in der Lage, und wie es aussieht, wirst du es auch in Zukunft nicht sein!« Jana schritt zur Tür, hörte noch, wie Miguel »Miststück!« rief, und knallte dann die Tür zu. Ihr Herz hämmerte in der Brust und ihre Hände zitterten. Erleichterung machte sich bei ihr breit, ihm das alles gesagt zu haben. Doch kaum hatte Jana ihre Kajüte erreicht, überkamen sie Zweifel.

»Jana.«

Erschrocken blickte sie hoch. Leon stand vor ihr. Er hatte sein süffisantes Lächeln aufgesetzt. »Da ist noch eine Kleinigkeit offen«, erinnerte er sie.

»Sie haben mir nicht geholfen, im Gegenteil!«, fauchte sie.

»Es war noch nicht zum Äußersten gekommen, nicht mal ansatzweise.«

»Ach, hol' Sie doch der Teufel!« Jana drehte sich von ihm weg.

Doch er packte sie am Arm. »So nicht, Schätzchen.«

Noch eine Demütigung würde sie nicht verkraften.

Da kam ihr Mike zu Hilfe. »Hey, ihr beiden, es wird eine Versammlung abgehalten. Kommt sofort an Deck.«

Missmutig knurrte Leon etwas, drehte sich um und ging in seine Kajüte.

Jana folgte Mike an Deck. In der Versammlung ging es um eine Verlängerung der Reise. Jana konnte es nicht fassen. Von den fünfundzwanzig Leuten wollten zwanzig verlängern, das hieße, noch ein bis zwei Tage dranhängen. Jana sprach sich sofort dagegen aus, doch es nützte nichts. Was die Mehrheit beschloss, das wurde getan. Wie bei den echten Piraten damals. Jana erschauderte, wenn sie daran dachte, noch eine Nacht in diesem Loch verbringen zu müssen und dann ausgerechnet mit diesen Gestalten. Ihre Kajüte ging nicht abzuschließen, und sie konnte sich sehr gut vorstellen, dass sich der eine oder andere Mann liebend gerne dorthin verirren würde.

Nach Beendigung der Diskussion wurde ein Teil der Besatzung in ein Beiboot verfrachtet und an Land gerudert. Erstaunt blickte Jana über die Reling, schaute dem Beiboot hinterher. Sie bemerkte, dass die »Blackbeart« ganz in der Nähe einer Insel lag.

»Mike!«, rief sie zum Steuermann. »Welche Insel ist das, auf die wir gebracht werden?«

»Isla Cubagua.«

Sie bekam einen Schreck. Das war die Insel, auf die sie von Miguel entführt wurde, um als Ärztin seiner Famile zu helfen.

»Na, kommt sie Euch bekannt vor, Prinzessin?«, wollte José wissen. »Wart Ihr vielleicht dort in der letzten Nacht?«

Jana fühlte sich ertappt. »Nein«, log sie.

»Aha, und wo wart Ihr dann? Dieses Geheimnis ist noch immer nicht gelüftet.«

»Unterwegs.«

Er packte sie mit beiden Händen grob an den Oberarmen. »Wollt Ihr mich zum Narren halten? Wo wart Ihr?«

»Ich weiß es nicht. Er hat es nicht gesagt.«

»Aha, Miguel hat Euch also entführt …«

»Das habe ich nicht gesagt.«

»Aber so war es, oder?«

Jana wusste nicht, was sie sagen sollte.

»Los, redet endlich!« Er schüttelte sie.

»José, was ist los?«, fragte Captain Pablo.

»Ach, sie will nicht sagen, wo sie letzte Nacht war.«

»Binde sie bis morgen Mittag an eine Palme auf Cubagua, dann wird sie gefügig und redet.« Captain Pablo entfernte sich.

Jana blickte ihm fassungslos hinterher.

»Aye, Captain«, frohlockte José.

»Das können Sie nicht tun!«

»Oh doch, Prinzessin, das können wir! Es steht ja sowieso noch eine Rechnung offen.«

»Miguel wird das nicht zulassen!«

Er lachte laut. »Miguel! Der wird hierbleiben und seine Wunden kurieren. Der wird mit Rum zugeschüttet und schlafen wie ein Murmeltier. Von alledem wird er nicht im Mindesten etwas mitbekommen.«

Innerlich erschauderte Jana. Auch wenn sie sauer auf Miguel war, so bedeutete er doch eine große Stütze für sie. Lange stand sie an der Reling und blickte aufs Meer in die endlose Weite. Das Beiboot näherte sich.

»Kommt, Prinzessin«, rief José, »Rodney ist wieder mit dem Boot da.«

Jana überlegte nicht lange. Sie rannte einfach los zur Luke nach unten. Sofort war José ihr auf den Fersen und packte sie. Doch Jana riss sich los und sprang auf die dritte Stufe, geriet ins Wanken, rutschte drei weitere Stufen hinab, schrie kurz auf, fing sich und sprang die restlichen vier hinunter. Dann raste sie durch die Gänge auf Miguels Kajüte zu und wollte die Tür aufreißen. Sie war verschlossen. Verschlossen? *Wie konnte das sein,* schoss es Jana durch den Kopf. Ihre konnte nicht abgeschlossen werden.

»Miguel!« Sie trommelte mit den Fäusten gegen die Tür. »Mach bitte auf. Schnell!«

»Verschwinde!«, kam es von innen.

»Miguel …« Weiter kam sie nicht. José war bei ihr und versetzte ihr einen Schlag auf den Kopf. Um Jana herum wurde es schwarz.

***

»Jana!«, flüsterte jemand und rüttelte an ihr.

Viele Bilder stürmten auf sie ein, Lichtblitze waren in ihrem Kopf. Sie versuchte sich zu erinnern, sich zu konzentrieren, wo sie war, wer sie war, wie sie hierher kam und was sie hier machte. Nach und nach kehrte alles zurück: Urlaub, Piratenfahrt, Schiff, ins Wasser gestoßen, Entführung, Gelbfieber, José, Rodney, Juan und Miguel. Sie blickte hoch. Es war tiefschwarze Nacht und ein Lagerfeuer knisterte in einiger Entfernung. Drumherum saßen viele Leute, die lachten und tranken. Jemand summte leise vor sich hin und spielte auf einer Gitarre. Ab und zu knallte es, wenn das Feuer auf eine feuchte Stelle im Gehölz traf. Ihr Hinterkopf schmerzte.

»Jana«, flüsterte wieder jemand.

Sie versuchte, sich zu der Stimme umzublicken, doch es gelang ihr nicht, denn sie war gefesselt. An einer Palme. Sie zerrte an den Seilen, doch es half nichts, sie saßen felsenfest. »Wer ist da?«

»Ich bin es, Juan.«

»Juan?«

»Der Bruder von Miguel.«

»Ja, ja, ich weiß. Aber, was machen Sie hier?«

»Was machst *du* hier?«

»Ich weiß noch nicht genau. Sie haben mir auf dem Schiff eins über den Kopf gezogen, seitdem weiß ich nichts mehr. Das scheint auf jeden Fall die Strafe für mein Verschwinden mit Miguel zu sein.«

»Die Schweine!« Nach einer Weile fragte er: »Wo ist Miguel?«

Jana suchte nach einer passenden Antwort, doch sie entschied sich für die Wahrheit und erzählte sie ihm.

»Banditos! Die müsste man alle an ihren cojones aufhängen!«, schimpfte Juan.

»Pst, nicht so laut! Was ist *cojones*?«

Er knurrte und winkte ab.

»Können Sie mir helfen?«, fragte Jana.

»Jetzt hör aber mal auf mit dem *Sie*!«

»Na schön: kannst du mir helfen?«

»Sicher. Ich bringe dich zu uns. Miguel wird bestimmt als erstes dort suchen.«

»Hast du kein Handy, um ihn anzurufen?«

»Ich schon, er nicht. Sie durften die Handys nicht an Bord haben, hätte den Piraten-Charakter zerstört.«

»Mist. Kannst du mir die Fesseln durchschneiden?«

»Dazu muss ich noch mal los, um ein Messer zu holen. Die Stricke sind zu fest – hab's schon versucht. Bin gleich wieder da.«

»Beeil dich.« Jana blieb in der Stille zurück. Sie blickte zum Lagerfeuer. Wie irre war es doch, nicht mit dabei zu sein, stattdessen hier an einer Palme gefesselt zu sitzen. Diese ganze Reise kam ihr so unwirklich vor – und doch war sie real.

Sie wusste nicht, wie lange sie so gesessen und vor sich hin sinniert hatte, da hörte sie: »Jana!«

»Juan, bist du's?«

»Ja. Ich habe ein Messer dabei, damit ich dir die Kehle durchschneiden kann.«

Geschockt versuchte sie sich umzublicken. Das war nicht nötig. José war im Halbdunkel zu erkennen. Er lachte breit. Neben ihm erschien Rodney, der Juan hinter sich herschleifte. Jana zog stark die Luft ein.

»Na, Prinzessin, aus dem Schönheitsschlaf erwacht? Ich bringe Euch einen Gefährten, damit Ihr Euch nicht so einsam fühlt. Leider kann er im Moment nicht sprechen, da er selber auf seinen Schönheitsschlaf angewiesen ist.«

»Bastard!«, stieß Jana hervor.

José lachte nur und deutete auf die zweite Palme. »Binde ihn da fest, Rod. Na, Prinzessin. Soll ich Euch etwas zu Essen holen?«

»Soll Sie der Teufel holen!«

»Hey, hey, hey, schön vorsichtig, Prinzessin, so etwas kann auch nach hinten losgehen.« Er kniete sich zu ihr hinunter, guckte ihr in die Augen und fasste ihr an die Brüste. »Ah, das habe ich schon lange nicht mehr gespürt. Herrlich.«

Jana versuchte, sich dagegen zu wehren. Zu ihrem Leidwesen reagierten ihre Brustwarzen sofort und sie machte es mit ihrem Gezappel nur noch schlimmer. So blieb sie still sitzen und ließ die Abtastung über sich ergehen. José ließ von ihr ab, lachte laut und sagte: »Wir beide, Prinzessin, werden noch zu einander finden. Da bin ich mir ganz sicher.« Triumphierend ging er zum Lagerfeuer.

Jana traten die Tränen in die Augen. Da niemand hier war, konnte sie ein paar vergießen. Still weinte sie vor sich hin. Sie wünschte sich nach Hause, in die Arme ihres Freundes Gary und … Jana erschrak vor dem dritten Wunsch: Sie wünschte sich auch in Miguels Arme! Sie vermisste ihn.

»Na, Schätzchen? Ziemlich ausweglos deine Situation, nicht wahr?« Leon stand mit einem Mal vor ihr und blickte auf sie herab. Sie hatte nicht bemerkt, wie er herangekommen war.

»Gehen Sie weg!«

Er lachte. »Ich bin mit guten Absichten gekommen, wie immer! Hier, eine Kleinigkeit zu essen.«

»Ich habe keinen Hunger«, sagte Jana und merkte, wie sehr sie der Hunger quälte. Schnell blickte sie auf das, was er da in den Händen hielt.

»Wenn ich Miguel wäre, würdest du mir sofort aus der Hand fressen. Ach komm, wer weiß, wann du das nächste Mal wieder was zwischen die Kiemen kriegst.« Mit einem Leuchten in den Augen fügte er hinzu: »Ich könnte dir natürlich auch etwas anderes geben.«

Als sie schwieg, lachte er und ging weg.

Jana wusste nicht genau, wie lange sie so gesessen und in den klaren Nachthimmel mit den vielen Sternen geblickt hatte. Eine zeitlang hatte sie sogar den Anblick genossen und tief die Luft eingeatmet. Sie war schwer, weich und schmeckte auf der Zunge salzig. Jana hoffte, dass ihr das Salz nicht zum Verhängnis wurde.

Langsam taten ihr die Knochen weh. Die Fesseln waren stramm und Jana sehnte sich danach, einen Arm bewegen zu können.

Neben ihr bewegte sich Juan. Stöhnend erwachte er.

»Juan?«, flüsterte Jana.

»Verdammt, was haben die mit mir gemacht?«, fluchte er. Dann blickte er zu Jana hinüber. »Oh, mierda! Das glaube ich einfach nicht – diese Idiotas! Die sollte man an ihren cojones aufhängen!«

»Jetzt sag mir endlich, was cojones ist?«, fragte Jana.

»Das sind die beiden Dinger, die die Männer zwischen den Beinen haben.« Er ergoss sich noch in einer Reihe von spanischen Schimpfworten, ehe er wieder zu ihr hinüberblickte. »Und, wie geht es dir?«

»Ganz gut. Aber eine Nackenmassage wäre mir jetzt lieber.«

Juan gluckste leise.

»Wie geht es deiner Familie?«, fragte Jana.

»Keine Veränderung. Allerdings habe ich das Gefühl, dass meine Mutter zuversichtlicher geworden ist, nachdem sie weiß, dass es Hoffnung gibt.« Juan zerrte an den Fesseln. »Das kann doch nicht wahr sein. Sind die denn völlig geistesgestört? Was habe *ich* mit der ganzen Sache zu tun, dass die mich festhalten?«

»Ich weiß es nicht. Bin ebenso bestürzt wie du, auch, was diese Reise angeht. So etwas habe ich noch nie erlebt. Mit echten Bestrafungen und echten Schmerzen.« Nach einer Weile sagte Jana: »Juan, ich glaube, dein Bruder ist sehr sauer auf mich.«

»Ach, das hat er schnell wieder vergessen, was immer es auch war. Er hat eben ein anderes Temperament als ihr Nordamerikaner. Er muss sich erst ein bisschen abkühlen, und dann ist er wieder lammfromm.« Im Schein des entfernten Feuers konnte Jana ihn schmunzeln sehen und lächelte zurück.

»Ich hoffe nicht, dass wir die ganze Nacht hierbleiben müssen!«, seufzte Juan.

»Ich fürchte schon.«

Irgendwann musste Jana eingenickt sein, denn sie erwachte mit einem Ruck und starrte in den Sonnenaufgang. Es war ihr unbegreiflich, dass sie in der Lage war, mit der Palme im Rücken, knurrendem Magen und den strammen Seilen an den Handgelenken, einzuschlafen. Sie fühlte sich wie gerädert und wünschte sich eine warme Dusche und ein weiches Bett.

Ihr Blick glitt zum erloschenen Lagerfeuer, um das die

Schiffsmannschaft verteilt lag. Der eine oder andere änderte seine Position und schlief einfach weiter. Jana erkannte, dass Susan in den Armen von Rodney lag. Sie dachte an Miguel, und dass sie in seinen Armen hätte liegen können, stattdessen hatte sie ein anderes Los gezogen.

Neben dem Rauschen der kleinen Wellen, die von der glatten See an Land gespült wurden, vernahm sie plötzlich Motorengeräusch aus einiger Entfernung. Da, ein kleines Boot näherte sich. Juan und einige vom Lagerfeuer hatten es wohl auch gehört und erwachten träge.

Jana versuchte zu erkennen, wer dort drin saß. Als das Boot näherkam, konnte sie Ed erkennen, der in der Spitze saß. Doch das Ruder hielt: Miguel. Janas Herz machte einen Hüpfer. Sie hoffte, dass er ihretwegen kam und sie befreien würde. Mit einem Mal war sie sehr zuversichtlich und froh gestimmt. »Juan, es ist Miguel!«, rief sie freudig.

Juan brummte. »Das sehe ich. Ist aber kein gutes Zeichen.«

Verwirrt blickte sie zu ihm hinüber. »Was meinst du damit?«

»Um diese Uhrzeit liegt er normalerweise im Bett.«

Jana lachte. »Ja, klar. Wer nicht.«

Juan schüttelte den Kopf. »Nein, er ist kein Morgenmensch. Da ist irgendwas im Argen.«

»Juan, nun sieh doch nicht so schwarz. Er will uns helfen.«

»Uns helfen? Er weiß noch nicht einmal, dass ich hier bin.«

Jana lachte aufgeregt. Sie teilte Juans Skepsis in keiner Weise. Sie freute sich auf seinen Bruder, konnte es kaum erwarten.

Als das Boot im seichten Wasser hielt, wuchtete Ed seinen Körper umständlich über die Bootswand. Miguel sprang einfach ins Wasser und watete zum Strand hindurch. Er machte sich, ohne anzuhalten, ein Bild von dem, was hier los war und kam gezielten Schrittes auf sie zu.

Janas Herz begann wie wild zu hämmern. Aber als sie sein Gesicht sah, wurde aus der freudigen Erwartung Furcht.

Miguels Mine war wie versteinert. Er hatte sich über seine Piratenhose ein schwarzes Cape geschlungen, das eng um seine Hüften lag und mit jedem Schritt glockig mitschwang. Es schillerte in der Morgensonne und verlieh seinem Aussehen etwas Piratenartiges. Auch sein weißes aufplusterndes Hemd, das auf der Brust weit offen stand, trug zu seinem Piratenimage bei. Seine Schritte waren fest und bestimmt. Niemand hätte ihn so aufhalten können. Von Schmerzen war keine Spur, und wenn er welche hatte, würde er sie in seinem Zustand sicher nicht spüren. Er strahlte eine unglaubliche Kraft und Stärke aus, dass es Jana heiß und kalt über den Rücken lief.

»Sag ich doch, er ist sauer! Verdammt sauer! Das ist kein gutes Zeichen!«, raunte Juan.

»Abwarten …«, sagte Jana leise mit zittriger Stimme.

Dann war er bei ihnen. Für einen kurzen Moment stand er breitbeinig vor ihr und Juan und blickte Jana in die Augen. Sie sprühten vor Wut und Zorn. Jana schoss die Hitze in die Wangen. Schließlich zückte er sein Entermesser, ging um die Palme herum, schnitt erst Janas, dann Juans Fesseln durch. Erleichtert rieb Jana sich die schmerzenden Handgelenke, stand langsam auf und schüttelte ihre steifen Beine aus. Juan stöhnte, als er sich hochrappelte. »Danke, Miguel.«

Miguel nickte. Dann wandte er sich ab und schritt mit wallendem Cape zurück zum Lagerfeuer. Dort blieb er vor José stehen und stemmte die Hände in die Hüften.

»Hey, was ist los, mein Freund? Ich dachte, du liegst auf der ›Blackbeart‹ und erholst dich von deiner Abreibung.«

Er setzte ein spöttisches Lächeln auf, das sofort gefror, als er bemerkte, dass Miguel nicht zu Scherzen aufgelegt war und ihn weiterhin mit erstarrtem Gesichtsausdruck fixierte.

Als Miguel an seine Seite griff und das Entermesser aus der Scheide zog, sprang José auf und zückte sein Messer. Die beiden umringten sich in gebückter Haltung und ausgebreiteten Armen, als würden sie um ein Feuer tanzen. José stieß vor, Jana unterdrückte einen Aufschrei, und Miguel wich zur Seite. Doch kaum war er wieder in seine Position zurückgekehrt, schoss er vor und jagte José das Messer in den Oberarm. Dieser jaulte auf, ließ das Messer fallen und hielt sich die verletzte Stelle. Miguel war sofort bei ihm, setzte das Messer an seinen Hals und raunte ihm etwas zu, was Jana nicht verstehen konnte. José nickte unmerklich und ging in Richtung Jana und Juan.

Rodney kam katzenartig auf die Füße und schlich sich hinterrücks an Miguel heran.

»Miguel«, riefen Jana und Juan zeitgleich.

Doch Miguel hatte ihn bereits bemerkt und riss José herum, so dass Rodney ihn sehen konnte, dabei presste er die Klinge des Messers tief in seinen Hals.

»Noch einen Schritt weiter und ich schlitze ihm die Kehle auf!«, brüllte Miguel.

»Oh Mann, tu, was er sagt!«, krächzte José.

Rodney wollte sich gerade in den Sand setzen, als Miguel ihn anfuhr: »Mitkommen! Los, geh vor!«

Rodney tat, was Miguel sagte und so steuerten sie auf Jana und Juan zu. Beide blickten Miguel unsicher an.

»Setzt euch hin, jeder an eine Palme«, bellte Miguel José und Rodney an. »Juan, hilf mir, beide festzubinden. Es wird Zeit, dass ein bisschen Ordnung geschaffen wird.«

Die Männer banden José und Rodney fest. Dann blickte Miguel sich um. Sein Blick traf den von Jana. Mit versteinerter Mine und festen Schrittes, trotz des Sandes, trat Miguel auf

Jana zu. Instinktiv wich sie vor ihm zurück, strauchelte zweimal und prallte irgendwann gegen Juan.

»Was soll das, Miguel? Stehe ich euch im Weg?«, fragte Juan.

»Ja! Geh zur Seite!«

Juan schnaubte, tat aber, was er sagte.

»Was ist los?«, fragte Jana unsicher.

Er schwieg und schritt noch immer auf sie zu, ohne seine Augen von ihr zu lassen.

Jana stieß an eine Palme. Sie wollte sich wegwinden, doch er griff nach ihrem Oberarm.

Mit zitternder Stimme und rasendem Herzen fragte Jana: »Was hast du vor?«

»Abrechnung!«

»Abrechnung? Warum?«

Miguel zog am Band, das sein Cape auf den Hüften hielt und warf es mit einer Hand so, dass es sich über den Teil einer Strandgrasfläche ausbreitete. Dann wandte er Jana seine Aufmerksamkeit zu: »Du hast dich also nach Rodneys Schwanz gesehnt, weil er es so drauf hatte. Und hinter Leons Granaten-Schwanz könne ich mich lediglich verstecken. Dann wolltest du es dir von Rodney so richtig besorgen lassen, weil ich dazu nicht in der Lage bin und zukünftig auch nicht sein werde …«

Jana wurde blass und ihre Atmung ging stoßweiße. Was hatte er vor? Sie vor all den Leuten beschämen, oder noch schlimmer, sie vom Gegenteil überzeugen?

»Ich werde dir jetzt den Beweis antreten!«, sagte er ruhig, doch seine Augen loderten.

»Miguel, es war nicht so gemeint.«

»Ach, ja? Wie *war* es denn gemeint?«

Jana schluckte. Miguel schien so in Brass zu sein, dass er nicht von seinem Vorhaben abzubringen war.

»Miguel, bitte, lass uns das alles in Ruhe klären.«

»Ich bin die Ruhe selber. Und für mich *ist* alles klar.« Mit einem Ruck zog er sie zu sich heran, und mit einem zweiten riss er die Bluse auf. Jana stieß einen kurzen Schrei aus und versuchte, ihre Blöße zu bedecken.

»Miguel«, rief Juan und kam angelaufen, »was hast du vor? Du bist hier nicht alleine!«

»Halt dich raus!«

»Jesus, Maria und Joseph! So kenne ich dich gar nicht. Lass das arme Mädchen doch in Ruhe!«

»Arme Mädchen?« Miguel lachte hart auf und gab Jana einen Schubs. Sie stolperte rückwärts und landete auf dem Cape. Mit rasendem Herzen blickte sie zu ihm auf. Sie hasste ihn dafür, doch, was sie selber nicht glauben konnte, es machte sie an, dass er so grob und männlich war. Und sie wollte ihn! Jetzt, hier und sofort! Seine Coolness und seine Überlegenheit machten sie geil. Ihr Körper reagierte sofort auf ihn.

»Zieh dich aus!«, befahl er.

»Hier? Vor allen Leuten?«

»Ist mir egal. Mach schon.«

»Mir ist es nicht egal! Ich werde auf gar keinen …«

Weiter kam sie nicht. Miguel drückte sie mit einer Hand auf den Boden, mit der anderen zog er ihren Rock über die Hüften. In seinem Gesicht zuckte es, als er sah, dass sie keinen Slip trug.

Sie schämte sich, weil sie nun für jeden sichtbar ihren Körper preisgab. Zwar waren die anderen weiter weg, doch das Bild würde für jeden gut sichtbar sein. Sogar Juan starrte sie an, war anscheinend unfähig, sich von der unglaublichen Situation abzuwenden.

Miguel stand auf und zog sich seine Sachen aus. Es schien

ihm völlig egal zu sein, wer oder was ihm zusah. Auch, dass jeder erkennen konnte, wie geil er auf Jana war. Sein Schwanz war hoch aufgerichtet und schien nach ihr zu gieren. Jana bedeckte mit einem Arm die Brüste und stützte sich mit der anderen Hand auf dem Boden ab, um wegzurutschen.

Miguel gab ihr keine Chance. Schnell war er auf ihr, packte ihre Handgelenke und drückte sie in den Sand. Sofort machte er sich über ihre Brüste her, biss in die steifen Brustwarzen und saugte daran. Jana konnte nicht anders: Sie stöhnte und ließ es schwer atmend geschehen. Miguel war stürmisch und leidenschaftlich. Er wollte sie um jeden Preis – und er wollte auch nicht lange warten! Deshalb drückte er seine Beine zwischen ihre, auch wenn sie versuchte, sie geschlossen zu halten, doch als er ein Knie dazwischen bekam, schob er die Beine mit Leichtigkeit auseinander. Jana zappelte und wehrte sich, versuchte, ihn von sich herunterzubekommen.

»Hör auf, Baby! Ich spüre, dass du mich mit jeder Faser deines Körpers genauso willst, wie ich dich. Deine Brüste sind heiß und deine Nippel waren bereits hart als ich sie in den Mund nahm.«

»Es ist die Morgenkühle gemischt mit meiner Angst vor dir«, verteidigte sich Jana.

Miguel lachte kurz und leise auf. »Angst vor mir … Dann wollen wir doch mal sehen, wie viel Angst du wirklich hast.« Er schob ihre Handgelenke zusammen, packte sie mit einer Hand, hob seinen Körper ein bisschen und fuhr ihr mit der anderen Hand zwischen die Beine. Ohne zu zögern tauchte er zwei Finger in ihre Spalte. Jana seufzte laut auf.

»Von wegen Angst! Du bist nass, Baby.«

»Bitte, Miguel. Ich will das so nicht – vor all den anderen. Steig von mir herunter, lass uns reden.«

»Reden? Ich will dich jetzt vögeln und dir zeigen, wie sehr ich in der Lage dazu bin, Baby.« Mit diesen Worten bewegte er seinen Unterleib und schob sich mit seinem steifen Schwanz ganz in sie. Jana schnappte nach Luft. Doch er ließ ihr keine Zeit, richtete sich ein Stück auf, zog seinen Schwanz etwas heraus und stieß ihn hart wieder in sie hinein. Wie wilde Blitze durchzuckte es ihren Unterleib, und Hitzewellen liefen durch ihren Körper. Es war ein atemberaubendes Gefühl. Janas Gesicht glühte. Sie schloss die Augen, atmete schwer und stöhnte. Ihre Hände glitten zu den Brüsten und drückten die Brustwarzen, während Miguel sie noch immer festhielt.

Ihr Peiniger machte eine Pause und atmete keuchend, während er ihre Handgelenke losließ. Jana blickte ihn an. In seinen Augen glänzte die pure Lust. Er beugte sich hinunter und saugte ihre Brustwarzen in den Mund, biss hinein, sodass es fast schmerzhaft war. Aber es geilte sie auf. Er hatte genau die richtige Schmerzgrenze gefunden, dass er ihr damit erneute Lustwellen durch den Körper jagte. Unwillkürlich bewegte Jana ihren Unterleib und zog ihren Vaginamuskel ein paar Mal zusammen, dass Miguel aufstöhnte.

»Schön zu sehen, dass ich dich auch im Griff haben kann«, flüsterte sie.

Das ließ Miguel nicht lange zu und bewegte sich zügig in ihr, so dass er das Zepter wieder in die Hand bekam.

Janas Körper zitterte und sie spürte, dass sie es nicht mehr lange durchhalten würde. Sie war schon so weit, ihr Körper so angefüllt von Wollust, dass sie der Ekstase entgegentrieb. Miguel, der etwas zu verlieren hatte, wollte es so gut wie möglich machen und sie zuerst kommen lassen. Das merkte Jana daran, dass er die Zähne zusammenbiss und stark keuchte. Sie wollte ihm die Schmach erteilen, dass er es nicht schaffte, sie zu ihrem Höhepunkt zu bringen. Doch so sehr sie sich auch dagegen wehrte, er schaffte es. Sein harter Schwanz durchbohrte sie immer wieder, schien noch an Umfang zugenommen zu haben, und rieb sich in ihrer nassen Höhle. Außerdem wusste Miguel anscheinend sehr genau, wo der richtige Punkt in ihrer Möse war, um sie vor sich kommen zu lassen. Das tat er. Mit einem Donnerschlag war Jana da, sie krallte sich in seine Arme, warf ihm ihr Becken entgegen, was ihn sofort zu seinem Höhepunkt brachte, und erstickte ihre Lustschreie. Jana keuchte und zelebrierte noch, während Miguel sie schon wieder mit klaren Augen anblickte und beobachtete. Endlich sank sie ermattet auf das Cape.

Er machte sich von ihr los, stand auf und zog seine Sachen an. Mit einer Mischung aus Verwirrung und Unsicherheit fragte sie: »Ist alles okay mit dir?«

»Alles klar soweit. Zieh dich an, wir wollen gehen.«

Jana hatte sich das Ende etwas anders vorgestellt. »Was hast du denn?«, versuchte sie es noch einmal.

»Nichts, alles okay. Ich wollte Abrechnung – ich hatte Abrechnung. Nun sind wir quitt!«

Fassungslos starrte sie ihn an. »Hat es dir denn gar nichts bedeutet?« Sie versuchte, in seinem Gesicht zu lesen.

Er war wie versteinert. »Nein, es hat lediglich seinen Zweck erfüllt. Komm jetzt, wir haben nicht ewig Zeit.«

Erschüttert und sprachlos blickte sie ihn an. Dann blickte sie sich um und war peinlich berührt von ihren Zuschauern, die nicht nur alles gesehen, sondern auch alles gehört haben mussten. Sofort nahm Jana ihre Kleidung und zog sich an. So eine Schmach hatte sie noch nie erlebt. *Er ist wahnsinnig,* dachte sie. *Das kann er einfach nicht ernst meinen!*

Als Jana bereits im kleinen Boot saß, blickte sie geistesabwesend zu, wie Juan Miguel half, alle Leute und die beiden Gefangenen in die beiden Boote zu verfrachten und zum Schiff zu fahren. Der Fahrtwind zerrte an ihren Haaren, aber sie merkte es kaum. Sie hatte sich die Blöße gegeben, von Miguel vor allen Passagieren und der Mannschaft wild genommen zu werden. Er hatte sie mit solcher Leidenschaft gevögelt, dass ihr noch immer ganz warm im Schoß wurde, wenn sie daran zurückdachte. Doch sein Verlangen nach ihr fußte offensichtlich nur auf einem Racheakt. Jana schluckte die Tränen hinunter, die sich einen Weg bahnen wollten. Nein, sie würde seinetwegen auf gar keinen Fall weinen!

Als sie auf dem Schiff waren, hatte Miguel keine Augen für Jana. Ihm war es wichtig, dass der Steuermann Mike den richtigen Kurs auf die Insel Margarita hielt, und dass die Gefangenen für alle sichtbar am Hauptmast festgebunden wurden.

Kurz bevor Juan das Piratenschiff verließ und in das kleine Fischerboot stieg, um nach Hause zur Isla Cubagua zu fahren, nahm er Jana in den Arm. Am liebsten hätte sie sich lange an ihn gepresst und ihm ihren Kummer anvertraut. Sie versuchte, tapfer zu sein und verabschiedete sich herzlich von ihm. Auf halber Strecke der Strickleiter blickte er nach oben zu ihr und sagte: »Ich hätte nie gedacht, dass er zu so einer Aktion am Strand fähig ist. Aber ich kenne ihn trotzdem! Er hat ein weiches Herz. Er muss dich mehr mögen, als er ertragen kann!« Juan winkte, sprang von den letzten Sprossen ins Boot, warf den Motor an und brauste über das azurblaue Wasser davon.

»Alles Unsinn«, presste Miguel zwischen den Lippen hervor.

Jana zuckte zusammen. Sie hatte nicht bemerkt, dass er neben ihr stand. »Warum hast du das getan«, rutschte ihr heraus, obwohl sie ihn nicht mehr darauf ansprechen wollte.

»Alles im Leben erfüllt seinen Sinn. Du weiß ja, es ist ein

Geben und Nehmen. Und wer nur nimmt, wird irgendwann bestraft.«

»Wieso glaube ich dir diesen Quatsch nicht«, fuhr sie ihn an.

»Mir egal, was du glaubst. In drei Stunden sind wir im Hafen der Isla Margarita. Da hast du deine Ruhe vor mir.«

Ich will aber gar keine Ruhe vor dir haben, dachte sie und blickte Miguel nach, wie er auf die Brücke ging. Dort, wo der Steuermann das Ruder hielt.

Die Stimmung an Bord war sehr gefasst. Jeder wusste, es ging nach Hause, die »lustige« Zeit war vorbei, die Rum- und Grogvorräte erschöpft. Jana wusste nicht, was sie denken sollte. Sie war noch wie hypnotisiert von den Ereignissen der letzten beiden Tage und brauchte Zeit, das alles zu verarbeiten.

Irgendwann stand Leon neben ihr. Eine Weile blickten sie schweigend aufs Meer hinaus, dann räusperte er sich und sagte: »Ob du's glaubst oder nicht, Schätzchen, mir hat noch nie eine Frau so geil den Schwanz geblasen.«

Sie sah ihn augenblicklich von der Seite an.

Er schaute aufs Meer, dann nickte er. »Es stimmt! Auch wenn es nicht zum Abschluss kam, was ich sehr bedaure.« Jana schwieg, und er fuhr fort: »Aber, wie ich sehe, fährst du nun mal auf Miguel ab. Schade. Hatte gehofft, deine, beziehungsweise unsere, Aktivitäten seien noch ausbaufähig.« Er grinste und blickte sie an. Obwohl er ein Mistkerl war, fühlte sie sich geschmeichelt. Darum lächelte sie das erste Mal und schüttelte dann den Kopf. »Ich fürchte auch, dass daraus nichts wird, Leon.« Damit wandte sie sich von ihm ab und ging in ihre Kajüte, um die wenigen Sachen zu packen, die sie nicht gebraucht hatte.

Viel zu schnell vergingen die Stunden und viel zu schnell gelangten sie in den Hafen. Die Passagiere verabschiedeten sich mit vielen Küsschen, Umarmungen und Austauschen von Adressen und Handy-Nummern. Im Handumdrehen waren sie von Bord und die Geräuschkulisse verebbte. Jana hatte sich Zeit gelassen, in der Hoffnung, Miguel würde auf sie zukommen, um doch noch mit ihr zu reden oder sich zu verabschieden.

Irgendwann kam er tatsächlich auf sie zu und sagte schroff: »Du bist ja immer noch da.«

Jana versuchte, diese beleidigende Bemerkung zu ignorieren und sagte: »Ich frage mich, was jetzt mit José und Rodney passiert.«

»Die Polizei wird sich um sie kümmern. Juan hat übers Handy Bescheid gegeben als er auf Isla Cubagua war. Sie müsste jeden Moment eintreffen.«

»Verstehe.« Jana blickte zu ihm.

Er hatte die Hände gefaltet, die Ellenbogen auf die Reling gestützt und guckte dem Treiben im Hafen zu.

»Was wirst du jetzt tun?«, fragte Jana.

»Was wohl! Ich studiere weiter, hampel' auf dem nächsten Schiff als Pirat herum, lasse mich auspeitschen und pflege meine Eltern gesund.«

Jana schwieg und blickte zum Steg. Sie spürte, wie er sie von der Seite ansah. Dann sagte er: »Du weißt ja, wo du mich findest.«

Sie nickte. Dann nahm sie ihre Tasche und ging über die Holzplanke, die sie an ihren Gang ins Wasser und Miguels Rettung erinnerte, auf den langen Steg. Sie zögerte, sich umzublicken, tat es nicht und ging weiter.

»Jana!«, rief Miguel. Sie drehte sich zu ihm um. Er sprang über die Reling auf den Steg und war mit zwei großen Schritten bei ihr. Er packte ihren Kopf mit einer Hand im Nacken, zog sie zu sich ran und küsste sie. Beide umschlangen sich wie zwei Ertrinkende. Jana wollte ihn nicht loslassen, bedeutete es doch für sie, dass sie ihn das letzte Mal in ihrem Leben in den Armen hielt und seine warmen, weichen Lippen spürte.

Schließlich machten sich beide voneinander los und blickten sich in die Augen.

Er flüsterte: »Ich liebe dich.«

Sie sog schnell die Luft ein und flüsterte: »Oh, mein Gott.«

Noch hielt er eine Hand von ihr, dann sagte er: »Leb wohl«, drehte sich um und ging wieder an Bord, ohne zu ihr zurückzublicken. Als Jana seinen Namen rief, wandte er sich nicht um, sondern schritt einfach weiter. Alleine blieb sie auf dem Steg zurück und rang nach Fassung. Ihre Hand umklammerte die Kette mit dem türkiesfarbenen Stein. Sie versuchte zu verstehen, dass es keine Zukunft für sie beide gab.

»Jana?«

Sie drehte sich um. In einiger Entfernung am Ende des Steges stand ein Mann.

»Gary!«, rief sie, rannte den Steg entlang und flog ihrem Freund in die Arme. Erst dann ließ sie ihren Tränen freien Lauf, schaffte es kaum, die Flut aufzuhalten. Sie schmiegte sich dankbar an ihn und er drückte sie fest an seine starke Brust, während er sagte: »Gott sei Dank, es geht dir gut! Ich habe mir solche Sorgen gemacht.«

Sie schluchzte an seiner Brust aus Erleichterung, dass er da war, dass sie lebte, und um Miguel, dem falschen Piraten, den sie so sehr in ihr Herz geschlossen hatte.

Fortsetzung im Buch
»Trinity Taylor - Ich will dich ganz & gar«

»Unersättlich«
Die Internet-Story

Mit dem Gutschein-Code
TT3TBTQW
erhalten Sie auf
www.blue-panther-books.de
diese exklusive Zusatzgeschichte als PDF.
Registrieren Sie sich einfach!

Weitere erotische Geschichten:

Trinity Taylor
Ich will dich noch mehr

Trinity Taylors erotische Geschichten berühren erneut alle Sinne:

Während einer TV-Produktion im Fahrstuhl,
mit dem Ex auf der Massageliege,
mit Gangstern undercover im Lagerhaus
oder im Pferdestall mit dem »Stallburschen«...

Spannend und lustvoll knistern die neuen Storys voller Erotik und Leidenschaft. Sie fesseln den Leser von der ersten bis zur letzten Minute!

LESEPROBE AUS:

TRINITY TAYLOR

»ICH WILL DICH GANZ & GAR«

MACHTSPIELE

Die Party war in vollem Gange. *Es sind bestimmt sechzig bis achtzig Leute hier,* kam mir in den Sinn. Ich bewunderte die Garderobe der Frauen. Fast alle weiblichen Gäste hatten sich mächtig in Schale geworfen. Abendkleider in lang und kurz, Flippiges, Abstraktes und Klassisches. Alles Elegante und Schicke war vertreten. Die Musik mischte mit Klängen aus Jazz und ultimativem Chart-Pop auf. Auch das Buffet konnte sich sehen lassen. Auf einem etwa fünf Meter langen Tisch war für jeden etwas dabei. Sogar zwei Kellner wirbelten um das Buffet, halfen beim Anrichten der Teller des warmen Essens oder füllten leere Schalen und Platten auf. Es war lange her, dass ich mich so wohl gefühlt hatte. Ich stand alleine nahe der Tanzfläche, wippte im Takt der Musik und summte im Stillen mit.

Ryan kam auf mich zu und lächelte. Er war sehr galant, verdammt clever, ungeheuer redegewandt, hochgradig schwul und ein phantastischer Gastgeber. Eigentlich war er der perfekte Ehemann. Er hatte sich in einen silberblauen Anzug geworfen, von dem es einem Laien unmöglich war, die Qualität zu bestimmen. »Na, Schätzchen, amüsierst du dich?«, fragte er und nahm einen großzügigen Schluck Tequila Sunrise.

»Auf jeden Fall! Bei einer solchen Party mit den vielen Leuten, der guten Musik, dem leckeren Buffet und den ausgefallenen Cocktails, kann es einem nur gutgehen.«

Ryan strahlte übers ganze Gesicht. »Danke dir, Herzchen. Freut mich, wenn's dir gefällt. Sag mal, bist du noch immer mit Shawn zusammen?«

Ich lachte. »Ja klar, was hast du denn gedacht! Wir sind doch erst seit einem Monat zusammen.«

Ryan nippte an seinem Glas und blickte in die Runde.

Mein Gesicht wurde ernst. »Warum, was ist denn?«

Ryan betrachtete anscheinend einen knackigen Tänzer.

»Ryan!«

Er zuckte zusammen. »Entschuldige, Herzchen! Ich war gerade abgelenkt. Was hast du gefragt?«

Ich stemmte eine Hand in die Hüfte und legte den Kopf schief. »So! Du hast mir also nicht zugehört ...«

»Doch, habe ich. Aber ich weiß nicht genau, was ich darauf antworten soll. Es war nur so eine Frage ins Blaue hinein.«

»So wie ich dich kenne, gibt es keine Fragen ins Blaue hinein. Ist denn irgendetwas mit Shawn, von dem ich noch nichts weiß? Wird hinter meinem Rücken laut gelacht oder mit dem Finger auf mich gezeigt, weil er eine beknackte Frisur hat oder Ziegenfüße?«

»Nein, nein, Schätzchen. Es war doch nur eine Frage von mir, ob ihr noch zusammen seid und du noch glücklich bist.«

»Hallo, Schmusekatze!«, sagte Shawn und gab mir einen Kuss auf den Hals. In beiden Händen hielt er einen Drink. »Willst du noch einen?«

Ich schüttelte den Kopf.

»Hi, Ryan. Geile Party! Darfst du gerne öfter machen.« Shawn lachte.

Ryan zwang sich ein Lächeln ab. »Wenn du versprichst, nicht immer anwesend zu sein, gern. Wir sehen uns noch, Schätzchen.« Er zwinkerte mir zu und verschwand mit hochgehobenem Arm, an seinem Tequila Sunrise schlürfend, zwischen den Partygästen.

»Ist ihm eine Laus über die Leber gelaufen?! Worüber habt ihr gerade gesprochen?« Shawn blickte Ryan unwirsch hinterher und nahm einen beherzten Schluck aus einem der beiden Gläser.

»Sag mal, musst du dich so volllaufen lassen, Shawn? Ein Glas hätte genügt!«

»Hey, was ist denn jetzt los? Erstens war das andere Glas für dich bestimmt und zweitens klingst du wie meine Mutter. Also, lass das bitte, klar?!«

»Ach, hör auf. Du verdirbst mir die ganze Stimmung!« Angesäuert sog ich an meinem Strohhalm und blickte auf die Tanzenden.

»Was denn? *Ich* verderbe dir den Abend? Ich vermute eher, dass Ryan irgendetwas Intelligentes gesagt hat, das dich nervt.«

»Shawn, du bist ja völlig betrunken.«

»Ach Quatsch! Ein bisschen angeheitert vielleicht. Aber wer ist das hier nicht. Sag mal, was soll dieser Moralapostel-Kram? Ich glaube, du brauchst mal wieder einen ordentlichen Fick!«

Geschockt blickte ich ihn an. Geschockt, dass er dieses Wort so laut in der Partyöffentlichkeit aussprach, geschockt, dass er diesen Gedanken hatte und geschockt, dass mein Körper darauf reagierte. »Du spinnst ja wohl völlig!«

»Ach komm, Süße, du willst es – ich weiß es! Dafür kenne ich dich zu gut.«

»Nach nur einem Monat kannst du mich noch nicht kennen.«

»Alles Ausflüchte«, winkte er ab und kam mir so nahe, dass ich sein Parfum riechen konnte. Seine Lippen senkten sich auf die meinen und sofort schob er die Zunge in meinen Mund. Mein Herz klopfte und meine Muschi wurde feucht. Ich erwartete, dass er seinen Unterleib an mich presste, um mich spüren zu lassen, was er empfand. Doch er behielt den Abstand bei, blickte mir stattdessen in die Augen und raunte mir zu: »Komm, wir schleichen uns in eins der oberen Schlafzimmer und sehen dann weiter …« Ich wusste, dass Ryan, aus welchen Gründen auch immer, über drei Schlafräume verfügte.

»Nein, Shawn, das können wir nicht tun«, zierte ich mich. Doch je mehr ich darüber nachdachte, desto verführerischer wurde für mich die Vorstellung: Es zu tun, während andere eine Party feierten und im gleichen Haus waren. Shawn schien meine Gedanken gelesen zu haben. Langsam schob er seine Hand, die auf meinem freien Rücken lag, nach unten in mein tief ausgeschnittenes, flaschengrünes Abendkleid und stoppte erst, als seine Hand auf meinem Po ruhte.

»Shawn, bitte nicht!«

»Wenn du dich noch mehr bewegst, werde ich dir dein Kleid zerreißen.«

»Alle können deine Hand durch den dünnen Stoff sehen.«

»Ach, es ist also nicht schicklich, meine Hand unter dem Stoff zu sehen, aber schicklich, deine steifen Brustwarzen zu erkennen. Hm …«

Ich musste gegen meinen Willen schmunzeln und spürte, wie sich meine Nippel bei dem Gedanken sofort noch mehr versteiften.

Shawn beugte sich zu mir hinunter und flüsterte: »Was mich an diesem Fetzen Stoff völlig verrückt macht, ist, wenn du mit den steifen Brustwarzen durch die Gegend marschierst, dann wippen deine Brüste auf und ab. Bitte, tu mir den Gefallen und geh dort zum Fenster und sieh hinaus. Komm dann mit schnellem Schritt wieder und lass mich deine Brüste sehen.«

Ich lachte: »Du spinnst ja!«

»Los, mach!«, scheuchte er mich und sagte dann liebevoll schnurrend: »Bitte!«

Ich stieß die Luft durch die Nase und ging los. Interesse vortäuschend blickte ich aus dem Shawn gegenüberliegenden Fenster, drehte mich dann um und kam schnellen Schrittes auf Shawn zu. Dieser starrte mir auf die wippenden Brüste. Ich spürte, wie der Stoff meine erigierten Nippel rieb und mich selber scharfmachte. Kaum war ich bei Shawn angelangt, fasste er nach meiner Hand und zog mich mit sich fort. Sogleich stiegen wir unbemerkt die Treppe hinauf und schlossen uns im ersten Schlafzimmer ein.

Shawn schlang die Arme um mich und bedeckte meinen Mund mit Küssen. Lange hielt er sich dort nicht auf, sondern glitt sofort hinunter zu meinen Brüsten, die er mit einem Ruck am Nackenbändchen freilegte. Der Stoff floss nach unten und landete wie ein Häufchen Nichts auf dem Boden. Nur mein String bekleidete mich noch. Eine Gänsehaut legte sich über meinen Körper. Shawns Saugen und Nuckeln an den steifen Nippeln machte mich unendlich geil, und ich verlangte nach mehr. Deswegen ging ich einen Schritt nach hinten und ließ mich aufs Bett fallen. Shawn lächelte über meine Eigeninitiative. Ruck zuck zog er sich seine Klamotten aus, schritt kurz zur Tür, lauschte und kam dann zum Bett. Bevor er sich neben mich fallen ließ, zog er mir den String aus. Erst dann versenkte er sein Gesicht in meiner Scham. Ich seufzte, als ich den warmen Atem zwischen meinen Beinen spürte. Spontan öffnete ich die Schenkel für ihn, und sofort war seine Zunge da. Sie leckte meine Spalte und stieß dann in meine Möse hinein. Ich schrie auf.

Augenblicklich sah er mich an und hielt mir den Mund zu. »Pst, Darling, nicht so laut!«

Ich nickte.

Er nahm seine Hand runter, glitt mit der Zunge wieder zwischen meine Beine und drang sofort ein. Ich riss ein Kissen zu mir heran und biss hinein. Endlich konnte ich meine Lust gedämpft hinausstöhnen. Mein Körper war so elektrisiert, dass ich nach seinem Schwanz suchte. Shawn erriet meine Gedanken und schob sich meiner Hand entgegen. Als ich ihn packte und seine Vorhaut vor- und zurückschob, war er am Stöhnen. Ich zog ein weiteres Kissen zu mir.

Wir grinsten über unsere Improvisation. Doch wir waren sofort wieder bei der Sache, denn unsere Körper glühten vor Lust. Shawn rückte so hoch und nahe an mich heran, dass ich seinen nach männlicher Geilheit riechenden Schwanz in den Mund nahm. Es durchfuhr meinen Körper mit noch mehr Sinneslust. Ich war so scharf, dass es mir schwerfiel zu atmen und mich im Zaum zu halten. Ich wollte endlich diesen harten Schaft in mir spüren und in die höchsten Höhen getrieben werden.

Als hätte Shawn meine Gedanken erraten, entzog er mir seinen Schwanz, um ihn mir an anderer Stelle wiederzugeben. Fast schon tierisch stieß er mir seinen harten Penis in die Möse, hielt einen Moment keuchend inne und flüsterte: »Mann, ist das geil, Baby!«

Dann stieß er wieder zu, während ich ihm mein Becken entgegenwarf und nach Befreiung fieberte. Unsere Körper klatschten aufeinander und schenkten sich gegenseitig die höchsten Wonnen der Lust.

Plötzlich zog Shawn sich aus mir zurück und kniete sich hin. Erschrocken blickte ich zu ihm hoch. »Was ist los?«

»Ich will dich lecken, Baby!« Damit versank sein Kopf wieder zwischen meinen Schamlippen, und er saugte an der vernachlässigten Klitoris. Ich presste sofort das Kissen vor meinen Mund und stöhnte hinein. Mit flatternden Bewegungen flog seine Zunge über die Lustperle und schickte Lichtblitze durch meinen Körper.

»Oh, Shawn, komm endlich zu mir und vögel' mich!«, keuchte ich.

Er lächelte mich an. Schnell war sein steifer Schwanz in mir und stieß immer wieder energisch in meine Möse.

Ich spürte ihn, nicht nur den Schwanz, sondern auch den Höhepunkt. Er nahte und drohte, mich zu überrollen. Krampfhaft hielt ich mich am Kissen fest und wollte ihn herankommen lassen, als ich einen fremden Ausruf von der Tür wahrnahm. Sofort schnellte mein Kopf hoch.

In der geöffneten Tür erkannte ich ein Pärchen der Partygäste. Entsetzt blickte ich Shawn an. Dieser hatte sich schnell von der Tür abgewandt und sah mich mit einem Blitzen in den Augen an. »Ist doch geil, Baby! Zuschauer!« ...

Wie es weitergeht, erfahren Sie
im Taschenbuch oder E-Book:
»Trinity Taylor - Ich will dich ganz und gar«.